* * * *Hotel Dear Grace* * * *

호텔 디어 그레이스

Hotel Dear Grace

호텔 디어 그레이스

민이안 장편소설

CONCIERGE

다산책방

차례

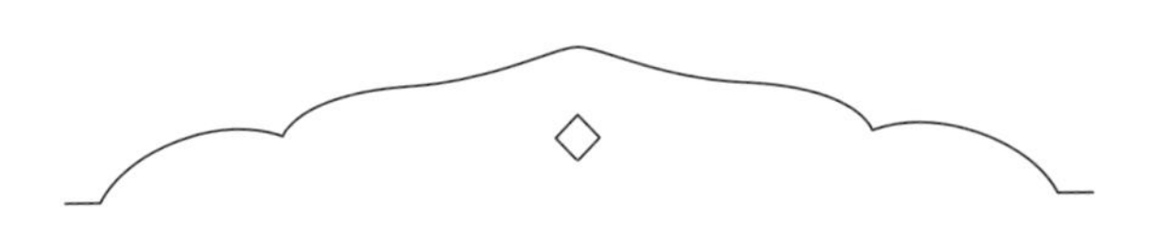

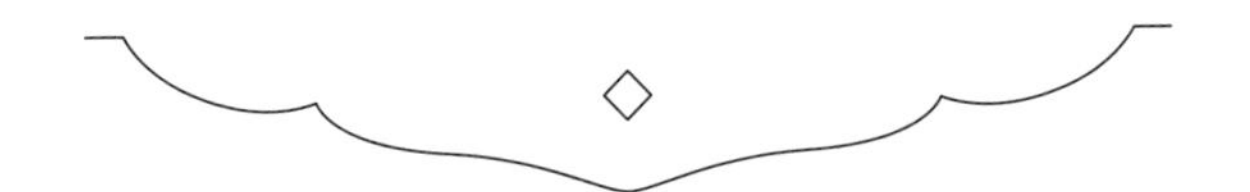

· 프롤로그 ·

"뭐지? 여기 맞는데?"

은혜 씨는 핸드폰 지도 앱을 확인했다. 디어 그레이스 호텔. 앱에 입력된 목적지는 분명 은혜 씨 눈앞에 있는 건물을 가리키고 있었다. 은혜 씨는 핸드폰 화면을 주욱 늘려 지도를 확대해 보았다. 지구대에서 대각선으로 이어지는 우측 샛길의 첫 번째 건물. 분명 제대로 찾아온 것이 맞았다.

"아니, 여기 대체 호텔이 어디 있단 거야?"

은혜 씨는 마치 폐건물처럼 보이는 낡은 상가 앞에서 주변을 휘휘 둘러보았다. 고풍스러운 목조 호텔은커녕 영업 중인 가게의 불 켜진 간판 하나 보이지 않았다. 그 골목은 '공가'라고 쓰인 안내문만 붙어 있지 않을 뿐, 재개발을 앞두고 텅 비어버린 을씨년스러운 거리 그 자체였다.

"하, 이럴 줄 알았어! 첫 숙박이 공짜라더니, 역시 사기였네!"

갑자기 오스스 추위가 밀려왔다. 인적 하나 없는 좁은 골목 특유의 어슴푸레한 조명 때문에 은혜 씨가 느끼는 체감온도는 훨씬 더 낮았다. 몇 미터 떨어지지 않은 번화가의 화려한 불빛들이 이 골목 바로 앞에서 칼로 뚝 썰려 나간 것만 같았다. 은혜 씨는 기이한 위화감을 느끼며 바람막이의 앞섶을 여몄다. 일단 큰길로 돌아가자. 그렇게 생각한 은혜 씨가 낡은 건물 입구에서 몸을 돌렸을 때였다.

은혜 씨의 등 뒤에서 '딸랑' 하는 종소리가 들려왔다. 분명 맑고 청아한 울림이었지만, 이런 음침한 장소에서 듣기에는 조금 소름 끼치는 소리였다. 은혜 씨는 만일의 사태에 대비하여 골목 밖으로 단숨에 튀어 나갈 만반의 태세를 갖춘 채 고개만 휙 뒤로 돌렸다.

낡은 건물 입구의 둥근 조명등이 어느 순간부터인지 은은한 빛을 발하고 있었다. 살짝 열린 양문형 알루미늄 출입문 틈새로 누군가 조그마한 몸을 쏙 내미는 것도 보였다.

"아가씨?"

은혜 씨는 그 목소리를 단번에 알아들을 수 있었다. 바로 은혜 씨와 전화 통화를 했던 '디어 그레이스 호텔' 직원의 목소리였다.

무료 체험

· Hotel Dear Grace ·

은혜 씨가 그 호텔의 배너를 클릭하게 된 건 순전한 우연에서 비롯되었다.

최악의 기분으로 노트북 앞에 앉아 호텔 비교 사이트에 접속한 은혜 씨는 사나운 소리가 드륵드륵 나도록 거칠게 마우스 휠을 돌리고 있었다. 별점과 리뷰를 살펴보고, 다음 페이지 버튼을 누르고, 휠을 돌리고, 별점과 리뷰를 살펴보고…….

도대체 언제 끝나게 될지, 은혜 씨 본인조차 예측할 수 없었던 이 관성적인 행동은 전혀 뜻밖의 힘을 받아 새로운 국면으로 접어들게 되었다. 채도가 50퍼센트 정도 낮아진 화면 한가운데 회색 동그라미 하나가 빙글빙글 돌기 시작한 것이다. 보통은 다음 페이지 버튼을 누른 바로 직후에 화면이 바뀌거나, 느리더라도 동그라미가 두세 바퀴 정도 돌면 페이지가 넘어가는데, 이 얄미운 동그라미가 31바퀴 넘게 도는 동안 화면이 바뀔 기미가 전혀 보이지 않는다는 건 아주 부정적인 시그널이라 할 수 있었다.

"아이 씨, 짜증 나 죽겠는데 인터넷까지 왜 이래?"

은혜 씨는 인터넷 창을 껐다. 아니, 꺼보려 했다. 하지만 안타깝게도 화면 우측 끝에 조그맣게 자리한 X 버튼은 활성화조차 되지 않았다. Alt+F4 키도, Ctrl+Alt+Del 키도 먹지 않았다. 은혜 씨는 순간적으로 노트북 키보드를 내리칠 뻔했지만, 다행히도 행동으로 옮기기 전에 주먹을 꾹 쥐고 화를 누그러트렸다.

"하, 그래……. 됐다, 됐어. 이 상황에 호캉스는 무슨."

체념한 은혜 씨가 노트북의 파워 버튼에 손가락을 가져다 댄 순간, 영원할 것만 같았던 회전 운동이 갑작스레 끝이 나고 새로운 페이지가 나타났다.

"뭐야, 노트북까지 날 놀려?"

물론 일개 사물에 불과한 노트북이 어떻게 의도를 가지고 자의적으로 행동을 했겠느냐마는, 살다 보면 온 세상 사물들이 사람 하나 열받게 하려고 안달 나 있는 것 같은 날도 마주하게 마련이었다. 심지어 그날은 가족들부터가 은혜 씨에게 매우 공격적인 날이었으므로 은혜 씨의 생각 일부가 피해망상적이라 해도 이해해 줄 여지가 있었다.

때마침, 은혜 씨는 아주 우연하고도 진귀한 발견을 하게 되었다. 엉거주춤한 척추의 자세와 삐딱하게 기울어진 경추의 각도, 살짝 찌푸린 눈살에 의해 평소와는 방향이 약간 달랐던 은혜 씨의 시야각에, 남모르는 사연을 품고 있을 것만 같은 고풍스러운 인테리어의 목조 호텔 배너가 떡하니 들어온 것이다. 프로모션 자리를 꿰차고 있는 것도 아니고, 별점은커녕 리뷰 하나 남겨져 있지 않은 낯선 호텔이.

만약 은혜 씨가 그날 화가 나지 않아서, 팔자에도 없던 호캉스 정보를 찾는 대신 평소처럼 웹소설을 읽고 있었다면? 만약 은혜 씨의 인내력이 부족하여 회색 동그라미가 열세 번쯤 회전했을 무렵 파워 버튼을 눌러 노트북을 강제 종료해 버렸다면? 그 외 다양한 원인으로 인해 은혜 씨가 이 호텔의 배너를 발견하는 일은 영원히 없었을지도 모른다. 은혜 씨는 이 상황을 운명적이라고 판단했다. 이는 우연을 거부하고 만물에 서사를 부여하고자 하는 뇌의 작용에 의한 착각일 수도 있겠으나, 은혜 씨가 이런 운명적 판단을 내리는 데에는 다음과 같이 적혀 있던 호텔 소개 문구가 크게 한몫했다.

아가씨의 꿈을 서비스해 드리려 합니다.
오늘 특별히, 당신에게만.
— 호텔 디어 그레이스 —

이런 밑도 끝도 없는 소개문을 본 은혜 씨는 홀린 듯 디어 그레이스 호텔의 배너를 눌러보았다. 호텔 소개란에는 어느 19세기 서양 문인을 흉내 낸 듯한 짧은 문구만 기재되어 있었고, 호텔 정보란에는 객실 정보, 체크인 및 체크아웃 시간, 부대시설 안내,

조식 옵션 등에 관한 기본 내용은 하나도 없이 그저 '상담 후 결정'이라는 말만 쓰여 있었다. 호텔 관련 이미지도 세피아빛으로 찍힌 목조 호텔의 로비가 전부였으며, 객실이나 식당 등 내부 시설 사진도 전혀 없었다. 심지어 숙박료마저 0원으로 표기되어 있었다.

"뭐지? 유령 업체인가?"

이쯤이면 이 기이한 호텔에 대한 호기심이 급격히 사라져 뒤로 가기 버튼을 눌렀음직도 한데, 은혜 씨는 굳이 지도 보기 버튼을 눌러 호텔의 위치를 확인해 보았다. 놀랍게도 이 호텔은 은혜 씨의 집에서 그리 멀지 않은 번화가에 있었다. 잠시 고민하던 은혜 씨는 사이트에 등록된 번호로 직접 전화를 걸어보기에 이르렀다. 연결음이 두 번 반 울렸을 무렵, 디어 그레이스 호텔 측에서 전화를 받았다.

"안녕하세요, 아가씨? 전화 주실 거라고 믿고 있었어요."

앳된 목소리로 전화를 받는 직원의 응대는 호텔 소개 문구만큼이나 당혹스러웠다. 말문이 막힌 은혜 씨가 대꾸할 말을 전혀 떠올리지 못한 채 핸드폰만 귀에 대고 있으려니 호텔 직원이 계속해서 말을 이었다.

"아가씨, 우리 호텔은 아가씨의 꿈을 품고 있답니다. 한번 방문해서 확인해 보세요. 살펴보시고 마음에 들지 않으면 그때 예약을 취소하실 수도 있어요. 게다가 첫 숙박은 무료로 제공해 드리니까 예약이나 취소에 부담이 없으실 거예요. 오늘 특별히, 문의 전화를 주신 아가씨에게만 드리는 혜택이랍니다."

앳된 목소리의 직원은 '오늘 특별히'로 운을 뗀 마지막 문장을 말할 때, 마치 새어 나가면 안 되는 정보를 전하는 사람처럼 조근조근 속삭였다. 분명 의심스러운 점이 상당히 많은 업체였으나, 은혜 씨는 이미 이 호텔의 독특한 콘셉트에 매료되어 있었다. 게다가 이 앳된 목소리의 직원에게서는 왠지 모를 순수함이 느껴져서, 이 직원이 하는 이야기에 거짓이 섞여 있을 거라고는 전혀 생각할 수 없었다. 마침 호텔 위치도 번화가 지구대 바로 옆이겠다, 만약 호텔에서 수상한 움직임을 포착하게 된다면 곧바로 지구대로 달려가면 될 터였다.

그래서 은혜 씨는 결심했다. 이 이상한 호텔에 예약을 넣어보기로.

"호캉스를 혼자서 뭔 재미로 가지?"

거실 쪽에서 미혜가 중얼거리는 소리가 들려왔다. 분명 비아냥거리는 말투였지만, 여기서 반응하면 손해 보는 쪽은 100퍼센트 은혜 씨였다. 은혜 씨는 자신이 발끈했을 때를 시뮬레이션해보았다. 미혜의 비죽이는 얼굴이 떠올랐다. 어? 나 그냥 혼잣말한 건데? 시비 거는 거 아니고 그냥 순수하게 궁금해서. 혼자 조용히 쉬고 싶은 거면 내 방 침대가 제일 편하지 않나? 아니, 언니가 이상하다는 게 아니라 내 생각이 그렇다고. 그냥 내 생각이 그렇다니까?

은혜 씨는 귀납적인 경험을 통해 구성된 머릿속의 장면들을 애써 지워냈다. 그냥 콧김 한 번 길게 내뿜고 반응하지 않기, 그것이 정답이었다.

미혜는 은혜 씨 속을 긁고 빠져나가는 전술에 있어서만큼은 제갈량 빰칠 전략가이자 은혜 씨와는 세 살 터울인 여동생이다. 최근 남자친구와 상견례를 치르고 웨딩 촬영을 앞둔 그녀는 다이어트를 해야겠다며 식사량을 점점 줄이더니, 지난달부터는 저녁 식사를 함께하지 않고 거실에서 따로 샐러드만 먹었다. 은혜 씨는 그런 미혜의 존재를 애써 무시하며 접시 위의 스팸 구이를 집어 들었다. 그 순간, 챙, 하는 맑은 쇳소리와 함께 젓가락을 쥔 손가락에 찌릿 진동이 전해졌다. 은혜 씨는 입술을 부루퉁하게 내밀고서 엄마를 쳐다보았다.

"왜 이래?"

엄마는 미혜가 있는 거실을 향해 젓가락을 흔들어 보이며 말했다.

"너는 저걸 보면서 느끼는 것도 없어?"

"내가 뭘 느껴야 하는데?"

"느껴지는 게 전혀 없어? 너도 참 인생 편하게 산다, 편하게 살아."

"뭐라는 거야. 나도 인생살이 피곤하거든?"

은혜 씨는 다시 한번 스팸 구이에 젓가락을 가져다 댔다. 챙, 챙! 엄마는 아까보다 더 강하게, 그것도 두 번씩이나 은혜 씨의 젓가락을 신경질적으로 쳐냈다. 은혜 씨는 밥맛이 뚝 떨어져서 테이블 위에 탁 소리 나게 젓가락을 내려놓았다.

"아니, 그러니까 왜 이러는데? 눈치 주지 말고 똑바로 말해!"

은혜 씨의 말에 엄마는 픽 코웃음을 쳤다.

"똑바로 말해? 그래, 그럼 말해준다. 저기 봐. 네 동생은 저렇게 날씬한데도 자기 관리를 꾸준히 하잖아. 근데 너는? 너는 뭐야? 미혜 결혼식 날, 언니랍시고 하나 있는 게 펑퍼짐한 포댓자루처럼 서 있으려고 그래? 좋은 게 좋은 거다, 하고 잔소리 좀 안 하고 살려 했더니……. 왜? 뭘 그렇게 쳐다봐? 네가 똑바로 말하래서 정확하게 말해줬더니 갑자기 막 열이 뻗치고 그래? 내가 이래서 너한테 직접 말 안 하려고 하는 거야. 네가 이렇게 기분 나쁜 티를 팍팍 내니까."

은혜 씨는 가슴에 손을 얹고 깊게 숨을 들이마셨다가 천천히 내뱉었다. 참자, 참자. 여기서 악을 써봤자 해결되는 일은 없고, 집안 분위기만 더 나빠질 것이 불 보듯 뻔하니까. 은혜 씨는 떨리는 목소리를 애써 가다듬으며 침착하게 말했다.

"엄마, 이건 엄마가 똑바로 말해서 내 기분이 나빠진 게 아니라, 엄마가 기분 나쁜 말을 했기 때문에 내 기분이 나빠진 거야."

"어휴, 얘! 나는 뭐 좋아서 잔소리하는 줄 아니? 그러니까 알아서 관리를 좀 하면 얼마나 좋아! 네가 관리만 제대로 하고 있으면, 응? 엄마가 이렇게 잔소리할 이유가 있어? 스스로 해야 할 일을 안 하니까 그걸 알려줬을 뿐인데 왜 화를 내는 거야? 그게 대체 무슨 심보니? 매사에 따박따박 말대꾸나 하고!"

"애초에 재 결혼하는 일에 왜 나를 들볶아? 왜 나를 끌어들이냐고! 이게 대체 몇 번째야? 예전에는 안 이랬잖아! 나 진짜 재 상견례 끝나고부터 스트레스 받아 미치겠거든? 대체 그놈의 관리, 관리! 왜? 내가 관리를 안 해서 재 남친이 결혼 안 하겠대?"

은혜 씨는 관리라는 말을 할 때마다 두 손가락을 눈 옆에서 꽃게처럼 까딱거리며 일부러 더 얄밉게 대꾸했다. 엄마는 기가 찬다는 듯 머리를 짚었다. 그때 묵묵히 밥을 먹고 있던 아빠가 빈 컵을 엄마 앞으로 내밀며 말했다.

"물."

엄마는 피곤한 표정으로 앞머리를 쓸어 올리며 아빠의 빈 컵에 물을 따라 주었다. 쪼르르륵. 집 안에는 물 따르는 소리만이 잔잔히 울려 퍼졌다. 물이 3분의 2 정도 차서 엄마가 물병을 들어 올리자 아빠는 컵만 스윽 빼가서는 말없이 물을 마셨다. 꿀꺽꿀꺽, 캬아……. 달각달각, 합, 우걱우걱, 쩝쩝, 아드득아득, 쩌업쩝, 쓰읍, 후루루룩, 짭짭짭……. 체할 것 같은 고요함이었다. 그때 거실에 앉아 있던 미혜가 툭 한마디 내던졌다.

"우리 오빠가 그러더라. 언니 이목구비는 나쁘지 않은 것 같은데, 살 때문에 빛을 못 보는 케이스인 것 같다고. 살 빼면 엄청 이쁠 것 같대."

조금 전까지만 해도 폭발할 듯 치솟았던 은혜 씨 마음의 온도가 갑자기 확 떨어졌다. 열이 내리다 못해 한기가 들어 손발이 차가워지는 기분마저 들었다. 은혜 씨가 미혜를 쳐다보며 한층 낮아진 목소리로 싸늘하게 물었다.

"네 남친이 그랬다고?"

"어."

"넌 그걸 나한테 또 얘기하고 있고?"

"응. 왜? 완전 칭찬 아니야? 그리고 생각해 봐. 결혼식 앨범 만들고 나면 양가에 가족사진 오래오래 남을 텐데, 이왕이면 언니도 이쁘게 찍히는 게 좋잖아. 안 그래?"

"됐어. 나 그 결혼식 참석 안 해. 알아서들 해."

은혜 씨가 폭탄선언을 하고는 자리에서 벌떡 일어났다. 잠시 사고가 멈추기라도 했는지 한발 늦게 사태를 파악한 엄마가 방으로 들어가는 은혜 씨의 등 뒤에 대고 꽥 소리를 질렀다. 그 여파로 엄마의 입에 들어 있던 밥풀이 밖으로 후드득 튀어나왔고, 식탁 위에 떨어진 밥풀을 보며 아빠는 얼굴을 찌푸렸다. 거실에서는 미혜가 소리를 질렀다.

"아니, 왜 저래? 내가 욕을 했어, 뭘 했어? 그냥 다른 사람이 칭찬한 얘길 전한 것뿐이잖아! 혼자 급발진하더니, 갑자기 동생 결혼식에 참석을 안 하겠다고? 엄마, 언니 미친 거 맞지? 내 결혼식에서 나 망신 주려고 작정하고서 저러는 거잖아! 나 잘되는 꼴 보기 싫어서!"

미혜가 끝내 울음을 터트렸다. 미혜를 달래던 엄마의 목소리가 돌변하는 것도 들려왔다.

"야, 서은혜! 너 빨리 나와서 동생한테 사과 안 해? 별것도 아닌 일로 매번 이 사달을 내, 이 사달을! 서은혜, 이 가시나야! 너 방에서 당장 안 튀어나와?"

은혜 씨는 억울했다. 내가 대체 뭘 잘못했다고 이렇게까지 나쁜 년 취급을 받는 거지? 은혜 씨는 이후의 상황을 상상해 보았다. 은혜 씨가 거실로 나가든, 여기서 계속 버티고 있든, 엄마에게 혼나는 동일한 미래로의 수렴은 불 보듯 뻔했다. 그래서 은혜 씨는 일단 이 집을 벗어나기로 마음먹었다. 근데 어디로 가지? 디어 그레이스 호텔? 예약일까지 아직 기간이 조금 남았는데……. 아니, 그래도 일단 가보자. 거기에 자리가 없으면 친구네 집에서 신세라도 지지, 뭐.

은혜 씨는 핸드폰과 가방, 외투와 모자를 꺼내 들고 방에서 나왔다. 그러고는 아무것도 보이지 않고 아무것도 들리지 않는 사람처럼 유유히 거실을 지나쳐 현관으로 향했다. 소리를 지르는 두 여자와 딴 세상에 사는 것 같은 한 남자가 머무는 그 집에서, 은혜 씨는 그렇게 탈출했다.

그리고 바로 지금, 디어 그레이스 호텔 앞.

은혜 씨를 마중 나온 직원은 놀랍게도 사람이 아니었다. '그것'은 멋들어진 황금빛 단추로 장식된 남색 제복을 갖춰 입은 목각 로봇이었다. 은혜 씨는 자신의 입술이 벌어진 것도 눈치채지 못한 채 얼떨떨한 기분으로 그 자리에 멈춰 서 있었다.

"아가씨, 잘 오셨어요! 호텔을 둘러보러 오셨군요?"

목각 로봇이 물었다. 정신을 차린 은혜 씨는 급히 가방을 뒤져 태블릿 PC를 꺼냈다. 그러곤 일러스트 앱을 켜고 '도어봇' 폴더 속의 파일을 하나 열었다. 조금씩 빨라지던 은혜 씨의 맥박이 질주하는 경주마처럼 뛰기 시작했다. 만일 은혜 씨가 스마트워치를 차고 있었더라면, 이 시각의 은혜 씨가 격한 운동 중이었다는 잘못된 기록이 남았을지도 모를 일이었다.

태블릿 PC를 들여다보던 은혜 씨는 눈을 슥슥 비비고 다시 고개를 들어 말하는 목각 로봇을 쳐다보았다. 각진 부분을 부드럽게 깎아놓은 길쭉한 몸체, 제한 없는 관절의 움직임, 은혜 씨의 허리춤 정도 되는 키, 공처럼 둥근 얼굴, 깃털로 장식된 모자……. 눈앞의 목각 로봇은 은혜 씨가 태블릿 PC에 그려놓은 도어봇 일러스트와 너무나도 똑 닮아 있었다.

"설마…… 도어봇? 도어봇이야?"

은혜 씨의 중얼거림에 목각 로봇 직원은 머리에 쓰고 있던 모자를 벗어 아래로 내리면서 정중하게 인사를 했다. 그 자세마저도 은혜 씨가 취미 삼아 그려둔 도어봇의 모습과 똑같았다.

도어봇은 은혜 씨가 가장 좋아하는 웹소설 『무덤가에서 너를 닮은 푸른 장미를 만났다』에 등장하는 로봇이었다. SF로맨스라는 인지도 낮은 장르에 속한 이 소설은 대중적으로는 별다른 인기를 끌지 못했지만, 적어도 은혜 씨만큼은 이 소설의 다음 에피소드를 기다리는 낙으로 살았다. 은혜 씨는 소설 속 주인공뿐만 아니라 조연에게도 마음이 끌렸는데, 그중에서도 도어봇은 은혜 씨의 최애 캐릭터라 할 수 있었다. 도어봇은 주인공 일행이 여행을 떠날 때마다 묵는 전국구 체인 호텔에 일괄 보급되어 있는 로봇 직원으로, 도어봇끼리 메모리를 공유하고 있어서 처음 가는 지역의 도어봇과도 오랜 친구처럼 자연스럽게 대화를 나누는 일이 가능했다. 도어봇은 앤티크한 목각 보디에 멋들어진 제복을 입고 손님을 맞이하는 것이 주 임무였다.

바로 지금 은혜 씨 눈앞에 서 있는 목각 로봇처럼.

"아가씨, 짐을 들어드릴까요?"

"……."

"혹시 제가 마중 나온 것이 마음에 들지 않으시나요?"

목각 로봇의 물음에 은혜 씨는 황급히 고개를 휘휘 저었다.

"아니, 아니야! 지금 너무 갑작스러워서…… 실감이 안 나서 그래. 어떻게 내가 상상한 모습 그대로의 도어봇이 세상에 존재할 수 있는 건지……. 지금 꿈을 꾸는 건가 싶기도 하고……."

목각 로봇—도어봇이 모자를 살짝 고쳐 쓰면서 대답했다.

"아가씨, 처음 문의 전화를 주셨을 때 제가 안내해 드렸던 내용 기억하세요? 우리 호텔은 아가씨의 꿈을 품고 있어요. 아가씨가 편안한 마음으로 꿈을 대면하실 수 있도록 최적의 세팅을 해두는 건 우리 호텔에서 제공하는 기본 서비스예요."

은혜 씨는 도어봇과 나누었던 통화 내용을 기억하고 있었다. 그런데 그것이 단순한 콘셉트가 아닌 문자 그대로의 의미였을 줄이야. 은혜 씨는 복잡한 머릿속을 한참이나 뒤지다가, 가장 하고 싶었던 말을 겨우 찾아내 입에 올렸다.

"저기, 도어봇. 혹시…… 살짝 만져봐도 괜찮을까?"

은혜 씨의 물음에 도어봇은 고개를 위아래로 끄덕이며 긍정적인 의사를 표했다.

"하드웨어에 한해서는 얼마든지요. 하지만 소프트웨어는 곤란해요, 아가씨."

도어봇의 엉뚱한 대답에 은혜 씨는 웃음이 터졌다.

"아하하, 소프트웨어는 안 건드려! 아니, 못 건드려! 애초에 도어봇 시스템에 어떻게 접속하는지도 모르는걸? 나는 그냥, 네가 진짜로 실물인지 확인해 보고 싶을 뿐이야. 그럼 우리 만난 기념으로 악수나 할까?"

"오, 악수. 그거 좋네요."

도어봇이 오른쪽 팔을 들어 올렸다. 도어봇 앞으로 다가간 은혜 씨는 살며시 몸을 굽히면서 도어봇의 손을 붙잡았다. 도어봇의 손가락 관절이 순서대로 꺾이며 은혜 씨의 손을 빠르게 휘감았다. 도어봇의 손가락 관절 사이로 살짝 드러나 보이는 액추에이터[actuator]는 압력을 가하면서도 불편함은 전혀 주지 않는 적당한 강도로 은혜 씨의 손을 움켜잡았다. 은혜 씨는 도어봇의 신체에 적용된 공학 기술에 새삼 놀랐다.

"그럼 악수도 했으니 이제 호텔을 안내해 드릴까요?"

도어봇의 말에 은혜 씨는 갑자기 꿈에서 깨는 듯한 기분이 들었다. 은혜 씨는 눈앞의 낡은 건물을 바라보았다. 내부 조명이 꺼져 있어서 건물 안의 모습까지 확인할 수는 없었지만, 사진 속에서 본 그 목조 호텔의 로비가 이 건물 안에 구현되어 있을 것 같지는 않았다. 은혜 씨가 도어봇에게 조심스럽게 물었다.

"그런데…… 이 건물이 사진에 나온 그 호텔 맞아?"

도어봇은 고개를 저었다.

"아니요. 이곳은 안내 창구예요. 물론 호텔과 연결되어 있긴 하지요."

"그럼 호텔은 다른 곳에 있단 얘기야?"

"네. 맞춤형으로 공간을 마련하는 데 형태가 고정된 건물에는 한계가 있거든요. 우리 호텔에 대한 안내를 받고 체크인을 확정하시면, 아가씨만을 위한 '그 공간'으로 제가 안전하게 모셔다드릴 거예요."

도어봇은 그렇게 말하며 알루미늄 출입문을 활짝 밀어서 열었다. '딸랑' 하는 맑은 종소리에 대비되는 빽빽한 금속 마찰음이 귀를 울렸다. 세월에 뒤틀린 금속제 문이 바닥을 긁으면서 내지르는 비명 같았다. 아마 15분 전의 은혜 씨라면, 이런 기분 나쁜 소리가 나는 낡은 문 안으로 발을 들일 일말의 여지조차 두지 않았을 것이다. 하지만 도어봇이 부린 마법이었을까? 알루미늄 문에서 흘러나온 그 날카로운 마찰음이 마치 신비의 세계로 떠나는 마차의 바퀴에서 나는, 가슴 설레는 삐걱임처럼 느껴졌다. 그렇다면 망설일 이유는 없었다. 은혜 씨는 도어봇의 뒤를 따라 어두운 건물 안으로 천천히 들어갔다.

실내는 은혜 씨의 생각보다 훨씬 어두웠다. 약간이나마 빛이 새어 들어오는 출입구 근처를 제외하고는 칠흑같이 깜깜했는데, 도어봇은 그 어둠 속에서도 망설임 없이 뚜벅뚜벅 걸었다. 발광 기술이 적용되어 있는지 도어봇의 몸체와 의상은 아주 은은하게 빛을 머금고 있었다. 은혜 씨는 도어봇의 실루엣을 길잡이 삼아 걸었다. 마치 심해 속에서 발광생물을 뒤따라가는 기분이었다.

사방이 어둠뿐이다 보니 은혜 씨는 금세 거리감과 방향감각을 잃었다. 1미터를 걸었는지, 5미터를 걸었는지, 계속 직진 중인지, 조금씩 방향을 바꾸고 있는지도 인식할 수 없었다. 두려움은 들지 않았다. 오히려 낯선 장소에 대한 호기심만이 두려움을 대체하고 있었다. 그건 아마도 도어봇이 주는 안정감 덕분이었으리라.

경쾌한 발소리를 울리며 걷던 도어봇이 자리에 멈춰 섰다. 자연스럽게 은혜 씨도 걸음을 멈췄다. 잠시 후, 도어봇과 은혜 씨의 앞쪽에 커다란 화면이 켜졌다. 어두워서 실내 구조를 전혀 구분하지 못하고 있었는데, 아무래도 화면이 나타난 곳에 벽이 있는 듯했다. 화면에는 은혜 씨가 웹사이트에서 보았던 디어 그레이스 호텔의 로비 사진이 떠올랐다.

"디어 그레이스 호텔을 소개합니다."

도어봇의 목소리와 함께 사진이 영상으로 바뀌며 피아노 삼중주로 편곡된 드보르자크의 유머레스크 7번이 들려왔다. 로비 근처에 마련된 작은 스테이지 위에서 크기와 디자인이 제각기 다른 목각 로봇들이 피아노, 바이올린, 첼로를 하나씩 맡아 흥겹게 음악을 연주하고 있었다. 도어봇이 말했다.

"우리 호텔의 자랑거리 중 하나인 트리오봇입니다."

은혜 씨의 입이 크게 벌어지며 미소를 띠었다. 영상 속의 목각 로봇들 역시 은혜 씨가 좋아하는 웹소설에 나오는 연주 로봇들이었다. 은혜 씨가 무심코 중얼거렸다.

"셰프봇도 있으려나?"

"물론입니다."

도어봇의 즉답과 동시에 화면의 영상이 주방으로 변했다. 보글보글, 지글지글, 물과 기름이 끓는 소리에 맞춰 탁탁탁 경쾌한 칼질 소리가 들려왔다. 양파처럼 얼굴 아래쪽이 불룩한 셰프봇들이 길쭉한 모자를 쓰고서 제각기 요리에 몰두하고 있었다.

"그럼 액트봇도 있어? 아, 극장이 없어서 어려우려나."

"오, 아닙니다. 우리 호텔은 부대시설로 최첨단 로봇 극장을 갖추고 있거든요. 아가씨께서 호텔에 투숙하시게 되면, 상연 중인 로봇극을 자유롭게 관람하실 수 있어요."

화면의 영상이 극장으로 변했다. 다양한 부품과 화려한 천으로 치장한 액트봇들이 서로 동선을 맞춰 이리저리 걸어 다니고, 춤을 추고, 결투하고, 쓰러지는 등 다양한 모션을 선보이고 있었다. 은혜 씨는 감탄을 연발했다.

"와, 어떻게 호텔에 이런 것까지 다 있어?"

도어봇이 한쪽 팔을 굽혀 신사처럼 인사하며 말했다.

"갖추어놓는 것이 당연하지요. 우리 호텔은 아가씨의 꿈을 품고 있으니까요."

이 정도면 디어 그레이스 호텔의 시설에 대해서 더 확인해 볼 것도 없었다. 허름한 객실에서 묵게 되더라도 소설 속 로봇들을 실제로 만날 수 있다면 그것만으로도 충분히 괜찮은 경험일 것 같았다. 아니지. 오늘 같은 날 그 집구석에 다시 들어가느니, 지푸라기 침대에서 자더라도 도어봇을 따라가는 쪽이 훨씬 만족스러울 것이 분명했다.

"그런데 내가 예약한 날까지 기간이 좀 남았는데……."

은혜 씨가 끝말을 얼버무리자 도어봇이 눈치 빠르게 대답했다.

"아가씨가 원하신다면 당일 투숙도 가능해요."

"정말?"

"네. 그럼 호텔 이용 시 주의사항에 관해 바로 설명해 드릴까요?"

"응, 부탁해!"

도어봇의 긍정적인 대답에 은혜 씨는 마음이 한껏 들떴다. 클

락펑크* 스타일의 호텔에 숙박하며 각종 로봇을 만나볼 생각을 하니 집에서 받은 스트레스가 전부 다 날아가는 듯했다. 도어봇은 품 안에서 작은 목제 패드를 꺼내 들며 말했다.

"우선, 우리 디어 그레이스 호텔에 머무시는 동안 객실 및 부대시설은 무제한으로 자유롭게 이용하실 수 있습니다. 단, 호텔 매니저의 허가 없이 호텔 물건을 반출하는 것은 엄격하게 금지됩니다. 이 설명을 들으셨다면 가장 위쪽 체크박스를 터치해 주세요."

도어봇이 패드를 내밀었다. 패드의 가장 위쪽에 방금 도어봇이 말한 내용이 한글로 새겨져 있었고, 그 옆에 체크박스 모양이 돌출되어 있었다. 은혜 씨가 체크박스를 살짝 누르자 찰칵하고 태엽이 돌면서 체크박스의 모양이 V로 바뀌었다.

"두 번째, 우리 디어 그레이스 호텔은 아가씨의 꿈을 재현하기 위해 맞춤형으로 설계된 공간입니다. 아가씨 외의 방문객은 입장이 허용되지 않으며, 이 호텔에 대한 정보를 다른 이에게 발설해서도 안 됩니다. 이 설명을 들으셨다면 가운데 체크박스를 터치해 주세요."

은혜 씨는 고개를 갸우뚱했다. 애초에 이 호텔에 대한 정보를 찾은 곳이 호텔 비교 사이트였는데, 나 하나 말하지 않는다고 이 호텔에 대한 비밀이 유지될 수 있나? 아무래도 그 문구가 이상했

---

* 사이버펑크와 스팀펑크의 파생 장르로, 다빈치의 기계 설계를 기반으로 한 르네상스 시대의 과학 기술과 펑크를 결합한 장르.

지만 어쨌든 가운데 체크박스를 눌러서 V 모양으로 바꿨다.

"그럼 마지막 주의사항이자 가장 중요한 이야기를 전달해 드리겠습니다. 호텔 내에서 제공하는 서비스는 대부분 일회성이오나, 호텔 바깥의 세상에도 영향을 줄 법한 꿈 서비스를 제공받고자 하시는 경우에는 반드시 연쇄효과를 고려하셔야 합니다. 꿈 서비스의 결과는 호텔에서 책임지지 않습니다. 이 설명을 들으셨다면 가장 아래쪽 체크박스를 터치해 주세요."

세 번째 주의사항은 위쪽의 다른 내용들보다 굵은 글씨체로 새겨져 있었으며, 마지막 문장은 아예 붉은색으로 칠해져 있었다. 세상에 영향을 줄 법한 꿈? 딱히 그런 건 없는데. 은혜 씨는 가벼운 손놀림으로 마지막 체크박스를 눌렀다. 모든 체크박스가 V로 변하자, 가장 아래쪽에 있던 빈칸이 딸깍 돌아가면서 '접수가 완료되었습니다'라는 메시지가 나타났다.

"이것으로 모든 준비를 마쳤습니다. 체크인하러 가실까요?"

도어봇이 패드를 재킷 안주머니에 집어넣으며 은혜 씨에게 말했다. 은혜 씨가 고개를 끄덕이자, 조금 전까지 영상이 재생되고 있던 화면 중앙에 하얀 줄이 나타나더니 점점 그 범위가 커졌다. 자세히 보니 화면이 양쪽으로 갈라지면서 벽 너머의 공간이 모습을 드러내고 있었다.

"엘리베이터에 오르시죠, 아가씨."

도어봇이 모자를 벗으며 정중하게 안내했다. 은혜 씨가 먼저 엘리베이터에 올랐고 도어봇이 그 뒤를 따랐다. 엘리베이터 안에는 버튼이 하나도 없었다. 은혜 씨는 그저 밝은 조명에 둘러싸인 채로, 위인지, 아래인지, 옆인지도 모르는 곳으로 이동하기 시작했다.

움직이는 엘리베이터라면 응당 어느 쪽으로든 그 힘이 느껴지게 마련일 텐데, 은혜 씨는 자신이 어떠한 공간 안에 있다는 사실만을 인지할 뿐 그 외의 다른 감각은 쉬이 느낄 수가 없었다. 게다가 미동도 없이 장승처럼 우뚝 서 있는 도어봇의 뒷모습을 바라보고 있자니, 시간이 멈춘 세상에서 혼자 살아 움직이는 듯한 착각마저 들었다.

"도착했어요, 아가씨."

얼마만큼의 시간이 지났는지 어림짐작으로도 파악하기가 어려웠다. 은혜 씨는 일순, 디어 그레이스 호텔의 안내 창구라는 그 낡은 건물에 들어선 순간부터 감각이 계속 이상해지는 것 같다는 생각을 했다.

하지만 그런 생각을 덮어버리기라도 하듯 익숙하고 경쾌한 선율이 은혜 씨의 청각기관으로 전달되었다. 굳게 닫혀 있던 엘리베이터의 문이 스르르 열리자 음악은 조금 더 크게 들려왔다. 아까 영상에서 흘러나왔던 드보르자크의 유머레스크 7번이었다.

"아가씨? 이쪽으로 오시겠어요?"

도어봇이 돌아보며 공손하게 손짓했다. 은혜 씨가 타고 온 엘리베이터는 호텔 로비와 바로 연결되어 있었다. 목조 호텔은 스테인으로 물들인 편백나무로 꾸며져 있었는데, 숲 향기로 가득했다. 은은하게 퍼지는 램프의 황백색 불빛도 짜임새 좋게 장식된 루버와 아주 잘 어울렸다.

만족스러운 마음으로 도어봇을 따라 걷던 은혜 씨는 로비 근처의 작은 스테이지를 발견했다. 크기와 디자인이 제각각인 트리오 봇이 각자 담당하는 악기로 열심히 유머레스크를 연주하고 있었다. 은혜 씨는 목조 호텔의 고풍스러운 분위기를 더욱 고조시키는 그들의 열성적인 움직임을 카메라에 담기 위해 가방에서 핸드폰을 꺼냈다.

"어? 왜 이러지?"

카메라 앱을 켠 은혜 씨는 당황했다. 앱은 분명히 작동하고 있었지만, 화면에 잡히는 것은 새까만 어둠뿐이었다. 앱을 종료했다가 다시 켜봐도 상황은 똑같았다. 그때, 낯선 목소리가 들려왔다.

"우리 호텔의 정보를 유출하시려는 의도가 아니라고는 해도, 사진 촬영은 삼가셨으면 합니다. 물론 아가씨가 가지고 계신 그 장비로는…… 관측 자체도 어려우실 겁니다."

은혜 씨는 재빨리 소리가 난 쪽을 쳐다보았다. 도어봇 옆에 검은 슈트 차림의 여성이 서 있었다. 그 여성은 키가 크고 팔다리가 길어 무척 훤칠해 보였고, 샌디 블론드 색상의 리프컷 스타일을 하고 있어 깔끔하고 똑 부러지는 인상을 주었다. 그녀의 호박색 홍채는 깊고 맑았으며, 메이플 시럽처럼 진한 광택이 나는 도톰한 입술은 광대 아래로 살짝 패인 볼과 강렬한 조화를 이뤘다. 그녀는 한쪽 팔을 명치 근처에 두고 허리를 살짝 굽혀 은혜 씨에게 인사했다.

"실례했습니다, 인사 먼저 드렸어야 했는데. 저는 이 디어 그레이스 호텔의 매니저 메이라고 합니다. 이렇게 만나 뵙게 되어 무척 영광입니다, 아가씨."

은혜 씨는 얼떨결에 허리를 굽히고 자신을 메이라고 소개한 여성과 맞인사를 나눴다. 물론 인사를 나누면서 머리로는 오만가지 생각을 했다. 도어봇이 나오는 웹소설에 메이라는 캐릭터는 등장하지 않는데. 은혜 씨는 몇 번이나 다시 읽어 거의 외우다시피 한 그 웹소설에 등장하는 엑스트라들까지 하나하나 전부 떠올려 보았다. 하지만 이렇게 인상적인 외모의 여성 캐릭터가 묘사된 적은 없었다.

처음 와보는 기묘한 호텔에서 만난 정체불명의 여성. 그가 어떤 사람인지 전혀 예측할 수 없는 상황이다 보니 갑자기 긴장이 훅 밀려왔다. 긴장 때문인지 장이 꾸르륵댈 조짐을 보였다. 아, 소리 나면 쪽팔린데……. 은혜 씨는 진땀을 흘리며 슬그머니 배를 가렸다.

그때 메이가 말했다.

"바로 식당으로 안내해 드리겠습니다."

"네?"

은혜 씨의 입에서 반자동적으로 되묻는 말이 튀어 나갔다. 은혜 씨의 반응을 본 메이가 살포시 미소를 지으며 대답했다.

"석식이 무료로 제공되는 호텔에 투숙하시는데 식사를 하고 오셨을 것 같지는 않아서요. 마침 시간도 저녁 만찬에 딱 알맞은 시간이고요."

메이의 시선이 은혜 씨 오른쪽으로 옮겨갔다. 은혜 씨도 그녀를 따라서 오른쪽을 쳐다보았다. 커다란 시침과 분침이 자리한 벽면은 그 자체로 거대한 시계의 형태를 갖추고 있었다. 심지어 로마자가 적힌 문자판 뒤쪽으로는 복잡한 형태로 얽히고설킨 태엽들의 움직임이 그대로 들여다보였다. 은혜 씨는 한 치의 오차도 없이 맞물려 돌아가는 거대한 기계장치의 모습에 진심으로 감탄했다.

다시 메이의 목소리가 들려왔다.

"그럼 아가씨, 짐은 우리 도어봇에게 맡기시지요."

메이의 말에 도어봇은 기다렸다는 듯 은혜 씨 앞에서 한쪽 무릎을 꿇고 앉아 공손히 두 손을 들어 올렸다. 여왕을 모시는 기사와도 같은 자세였다. 은혜 씨는 잠시 당황했지만, 이내 한쪽 어깨에 메고 있던 가방의 끈을 끌어 내리고는 도어봇의 손에 조심스레 걸었다. 은혜 씨의 가방을 받아 든 도어봇은 자리에서 일어나 꾸벅 인사를 했다.

"이 짐은 제가 아가씨 방에 안전하게 가져다 놓겠습니다. 아가씨께서는 저녁 만찬을 즐겨주세요. 부디 행복한 시간 보내시기를."

말을 마친 도어봇이 뚜벅뚜벅 걸음을 옮기기 시작했다. 나무 바닥에 부딪히는 도어봇의 발소리는 콘크리트에 부딪히는 소리보다 훨씬 더 맑게 울렸다. 메이는 중앙 계단 위쪽으로 걸어 올라가는 도어봇을 눈으로 배웅하고는 은혜 씨를 향해 말했다.

"만찬 장소는 저쪽입니다, 아가씨."

자동으로 열리는 나무문을 지나 들어간 프라이빗한 공간에는 회전 초밥집에서나 볼 법한 컨베이어벨트가 설치되어 있었다. 식탁이 놓인 자리 건너편에는 셰프봇들이 자리를 잡고 대기 중이었다. 메이는 식탁 의자를 당겨놓고 공손한 자세로 서서 은혜 씨를 불렀다.

"여기 앉으세요, 아가씨."

은혜 씨가 식탁 앞에 서자 메이가 의자를 적당히 밀어 앉기 좋은 위치에 놓아주었다. 은혜 씨는 자리에 앉으면서 메이에게 살짝 고개를 숙여 감사를 표시했다.

"고맙습니다, 매니저님."

"별말씀을요. 그럼 천천히 생각해 보신 다음, 결정하신 메뉴를 제게 말씀해 주세요. 곧바로 셰프봇에게 오더를 넣도록 하겠습니다."

"음, 알겠어요."

자리에 앉은 은혜 씨는 메뉴판부터 찾았다. 하지만 테이블 위에도, 옆에도 메뉴판은 없었다. 혹시 벽면에 무언가 붙어 있나 싶어서 주변도 휘휘 돌아보았지만, 메뉴판 비스무레한 무언가조차 도 찾아내지 못했다. 은혜 씨가 주문은 하지 않고 계속 두리번거리며 어쩔 줄 몰라 하자 메이가 물었다.

"아가씨, 어디 불편하신가요?"

"아뇨. 불편한 건 아닌데…… 여기 메뉴판 어디 있나요?"

은혜 씨의 물음에 메이는 은은한 미소를 머금고 대답했다.

"메뉴판은 따로 없답니다. 아가씨께서 원하시는 음식은 뭐라도 내어드리니까요."

은혜 씨가 조금 놀란 얼굴로 다시 물었다.

"뭐라도 내어준다고요? 정말 제가 말하는 건 뭐라도 다 만들어 줘요?"

"그렇습니다."

"정말요? 그럼 캐비어 달라고 하면 캐비어도 줘요? 무료 식사인데?"

"물론입니다."

메이가 눈짓하자 셰프봇 하나가 분주히 움직이기 시작했다. 달각달각, 사각사각, 다양한 소리를 내며 빠른 손놀림으로 움직이던 셰프봇은 무언가 얹어놓은 접시를 컨베이어벨트에 태워 보냈다. 곧 은혜 씨 앞으로 접시가 도착했다. 접시에는 과일을 얇게 썰어 꽃처럼 만든 귀여운 장식과 함께, 하우다치즈와 캐비어가 올라간 깜찍한 크기의 크래커 카나페가 하나 놓여 있었다.

커다란 접시와 대비되는 조그마한 카나페 크기에 약간 실망스러운 마음이 들기도 했지만, 무료 식사에 캐비어가 나온 것이 어디인가 싶어서 은혜 씨는 감사히 먹기로 했다. 엄지와 검지로 카나페를 가볍게 들어 올려 입속에 넣고 씹기 시작한 은혜 씨는 입안 가득 넘칠 듯한 캐비어의 풍미를 느꼈다.

비리고, 느끼하고, 짜다!

캐비어라는 게 원래 이런 맛인가? 은혜 씨의 얼굴이 의지와 상관없이 찌푸려졌다. 사실 은혜 씨는 캐비어라는 것을 처음 먹어 보았다. '비싼 식재료' 하면 떠오르는 것이 캐비어라서 그냥 한번 주문해 본 것인데 이렇게까지 입맛에 안 맞을 줄은 몰랐다. 그렇다고 입안에 넣은 귀한 음식을 차마 뱉을 수는 없어서 그냥 꼭꼭 씹어 꿀꺽 삼켰다. 접시에 올라와 있던 것 중에는 과일로 만든 꽃 장식이 가장 맛있었다. 아, 차라리 과일이나 달라고 할걸.

메이가 물잔을 건네며 말했다.

"우리 레스토랑은 최고급 식재료를 사용하지만, 그 오르되브르는 아가씨의 취향에서 벗어난 것이었을 겁니다. 아가씨, 정말로 원하시는 게 그거였나요?"

은혜 씨는 메이가 건넨 물을 꿀꺽꿀꺽 삼켰다. 물로 입을 헹구니 좀 나아지는 것 같기도 하고, 더 비려지는 것 같기도 했다. 캐비어 처음 먹은 티를 너무 냈나? 은혜 씨는 조금 민망한 듯 헛기침을 했다.

"크흠, 솔직히 말해서…… 처음 먹어봤는데 제 스타일은 아니었어요."

은혜 씨의 진솔한 대답에 메이는 가볍게 웃음을 지었다.

"그러셨을 겁니다. 그건 아가씨가 진짜로 원하는 게 아니었으니까요."

"그래 보였어요?"

"네. 조금 전 아가씨는 진짜로 원하는 것이 아니라, 그럴싸해 보이는 것을 선택하셨죠. 그리고 그 결과는 행복하지 않았습니다. 오히려 살짝 불행해지셨으려나요."

메이가 냅킨을 건넸다. 은혜 씨는 입가를 닦으며 말했다.

"그럼 '맛있는 거 주세요'라고 하면, 제가 진짜로 원하는 게 나올까요?"

"상당히 포괄적인 주문이군요. 어쨌거나 아가씨가 맛있다고 평가할 만한 음식이 제공될 겁니다. 예를 들자면 아가씨가 선호하는 인스턴트 라면이나, 휴게소에서 파는 사과잼 와플 같은 것들이 있겠지요. 분명 맛있다고 느끼실 겁니다. 그러나 행복도의 변화는 그리 크지 않은, 무난한 결과가 예상된다는 점도 염두에 두시면 좋겠습니다."

메이의 말에 은혜 씨는 공감하듯 고개를 끄덕였다.

"맞아요. 굳이 이런 멋진 호텔까지 와서 라면이나 와플을 먹고 싶진 않은데……. 그렇다고 고급 식재료를 쓴 음식이 내 입에 맞는지 안 맞는지 미리 알 수도 없으니……."

"너무 어렵게 생각하실 필요는 없어요. 아가씨는 이미 우리 호텔에서 제공할 수 있는 멋진 만찬을 꿈꿔보신 적이 있을 겁니다."

“제가 그런 걸 생각해 본 적이 있을 거라고요? 글쎄요, 저는 잘 모르겠…….”

그 순간, 어떤 기억이 은혜 씨의 머릿속을 번뜩 스치고 지나갔다. 미혜의 상견례라는 흔치 않은 이벤트가 있었던 날이었기에, 평소였다면 잊어버렸을 사소한 기억이 유독 선명하게 남아 있었다.

⚙

“은혜야, 엄마 먼저 나갈 테니까 이따 아빠랑 같이 숍으로 와. 너 입을 옷은 침대 위에 올려놨고, 구두는 현관에 뒀어. 꼭 엄마가 빌려 온 걸로 챙겨 입고 와야 돼. 알았지?”

“으응……. 알았어어…….”

은혜 씨는 작업 중인 화면을 들여다보며 대충 대답했다. 클라이언트의 급한 디자인 수정 요청을 받은 은혜 씨는 주말 오전임에도 픽셀과 씨름 중이었다. 은혜 씨는 힐끗힐끗 시계를 보며 작업을 이어갔다. 수정본을 전송한 것은 오후 1시를 조금 앞둔 시각이었다.

“오케이, 끝! 머리는 아까 감았으니까 옷부터 갈아입으면 되나…….”

은혜 씨는 세탁소 비닐에 싸인 채 침대에 놓여 있는 투피스 정장 세트를 집어 들었다. 그런데 생각지 못한 문제가 생겼다. 입고 보니 옷이 약간 작았던 것이다. 단추를 잠글 수는 있었으나 은근히 조여서 속이 갑갑했다. 차라리 아예 안 들어갔으면 처음부터 다른 옷을 입었을 텐데, 굳이 입고 있는 옷을 벗고 새 옷을 찾아 입기에는 시간이 촉박했다. 그래서 은혜 씨는 이 불편함을 두어 시간 정도만 감수하기로 했다.

오랜만에 쿠션 퍼프로 얼굴을 두드리고 립스틱을 칠하고 머리카락을 싹싹 모아 머리망에 넣은 은혜 씨는 원래 쓰던 애착 가방을 버릇처럼 집으려다가 아차, 하고 침대로 돌아가 엄마가 두고 간 명품 가죽 가방을 들었다.

준비를 마치고 거실로 나온 은혜 씨는 기겁했다. 아빠가 그때까지도 속옷 차림으로 소파에 누워 인터넷 장기 방송을 보고 있었던 것이다.

"아빠, 상견례 2시잖아요! 아직도 준비 안 하신 거예요?"

"음……? 시간이 벌써 그렇게……?"

"이러다 늦겠어요! 옷은 어디 있어요?"

"몰라."

아빠는 마치 남 일인 양 느긋하게 대답했다. 다급히 거실을 둘러보던 은혜 씨는 구석에 놓인 행거에 처음 보는 정장 세트가 걸려 있는 것을 발견했다. 은혜 씨는 재빨리 옷을 가져다가 아빠에게 건넸다.

"아빠, 빨리 옷 입으세요! 차 키는 어디 두셨어요?"

"차 키가……. 으음, 어디에다 뒀더라……."

은혜 씨는 아빠의 대답을 기다리느니 차라리 안방에 들어가서 직접 찾는 편이 더 빠르겠다고 판단했다. 안방에 들어온 은혜 씨가 화장대와 협탁의 서랍을 뒤지고 있는데 거실에서 아빠의 목소리가 들려왔다.

"은혜야, 안방 장롱에서 아빠 넥타이 좀 갖다줘라. 자동으로 매지는 거."

"네, 알겠어요!"

은혜 씨는 서랍에서 자동차 열쇠를 찾아 꺼내 손에 쥐고 장롱을 열었다. 끼는 옷에다 가죽 토트백까지 걸치고 있으려니 움직임 하나하나가 다 불편했다. 은혜 씨는 장롱 안에 아무렇게나 걸려 있던 넥타이를 하나 집어 들고 거실로 나왔다. 오후 1시 25분. 서둘러야 했다.

"엄마, 메이크업 다 끝났어? 우리 1분 안에 도착하니까 얼른 내려와."

자동차가 사거리에 멈춰 있는 동안 은혜 씨는 엄마에게 전화를 했다. 숍은 집에서 차로 3분 거리에 있었다. 여기서 두 사람을 픽업한 다음 상견례 장소인 한정식집으로 바로 이동하면 교통체증을 고려하더라도 얼추 시간을 맞출 수 있을 것 같았다. 곧 녹색 신호등이 켜졌다.

아빠는 사거리 근처에 있는 번화가 입구에 차를 세우고 비상깜빡이를 켰다. 얼마 지나지 않아 엄마와 미혜가 길가로 나오는 모습이 보였다. 엄마는 볼륨을 잔뜩 넣어 부풀린 올림머리를 하고, 미혜는 긴 머리가 물결처럼 자연스럽게 굴곡지도록 드라이를 한 모양이었다. 잠시 주변을 두리번거리던 두 사람은 조금 떨어진 곳에 정차된 아빠의 자동차를 발견하고는 종종걸음으로 다가왔다. 까르르 웃음꽃을 피우며 오는 두 사람은 기분이 좋아 보였다. 곧 철컥하는 소리와 함께 뒷문이 열리고 엄마가 먼저 차에 올라탔다. 헤어스타일링 제품 특유의 인조 꽃향기가 훅 풍겨왔다.

"여보, 넥타이 했어?"

엄마는 그것부터 물었다.

"응, 했어."

"어디 봐봐."

엄마가 앞좌석 사이 공간으로 얼굴을 들이밀었다. 그 순간 은혜 씨는 엄마의 표정이 급속도로 굳어지는 것을 보았다. 아빠의 검은 넥타이를 본 엄마는 잠시 할 말을 잊은 듯하더니, 금세 사나운 얼굴이 되어 아빠의 팔을 탁탁 때리기 시작했다.

"당신 제정신이야? 내가 가져다 놓은 건 어쩌고 이걸 하고 왔어!"

아빠가 심드렁하게 대꾸했다.

"그건 직접 매야 되잖아. 나 혼자 넥타이 못 매."

"그렇다고 어머님 장례식장에서 준 넥타이를 하고 오면 어떡해!"

은혜 씨는 침을 꿀꺽 삼켰다. 아빠가 장롱에 있는 자동 넥타이를 가져다 달라고 해서 가져다준 것뿐인데, 그게 그 넥타이였을 줄이야. 은혜 씨는 힐끔 엄마의 눈치를 보았다.

"아휴, 내가 못 살아! 장례식장에서 준 물건들 진작에 좀 버리라니까, 굳이 그걸 안 버리고 꾸역꾸역 장롱에 넣어놓더라니!"

"멀쩡한 걸 뭐 하러 버려, 아깝게."

"아무리 그래도 딸 상견례에 장례용품을 매고 와? 부정 타면 어쩌려고 그래, 이 인간아! 당신 생각이 있는 사람이야, 없는 사람이야? 상견례 초 치려고 작정했어? 그리고 서은혜, 너는 뭐 한 거야? 아빠가 저런 넥타이를 맸는데 그러든지 말든지 하고 그냥 나왔어? 아빠가 혼자 넥타이를 못 매시면 네가 매드렸어야지! 넌 애가 왜 이렇게 센스가 없니?"

은혜 씨는 갑작스럽게 튄 불똥에 억울한 표정을 지었다.

"왜 갑자기 나한테까지 그래? 나는 다른 넥타이가 있는 줄도 몰랐어! 그리고 나도 넥타이 맬 줄 모르거든?"

"뭐어? 하이고, 자랑이다, 자랑이야! 너는 그 나이 먹도록 넥타이도 못 매서 시집은 어떻게 가려고 그래? 네가 그렇게 준비가 하나도 안 되어 있으니까 남자가 없는 거 아니야!"

"뭔 얘기가 그리로 튀어? 그 얘기가 지금 상황에 무슨 도움이 돼? 차라리 빨리 집에 가서 넥타이 챙겨 오는 게……."

"지금 시간이 몇 신데 어느 세월에 집엘 다시 갔다 와! 그러게 일찍 좀 나오지!"

"내가 놀다가 나왔어? 일하다가 나왔잖아! 아빠, 그냥 넥타이

빼세요. 요새 젊은 사람들 넥타이 없이도 정장 많이 입어요."

"어머, 얘! 상견례 자리가 그렇게 캐주얼한 자리니? TPO를 맞춰야 할 것 아니야, TPO를!"

"아니, 이것도 안 되고 저것도 안 되면 이 상황에서 뭘 어쩌라고! 요 앞에 시장 가서 급한 대로 하나 사 올까? 아, 그건 백화점 브랜드 제품이 아니라서 엄마 맘에 안 들려나? 그럼 세 분 먼저 늦지 않게 가 계셔. 내가 집에 가서 그놈의 넥타이 챙겨 가지고 올 테니까. 됐지?"

"얘가 진짜…… 어디서 배워먹은 말버릇이야, 이게?"

자동차 안의 분위기가 순식간에 싸늘해졌다. 온도계로 측정해 보았다면 섭씨 1도 정도는 충분히 낮아지지 않았을까, 은혜 씨는 생각했다. 짤각거리는 비상 깜빡이 소리만이 그 서늘함 속을 헤엄치듯 돌아다녔다. 그렇게 30분 같은 30초가 흘렀고, 미혜가 풀 죽은 목소리로 말했다.

"됐어, 그냥 가. 지금 출발 안 하면 우리 진짜 늦어."

아빠는 그 말만을 기다렸던 사람처럼 곧바로 사이드브레이크를 풀고 액셀을 밟았다. 차가 부우웅 소리를 내며 가속을 시작했다. 핸들을 꺾는 속도와 타이밍도 제법 거칠었다. 은혜 씨 가족은 난폭한 흔들림을 견디며 한정식집에 도착했다. 다행히도 상견례 자리에는 늦지 않았다.

은혜 씨 가족은 맘속에 기분 나쁜 점 하나씩은 품고 있으면서도 모두 활짝 웃는 얼굴로 예비 사돈댁을 마주했다. 은혜 씨 또한 '이런 게 어른의 세상이구나'라고 생각하며 입꼬리를 한껏 끌어당겼다.

"아유, 멀리서 오시느라 고생 많으셨지요? 저희가 내려갔어야 하는데."

엄마의 나긋나긋한 목소리에 은혜 씨는 살짝 소름이 돋았다. 이 우아한 올림머리 중년 여성이 조금 전까지 차에서 가족들과 목청 높여 싸우고 있었다는 진실을 말하더라도 아무도 믿어주지 않을 것 같았다.

"아닙니다. 이런 핑계로 오랜만에 서울도 구경하고 좋은데요. 안 그래요, 원장님?"

진주 목걸이를 한 초로의 부인이 옆자리에 앉은 노신사를 향해 물었다. 원장이라고 불린 신사는 도톰한 금테 안경을 살짝 고쳐 올리며 껄껄 웃었다.

"이게 다 대석이가 좋은 혼처를 찾은 덕분 아니겠습니까. 우리 애가 타지에서 홀로 생활하면서 많이 외롭고 힘들었는데, 미혜 양이 곁에서 힘이 되어주었다고 하더군요. 저는 그저 범사에 감사할 따름입니다. 너는 어떠냐, 대석아?"

지방 광역도시에서 개인병원을 운영 중이라는 노신사는 자랑스러운 눈빛으로 자기 아들을 바라보았다. 갸름한 얼굴에 서글서글한 인상을 지닌 대석은 펠로우 1년 차에 접어든 30대 남성으로, 미혜와 교제한 지는 6개월 정도 되었다고 한다. 만난 지 6개월밖에 안 된 남녀가 결혼까지 결심할 수 있다는 것이 은혜 씨로서는 참 이해하기 어려운 부분이었지만, 어쨌든 미혜와 대석은 첫눈에 서로에게 푹 빠진 모양이었다.

"그럼요. 미혜를 이렇게 예쁘게 낳아주시고 길러주신 어머님, 아버님께 감사하죠! 아, 물론 우리 처형한테도 감사하고요!"

대석이 양손으로 은혜 씨를 가리키며 넉살 좋게 웃었다. 익숙지 않은 호칭에 '우리'라는 대명사까지 붙어 두 배로 간지러운 기분이 들었으나, 은혜 씨는 최대한 내색하지 않고 자연스럽게 웃으면서 고개를 끄덕였다. 마침 종업원이 식전 요리를 가지고 들어왔다. 은혜 씨는 자신에게 주의가 집중되려는 찰나 대화의 흐름을 끊어준 종업원에게 내심 무한한 감사를 보냈다.

"자, 그럼 식사 들면서 천천히 이야기 나누실까요?"

엄마의 제안과 함께 식사가 시작되었다. 사돈들끼리 나누는 담소는 은혜 씨의 귀에 전혀 들어오지 않았다. 사실 너무 배가 고프고 어지러워서 다른 생각을 할 겨를도 없었다. 아침 일찍 일어나 단백질바 하나 씹으며 오전 내내 모니터와 씨름하다가 조이는 옷을 차려입고 이 자리에 나왔으니 속이 허하고 기운이 없을 만도 했다. 어쨌든 첫 번째 식전 요리로 나온 연자죽을 다 먹고 나니 몸이 따뜻해지며 기운이 돌았다. 은혜 씨는 조금 살 것 같은 얼굴로 숟가락을 내려놓았다. 비록 네다섯 숟가락에 다 먹을 정도로 적은 양이었지만.

그런데 다음 요리가 나오기까지 기다리는 동안 문제가 발생했다. 식전 요리로 예열을 마친 은혜 씨의 위장이 꼬르륵대며 존재감을 드러내기 시작한 것이다. 처음에는 못 들은 척 넘어가 줄 수 있는 정도였지만, 은혜 씨 뱃속의 아우성은 점점 더 커졌다. 긴 공복, 끼이는 옷으로 인한 불편한 자세, 어려운 자리에서 느끼는 긴장감의 삼중주가 환장의 하모니를 이루고 만 것이다.

"아유, 사돈처녀가 배가 많이 고팠나 보네. 잘 먹으니 보기 좋아요. 그렇죠, 원장님?"

진주 목걸이 부인이 분위기를 환기하며 옆자리의 노신사를 바라보았다.

"암. 한국인은 밥심이거든. 사돈처녀, 어려운 자리다 생각하지 말고 편하게 많이 들어요."

노신사 또한 인자하게 웃으며 말했다.

"네, 처형. 더 드시고 싶으면 추가로 주문하셔도 돼요. 부담 갖지 마시고요."

대석도 활짝 웃으며 덧붙였다. 은혜 씨는 창피함으로 얼굴이 달아올랐다. 그런 은혜 씨의 마음을 아는지 모르는지, 은혜 씨 뱃속의 공복 귀신은 한번 시작한 곡소리를 끝낼 기미를 보이지 않았다.

정말이지 피가 마르는 시간이었다. 예비 사돈댁 식구들은 음식이 나올 때마다 은혜 씨에게 많이 먹을 것을 권했다. 아마도 불편해 보이는 은혜 씨의 긴장감을 덜어주려는 좋은 의도였으리라. 그런 상황에서 몇몇 접시는 배려와 친절이라는 명목하에 아예 은혜 씨 앞으로 옮겨졌고, 그럴 때마다 은혜 씨는 끊임없이 감사히 잘 먹는 시늉을 해야만 했다. 차라리 양껏 먹을 수라도 있었다면 좀 나았을 텐데. 그럴 만한 상황이 안 되는 은혜 씨로서는 잘 먹는 척하는 일 자체가 곤욕이었다.

가장 큰 문제는 은혜 씨의 불편한 옷이었다. 한정식 코스 요리가 하나씩 추가될 때마다 엄마가 빌려온 명품 옷이 점점 더 은혜 씨의 복부를 조여왔다. 그렇다고 음식을 권하는 사돈댁 식구들에게 '제 배에서 꼬르륵 소리가 나는 건 신경성일 뿐이고, 지금은 옷이 조여서 식사하기가 매우 불편한 상황이오니 어르신들께서는 저를 커다란 피규어 정도로 인식하여 주시고 편히들 말씀 나눠주시면 감사하겠습니다'라고 말하며 젓가락을 내려놓을 수도 없는 노릇 아닌가.

때마침 엄마가 나서서 은혜 씨를 변호했다.

"우리 은혜가 동생 상견례 자리 빠지면 안 된다고 끼니도 걸러 가면서 오늘 아침까지 일하다가 왔지 뭐예요. 하나뿐인 동생 시집보낸다고 언니로서 얼마나 책임감이 큰지 몰라요. 지금 앉아 있어서 잘 모르시겠지만, 우리 은혜가 미혜랑은 다르게 키가 커서 173센티예요. 이 큰 키를 유지하려면 밥을 잘 먹어야 하잖아요? 그런데 새 회사에서 큰 건을 따내서 밤낮없이 일만 하느라 밥도 제대로 못 먹고 연애할 시간까지 없대서 걱정이에요. 그러다 보니 이렇게 순서에도 안 맞게 언니보다 동생이 먼저 예비 신랑을 데려오고……. 네? 비혼이요? 어머, 아니에요! 워낙 능력도 있고 자기 일에 프라이드가 있다 보니까 결혼이 조금 뒤로 밀린 것뿐이죠. 엄마로서는 든든하면서도 걱정되기도 하고……."

듣다 보니 어디까지가 변호이고 어디까지가 자랑이고 어디까지가 디스이며 어디까지가 진심인지 영 알기 어려웠지만 은혜 씨는 그저 웃었다. 그 상황에서 은혜 씨가 할 수 있는 일은 깨작거리는 모습으로 보이지 않도록 음식을 먹으면서 어른들의 분위기에 맞춰주는 것뿐이었다. 그렇게 식사가 끝날 무렵에는 숨쉬기가 상당히 버거워졌고, 상견례를 마칠 즈음에는 산소 부족으로 머리까지 핑 돌았다. 그나마 큰 해프닝 없이 상견례를 마친 게 다행이라면 다행이었다.

집으로 돌아오는 차 안에서 미혜는 잔뜩 심통이 나 있었다. 처음에는 아무 말도 하지 않던 미혜였지만, 왜 이렇게 입만 댓 발 내밀고 있냐는 엄마의 반복된 질문에 그녀는 폭발하고 말았다. 아빠가 장례식에서 사용한 넥타이를 하고 왔을 때부터 미혜의 기분은 조금씩 나빠지고 있었는데, 그러던 중 은혜 씨의 뱃속 곡소리 사건이 터졌고, 그 이후 엄마가 은혜 씨 중심으로 이야기를 이어나가면서 미혜의 기분은 완전히 시궁창에 처박힌 모양이었다.

"엄마는 맨날 그래! 맨날 언니는 뭐가 잘났고, 뭐를 잘하고, 그러면서 나랑 비교하고! 내 결혼 앞두고 하는 상견례에서도 꼭 언니 칭찬만 그렇게 해야 했어? 엄마는 처음부터 끝까지 은혜 엄마이기만 하고, 미혜 엄마는 아니야?"

미혜의 격한 토로에 엄마는 난감한 듯 눈을 깜빡이며 목소리를 가다듬었다.

"아니, 그게……. 네 언니 배에서 소리가 너무 심하게 나니까 그랬지. 사돈댁이 당황하신 것 같아서 내가 분위기 좀 환기해 보려고 그랬다! 아니, 그나저나 서은혜! 너는 그놈의 과민성인가 뭔가 하는 그거 어떻게 좀 안 되니? 그런 중요한 자리에서 이게 무슨 망신이야?"

아, 올 것이 왔다. 드디어 내게도 화살이 돌아오는군. 은혜 씨는 꽉 끼는 옷의 단추를 풀어놓은 채 편안하게 숨을 쉬며 대답했다.

"그게 의지대로 될 것 같으면 사람들이 왜 과민대장증후군 치료받으러 다니느라 그 고생을 하겠어? 당사자인 나야말로 엄청 쪽팔렸거든? 안 그래도 옷 때문에 숨 막혀 죽는 줄 알았는데……. 옷은 왜 이렇게 작은 걸로 가져왔어?"

은혜 씨의 투덜거림에 엄마 대신 미혜가 시큰둥하게 대꾸했다.

"옷이 작은 게 아니라 언니가 뚱뚱한 거겠지."

"뭐?"

은혜 씨가 불쾌한 얼굴로 뒤를 돌아보았다. 뒷좌석에서 팔짱을 끼고 앉아 앞쪽을 흘겨보던 미혜가 어깨를 으쓱하며 말했다.

"내가 틀린 말 했어? 평범한 여자들이 입는 사이즈로 대여해 왔는데 언니 몸에 안 들어가면 언니가 뚱뚱한 거 아냐? 그리고 과민 대장이네 뭐네 하면서 오늘도 쉴 새 없이 잘만 처먹더라?"

"야! 뼈다구 같은 애들 입는 옷이 무슨 평범한 여자들 사이즈냐? 그리고 너는 그게 처먹는 걸로 보이디? 그럼 사돈댁 처음 보는 자리에서 내가 입맛 없다고 젓가락 내려놨어야 했을까? 분위기 싸해지게?"

"아니? 적당히 애교 섞어서 잘 설명하면 되지. 그럼 어머님 아버님도 충분히 이해하셨을걸? 이건 그냥 언니가 사교성이 없는 것뿐이잖아."

"뭐? 야, 솔직히 말해서…… 아악!"

몸을 돌려 미혜를 보고 있던 은혜 씨의 몸이 크게 휘청했다. 은혜 씨뿐만 아니라 자동차에 타고 있던 모두의 몸이 크게 한쪽으로 쏠렸다가 원래대로 돌아왔다. 자동차 유리창에 머리를 거의 부딪힐 뻔한 엄마가 짜증스럽게 외쳤다.

"아휴, 당신은 좀! 아파트 주차장 들어올 때 커브 좀 살살 돌면 안 돼?"

아빠는 평소처럼 아무 대꾸도 하지 않았다. 이상한 표현일 수도 있겠지만, 좋은 타이밍이라면 좋은 타이밍이었다. 덕분에 막 불붙기 시작한 자매의 싸움이 거기서 애매하게 끊어졌으니까. 물론 그것이 종전을 의미하는 것은 아니었다. 휴전이었다.

방으로 들어온 은혜 씨는 옷을 갈아입자마자 곧바로 친구 영은에게 전화를 걸었다. 그리고 미혜의 상견례에서 벌어진 일들을 미주알고주알 늘어놓았다. 영은은 언제나처럼 은혜 씨의 이야기에 귀를 기울여 주었고, 은혜 씨의 모든 하소연에도 맞장구를 쳐 주었다. 아, 인생의 고단함을 털어놓을 수 있는 친구가 있다는 사실이 어찌나 감사한지! 침대에서 몸을 이리저리 굴리던 은혜 씨가 말했다.

"하여튼 뭘 먹고 온 건지도 모르겠어. 속만 계속 부대껴."

"그럴 만도 하지. 내가 그 자리에 있었어도 체했겠다!"

"그치? 내가 이상한 거 아니지?"

"그럼! 야, 다음 주에 우리끼리 맛난 거 먹으러 가자. 고무줄 바지 입고."

영은의 제안에 은혜 씨는 와하하 웃음을 터트렸다.

"그거 좋네! 뭐 먹을 때는 고무줄 바지가 최고지! 근데 뭐 먹을까? 스트레스 받아서 그런가, 자극적인 게 좀 땡기는데?"

"자극적인 거? 그럼 오랜만에 용두동 갈래?"

"오, 주꾸미볶음? 그러고 보니 주꾸미 철이잖아! 완전 좋다! 근데 매콤한 맛 상상했더니 뜬금없이 크림소스 뇨끼도 땡긴다? 주꾸미랑 뇨끼 같이 파는 식당은…… 당연히 없겠지?"

"없지. 근데 우리 전에 비슷한 얘기 하지 않았었나?"

"어, 했었어. 양꼬치랑 똠얌꿍 같이 파는 데 있으면 좋겠다고. 같이 먹으면 의외로 어울릴 것 같은데 절대 같이 먹을 일이 없는 조합이잖아."

"그래. 그렇게 국경을 뛰어넘은 상차림이야말로 우리한텐 고오급 만찬이지."

"맞아, 그게 진정한 고오급 만찬이지! 그렇게 먹을 수만 있다면."

은혜 씨는 깔깔 웃었다.

✿

영은과 장난처럼 이야기했던 고오급 만찬.

방금 비운 카나페 접시를 내려다보던 은혜 씨는 우연인 듯 운명처럼 그 기억을 떠올렸다. 그래, 분명 내가 꿈꾸는 모든 것을 제공해 준다고 했었겠다? 은혜 씨는 테이블 근처에 꼿꼿한 자세로 서 있는 메이를 바라보며 말했다.

"저, 매콤한 주꾸미볶음이랑 크림소스 뇨끼, 양꼬치랑 똠얌꿍이 전부 어우러지도록 한 상 내주시겠어요? 깻잎이랑 고수는 넉넉하게 챙겨주시고요. 후식으로는 생크림 카스텔라랑 라즈베리 푸딩이 좋겠어요. 진하게 우린 보리차하고요. 이렇게 주문되나요?"

은혜 씨의 물음에 메이가 웃으며 대답했다.

"멋진 만찬이군요. 셰프봇에게 바로 오더 내리겠습니다."

은혜 씨가 주문한 '멋진 만찬'은 예상보다 빨리 컨베이어벨트를 타고 은혜 씨 앞에 도착했다. 한 상 차림으로는 좀처럼 보기 힘든 조합. 일단 시키기는 했고 주문한 그대로 나오긴 했는데, 과연 그 맛이 어떨지는 아직 모른다. 은혜 씨는 젓가락을 들고 가장 왼쪽에 놓인 음식부터 하나씩 맛보기 시작했다.

"으음! 맛있다!"

은혜 씨는 미간을 찌푸리며 탄성을 터트렸다. 각 음식마다 맛이 어찌나 좋은지 머릿속에 끼어 있던 검은 먹구름 사이로 햇살이 반짝 내리쬐는 느낌이 들었다. 매콤함을 잡아주는 크림의 부드러움, 심심할 틈 없이 녹아드는 육즙과 향신료, 느끼함을 가시게 만들어주는 이국적인 새콤함……. 물레방아처럼 빙글빙글 돌며 서로를 보완하는 음식들의 조화가 너무 좋아서, 어지간히 유명한 식당에서도 느껴보지 못했던 극상의 만족감이 파도처럼 밀려들었다. 게다가 제공된 음식의 양은 은혜 씨의 컨디션과 위장 크기를 미리 측정하고 소화력을 계산하여 내놓기라도 한 것처럼 완벽하게 적당했다. 덕분에 은혜 씨는 포식 후 찾아오는 기분 나쁜 더부룩함 없이 다양한 음식을 모두 먹을 수 있었다. 추가로 주문한 디저트가 컨베이어벨트를 타고 도착했을 무렵, 은혜 씨는 한 가지 의문이 들었다.

"그런데 매니저님."

"네, 아가씨."

"여기 식당 말이에요. 아까 캐비어도 그렇고, 이렇게 다양한 음식 재료를 전부 가지고 있는 거예요? 항상? 맛도 맛인데 요리가 정말 빨리 나온 것 같아서요. 이런 걸 공짜로 줘도 남는 게 있……."

은혜 씨는 꺼내려던 마지막 말을 입속에서 조용히 바스러트렸다. 메이는 그런 은혜 씨를 보며 가볍게 미소 지었다.

"아가씨, 세상에 밑져가며 장사하는 사람은 거의 없습니다. 물론 100퍼센트라고 말할 수 있는 것은 아니기에 전혀가 아니라 거의라고 표현했습니다만……. 적어도 우리 드림 컴퍼니의 오너는 자선사업을 하시는 분은 아닙니다."

"드림 컴퍼니요?"

"네, 아가씨. 우리 호텔은 드림 컴퍼니의 계열사 중 하나입니다."

"어…… 그럼 다른 계열사도 이런 식으로 영업해요?"

"그건 너무 광범위한 질문이라 명확하게 답변을 드리기가 어렵습니다. 다른 계열사들의 영업 전략은 알지 못합니다만…… 방문객 맞춤형으로 꿈을 제공하고, 첫 서비스는 반드시 무료라는 것만큼은 계열사를 불문한 기본 원칙인 걸로 알고 있습니다."

은혜 씨는 조금 혼란스러웠다. 그저 이 호텔의 소유주가 특이한 콘셉트를 잡은 줄로만 알았는데, 생각했던 것보다 훨씬 큰 사업체인 것 같았다.

"그런데요, 여기 들어오기 직전에 이 호텔에 대한 정보를 다른 사람에게 발설해서는 안 된다는 주의사항을 들었거든요. 이런 꿈같은 공간에서 식사도 무료로 제공해 주는데, 그걸 홍보하지도 못하게 하면 소유주에게 이득 될 게 있나요? 아, 따지는 건 아니고요, 그냥 궁금해서 그래요. 제가 궁금한 건 못 참는 성격이라……."

"알고 있습니다, 아가씨. 아가씨의 질문을 공격적으로 느끼지도 않았고요. 하지만 통계적으로 봤을 때, 드림 컴퍼니의 첫 방문 무료 서비스는 상당히 효율이 좋은 프로모션입니다. 그러니 아가씨께서도 호텔 운영에 대한 염려는 접어두시고, 남은 시간 동안 하나라도 더 많은 서비스를 누려보시는 게 어떠실지요?"

메이의 말에 은혜 씨는 어느 정도 상황을 납득했다. 최애가 마중을 나오고, 취향 저격 인테리어에, 원하는 것은 무엇이든 내어주는 특급 레스토랑만으로도 만족도가 이렇게나 높은데 다른 서비스까지 꼼꼼히 이용하고 돌아간 고객의 재방문율은 아마도 상당히 높을 것이다. 그리고 두 번째 방문부터는 비싼 요금이 부과되겠지. 물론 메이에게 정확한 가격을 물어본 것은 아니었지만, 은혜 씨는 경제적인 문제로 인해 이곳에 두 번 다시 방문하지 못할 수도 있겠다는 생각이 불쑥 들었다. 그렇다면 이번 방문에 즐길 건 최대한 즐기고 돌아가는 게 맞다. 은혜 씨는 크게 고개를 끄덕였다.

"매니저님 말이 맞아요. 저 좀 더 제대로 놀다 갈래요. 여기 로봇 극장은 있다고 들었는데…… 또 무슨 서비스를 이용할 수 있어요? 들어보고 최적의 코스를 한번 짜보려고요."

은혜 씨의 질문에 메이가 여유로운 얼굴로 대답했다.

"저희가 제공하는 서비스는 저희 마음대로 정하는 것이 아닙니다. 오직 아가씨의 꿈에 의해서 정해지지요. 아가씨께서는 어떤 꿈을 이루고 싶으신가요?"

그 순간 은혜 씨는 이 호텔의 이용법을 온전하게 이해했다. 조금 전 식사를 주문할 때 그랬듯이 원하는 것을 말하기만 하면 된다. 그런데 레스토랑에서는 모든 식재료가 운 좋게 준비되어 있었다고 치더라도, 임기응변으로 제공이 불가능한 대규모 시설까지도 전부 맞춰줄 수 있을까? 문득 궁금해진 은혜 씨가 물었다.

"여기 수영장 있나요?"

"네, 있습니다."

"파도 풀도 되고요?"

"물론입니다. 파도의 방향과 세기는 고정 및 변경이 모두 가능합니다."

"그럼 워터 슬라이드도 있어요?"

"원하시는 워터 슬라이드 형태를 알려주시면 맞춰드리겠습니다."

메이는 1초의 머뭇거림도 없이 대답했다. 모든 경우의 수가 전부 준비되어 있으니 원하는 것을 말만 하면 골라서 제공해 주겠다는 뜻처럼 들렸다. 정말로 그게 가능한 건지 궁금하기는 했지만 은혜 씨는 곧 고개를 저었다.

"이건 그냥 한번 물어본 거예요. 사실 수영장 안 좋아하거든요. 죄송해요."

은혜 씨의 반응에 잠시 말이 없던 메이가 생각지 못한 이야기를 꺼냈다.

"조금 주제넘게 들릴 수 있겠습니다만, 아가씨는 정말로 수영이 싫으신 건가요? 아니면 다른 사람들의 시선이 싫으신 건가요? 후자가 문제라면 이곳에서는 전혀 걱정하실 일이 없습니다. 아가씨만 이용하시는 수영장이니까요."

메이의 말에 은혜 씨는 깜짝 놀랐다.

사실 은혜 씨가 물놀이를 꺼리게 된 것은 가족에게 크게 놀림을 받은 이후부터였다. 초등학생으로서 보내는 마지막 여름방학, 가족들과 함께 놀러 간 바닷가에서 은혜 씨는 새로 산 원피스 수영복을 입었다. 그 모습을 본 미혜가 몸이 거대한 게 드럼통 같다느니, 다리가 두툼한 게 바다코끼리 같다느니 하며 옆에서 은혜 씨를 놀려댔다. 평소에는 덤덤하니 별 반응도 없던 아빠가 그날만큼은 어찌나 웃어대던지. 엄마는 그러게 그냥 젖어도 되는 옷이나 대충 입지 뭐 하러 수영복을 굳이 사달라고 졸라서 이 망신을 당하느냐며 핀잔을 줬다.

그날 백사장에 있던 모든 사람이 은혜 씨의 몸을 보고 비웃는 것만 같았다. 은혜 씨는 그 이후로 다시는 수영복을 입지 않았다. 바닷가에 가더라도 모래밭에서만 시간을 보냈다. 그렇다고 물 자체를 싫어했느냐 하면 그렇지도 않았다. 은혜 씨는 욕조에 몸을 반쯤 띄워놓고 둥실거리는 걸 참 좋아했다. 그것은 은혜 씨가 오롯이 혼자 있는 순간에만 즐길 수 있는 작은 기쁨이었다. 그런데 작은 욕조가 아니라 커다란 수영장을 혼자서 이용할 수 있는 기회가 오다니. 은혜 씨는 침을 꿀꺽 삼켰다.

"저……."

"네, 아가씨."

"마음이 바뀌었어요. 수영할래요."

"탁월한 선택이십니다. 원하신다면 제가 수영을 가르쳐드리는 것도 가능합니다."

"정말요? 대박! 좋아요, 가르쳐주세요!"

"그렇게 하겠습니다. 수영복은 어떤 스타일로 준비해 드릴까요?"

잠시 고민에 빠졌던 은혜 씨가 손가락을 탁 튕기며 말했다.

"로이 릭턴스타인 일러스트가 선명하게 프린트된 아주아주아주 화려한 걸로 주세요! 사람들 시선을 확 끄는 스타일로요. 아, 그렇다고 다른 사람이 있었으면 좋겠다는 얘긴 절대 아니에요! 오해하시면 안 돼요?"

"네, 이해했습니다."

"그럼 이 디저트들은 키핑해 주실래요? 수영하고 와서 허기질 때 먹을게요."

고개를 끄덕인 메이가 디저트를 셰프봇 쪽으로 되돌려보냈다.

"그럼 수영장으로 가실까요?"

메이가 먼저 걸음을 옮겼다. 은혜 씨는 셰프봇들에게 잘 먹었다는 인사를 전하고는 메이의 뒤를 따라 레스토랑 바깥으로 나갔다. 생각지 못하게 커지는 호캉스 스케일에 은혜 씨의 가슴이 쿵쿵대기 시작했다.

은혜 씨는 수심이 1미터도 안 되는 유아풀로 안내를 받았다. 처음에는 다 큰 성인이 이런 데서 수영을 배우는 게 맞는 건가 싶어서 메이의 자질을 의심했지만, 메이는 은혜 씨가 생각했던 것보다 훨씬 더 체계적으로 수영을 가르쳐주었다. 은혜 씨는 잎새뜨기부터 배웠다. 수면에 누워 양팔은 머리 위로 길게 뻗고 무릎을 살짝 접는 잎새뜨기의 중간 자세는 평소 은혜 씨가 욕조에서 혼자 둥실거릴 때마다 하던 자세와 비슷했다.

“호흡을 전부 내뱉지 않고 일부만 교환하는 것이 중요합니다. 가라앉는 느낌이 들더라도 당황하지 말고 무릎을 이용해 무게중심을 찾아주세요. 물에 떠 있는 감각에 익숙해지면 수영이 편안해집니다.”

은혜 씨는 수면 위의 잎새처럼 가볍게 둥둥 떴다. 물에 잠긴 귀를 통해 들려오는 오묘한 물소리 때문에 마치 현실이 아닌 다른 차원의 공간에 있는 것만 같았다. 그렇게 몸에 힘을 빼고 둥실거리고 있다 보니 물의 깊이는 아무래도 상관이 없어졌다. 둥

아래의 수심이 1미터였던가. 아니면 10미터였나. 혹 100미터라 해도 무슨 의미가 있을까. 내가 지금 잎새인데. 아니, 잎새가 나였던가?

"잘하시네요, 아가씨. 배우는 속도가 빠르십니다."

잎새뜨기를 마친 은혜 씨의 입이 귀에 걸렸다.

"진짜요? 신난다! 저 같은 사람도 잘 뜰 수 있을 줄 몰랐는데요!"

은혜 씨의 말을 들은 메이가 고개를 갸우뚱했다가 대답했다.

"저 같은 사람…… 이라고 하신 말씀이 무슨 뜻인지는 잘 모르겠습니다만, 수영 초보의 경우 물에 처음 누울 때 많이 두려워합니다. 무게중심이 어긋나 몸이 살짝만 물에 잠겨도 놀라서 몸을 일으켜 세우려 하죠. 그런데 아가씨는 물이 광대뼈를 덮을 만큼 올라와도 겁내지 않았고, 다리가 가라앉아도 다시 떠오를 수 있도록 알아서 중심점을 찾으셨습니다. 매우 훌륭합니다. 진도를 조금 더 나가도 괜찮을 것 같습니다만."

"좋아요!"

은혜 씨는 물속에서 숨을 내뱉고 물 밖에서 숨을 들이마시는 법을 배웠다. 킥판에 매달려 발차기도 했다. 물에 뜨는 건 어렵지 않았으나 숨쉬기와 발차기를 동시에 하려니 에너지가 쭉쭉 소진되었다. 마음은 레인 끝에 닿아 있는데 현실은 겨우 7~8미터 전진했을 뿐이었다. 그래도 은혜 씨는 즐거웠다. 첫날에 이 정도 하는 것 자체가 대단한 거라는 메이의 칭찬 덕에 더 그랬을지도 모른다. 어쩌면 25미터 레인 끝을 터치하는 일이 그리 머지않은 꿈일 수도 있겠다는 자신감도 생겼다.

수영장에서 나온 은혜 씨는 손발이 후들거릴 정도로 녹초가 되어 있었다. 재미가 들려서 무리를 한 감도 있었다. 선베드에 쓰러지듯 철푸덕 누워 아이고 아이고 하고 있으니 메이가 큼직한 수건을 가져다주었다.

"고맙습니다."

"별말씀을요."

메이가 살포시 웃으며 은혜 씨가 누운 선베드 옆쪽을 바라보았다. 은혜 씨의 시선도 자연스럽게 그쪽으로 따라갔다. 두 사람의 시선이 동시에 멈춘 곳에는 도어봇이 비석처럼 서 있었다. 도어봇이 그렇게 가까이 와 있는 줄 전혀 몰랐던 은혜 씨는 깜짝 놀라 움찔했다.

"아유, 깜짝이야! 언제부터 거기 있었어? 심장 떨어지는 줄 알았네!"

그 말에 도어봇의 턱이 아래로 툭 떨어졌다.

"네? 괜찮으신가요, 아가씨? 심장이 떨어지는 줄 알았다고 하셨으니 실제로 떨어진 건 아니라는 말씀이시군요? 혹, 떨어지기 직전의 위기 상태라면 바로 닥터봇을 호출하겠습니다."

도어봇의 반응에 은혜 씨는 깔깔 웃었다.

"아하하! 그건 많이 놀랐다는 관용적 표현이야! 그런데 수영장에는 무슨 일?"

"네, 여기……. 아가씨께서 키핑해 놓으신 디저트를 가져왔어요."

도어봇이 상체를 뒤쪽으로 180도 회전시켰다가 다시 앞으로 되돌렸다. 도어봇의 손에 들린 쟁반 위에는 생크림 카스텔라와 라즈베리 푸딩, 진하게 우린 보리차가 놓여 있었다. 은혜 씨의 얼굴에 화색이 돌았다.

"우와, 땡큐! 다리가 너무 후들거려서 식당까지 어떻게 가나 했는데!"

선베드 옆 협탁에 쟁반을 둔 도어봇이 포크와 티스푼도 가지런히 내려놓았다. 은혜 씨는 포크를 쥐고 생크림 카스텔라를 잘라 입안에 집어넣었다. 탄수화물과 유지방이 달콤한 조화를 이루며 혀끝에서 살살 녹았다. 대박이라는 말이 숨소리처럼 자연스럽게 새어 나왔다. 이어서 티스푼을 집어 들고 라즈베리 푸딩을 뜨려던 은혜 씨가 일순 멈칫했다.

"아, 매니저님도 배고프지 않으세요? 같이 드실래요?"

"괜찮습니다, 아가씨."

메이가 흐트러짐 없는 다소곳한 자세로 대답했다. 그 모습은 도어봇보다 훨씬 더 로봇 같았다. 잠시 난감한 표정을 지었던 은혜 씨는 곧 머리 위에 전구가 켜진 듯 눈을 반짝 밝혔다.

"저, 매니저님이랑 같이 먹고 싶어요!"

"그러신가요?"

"네! 이렇게 말하면 같이 먹어주시는 거죠?"

"말씀대로 하겠습니다."

도어봇은 기다렸다는 듯 근처에 있던 의자를 끌어와 은혜 씨의 선베드 옆에 두고 메이를 위한 여분의 포크와 티스푼을 내어놓았다. 메이는 의자에 앉아 은혜 씨와 함께 디저트를 먹었다. 접시는 금세 깨끗이 비었다. 보리차로 입가심하던 은혜 씨가 무언가 부족함을 느낀 표정으로 메이를 바라보았다.

"쪼끔 아쉽다, 그쵸. 컵라면같이 얼큰한 거 먹으면 딱 좋겠는데."

그때 도어봇 쪽에서 무언가 부스럭거리는 소리가 났다. 몸을 돌리고 있던 도어봇이 다시 정면으로 돌아왔을 때, 도어봇의 양손에는 각각 컵라면과 보온병이 들려 있었다. 우와, 이렇게까지 해준다고? 은혜 씨는 소름이 끼치는 듯 양손을 교차해 두 팔을 쓱쓱 비벼대며 비명에 가까운 탄성을 내질렀다. 하지만 그렇게 어쩔 줄 몰라 싱글벙글하던 은혜 씨의 표정은 금세 어두워졌다. 은혜 씨의 안색을 살피던 메이가 물었다.

"왜 그러시죠? 무슨 문제라도 있으신지요?"

은혜 씨가 헛웃음을 지으며 답했다.

"하하……. 별건 아니고요. 오늘 운동 완전히 헛했네 싶어서요."

은혜 씨는 그렇게 말하며 자신의 팔뚝과 허벅지, 그리고 배를 내려다보았다. 메이는 미간에 살짝 힘을 주었다. 은혜 씨의 말을 이해할 수 없다는 듯한 얼굴이었다.

"오늘 아가씨의 운동량은 심폐지구력 향상에 유의미한 영향을 줄 수 있을 강도였습니다. 물론 그걸 떠나서 즐거워하신 것만으로도 충분히 의미가 있었지요. 그런데 왜 아가씨는 그런 불행한 말씀을 하시는 걸까요?"

"아……."

은혜 씨는 잠시 메이의 얼굴을 빤히 쳐다보았다. 로봇처럼 무미건조하게 자신을 바라보고 있는 나무 빛깔 홍채 속 낯선 눈동자에 기묘하게 마음이 끌렸다. 사람을 훑어보지 않는 눈. 사람의 부피를 스캔해서 레벨을 나누지 않는 눈. 가족에게서조차 받아보지 못한 그런 올곧은 시선과 마주한 상황이 너무나도 생경해서 역시 꿈인가 하는 착각이 들었다.

"이 호텔 재방문율이 높은 이유를 알 것 같아요. 세상 사람들이 다 매니저님 같으면 얼마나 좋을까요?"

"그런 걸 꿈꾸시나요?"

"여기서 제가 '네'라고 대답하면 매니저님은 이렇게 말씀하시겠죠. 그건 매우 포괄적인 주문이로군요. 그래서 세상 사람들을 몽땅 없애버리고 메이의 클론으로 전부 대체해 놓았습니다. 정말로 이런 걸 원하셨나요, 아가씨?"

은혜 씨가 메이의 성대모사를 했다. 메이는 처음으로 풋 하고 웃었다. 은혜 씨는 회심의 장기가 먹혀든 것에 기뻐하며 메이와 함께 웃었다. 메이가 말했다.

"제대로 안내를 받으신 것 같군요."

"네. 처음에는 그게 무슨 뜻일까 싶었는데, 식당에서 좀 깨달았다고나 할까요?"

"그러셨군요. 그러면 아가씨가 정말로 이루고 싶은 꿈도 찾으셨나요?"

"글쎄요."

잠시 생각에 잠겼던 은혜 씨가 대답했다.

"딱히 세상을 바꿀 만한 거대한 꿈 같은 건 없어요. 호텔 이용 주의사항에도 쓰여 있었던 것처럼 어떤 부작용이 있을지 모르잖아요. 하지만 저 같은 사람도 충분히 즐기며 살 수 있다는 걸 깨달았으니까, 사소하지만 여러 사람에게 즐거운 일이 있었으면 좋겠어요. 예를 들어서, 제가 좋아하는 웹소설이 유명해져서 조회수가 빵 터진다든가?"

"그럼 그걸로 하시겠습니까? 확정 후에는 되돌리실 수 없습니다, 아가씨."

"네. 그걸로 할래요. 그건 저한테도 좋은 거거든요."

은혜 씨는 가벼운 마음으로 대답했다. 큰 의미는 없었지만 두 가지 노림수 정도는 있었다. 첫째, 좋은 작품을 팬덤과 함께 즐기고 싶었고 둘째, 작가가 힘을 내어 2부를 빨리 내주길 바랐다. 이후로 이어질 이 꿈의 여파는 상상도 하지 못한 채.

"……."

은혜 씨는 부스스 자리에서 일어났다. 맛있는 저녁을 먹고, 신나게 수영하고, 메이에게 마사지를 받으러 간 것까지 기억나지만 그 후로는 머릿속이 하얬다. 마사지 베드에 엎드려서 메이와 몇 마디 대화도 나눴던 것 같은데……. 어쨌거나 현재 은혜 씨의 몸은 물 위에 뜬 깃털처럼 가뿐했고, 기상 직후에 찾아오는 기분 나쁜 몽롱함과 뻐근함도 전혀 없었다.

"아우, 잘 잤네. 몇 시지?"

은혜 씨는 머리를 긁적이며 침대에서 나왔다. 몸을 움직일 때마다 리넨 원피스 잠옷 사이로 은은한 라벤더 향이 올라왔다. 잠시 자리에 서서 원피스의 천을 이리저리 당겨보던 은혜 씨는 히죽 웃으며 화장대 거울을 바라보았다.

"서은혜가 살다 살다 이런 걸 다 입어보네. 이런 건 완전 서미혜 스타일인데."

미혜는 어렸을 때부터 동화 속 공주님 같은 스타일을 선호했다. 큼직한 리본 머리띠, 나풀거리는 원피스, 레이스가 달린 양말, 커다란 큐빅이 박힌 에나멜가죽 구두 등은 서미혜 어린이의 트레이드마크였다. 미혜는 잘 때도 원피스 잠옷을 입고 나이트캡을 썼다. 심지어 친척 집에서 하루 묵을 때도 이 원칙을 반드시 고수했기 때문에, 미혜는 항상 친척들의 시선을 독차지하고는 했다. 뭐, 거기까지는 괜찮았다. 미혜의 취향은 존중해 줄 수 있으니까.

문제는 친척 어른들이었다.

"미혜는 어쩜 저리 하는 짓이 깜찍해? 커서 미스코리아 되려나?"

"에이, 그깟 미스코리아 되어봤자 손만 타고 좋지도 않어. 대궐 같은 부잣집에 시집 잘 가면 여자 인생 그게 최고지. 미혜는 애교 만점이니까 부잣집 도련님도 잘 꼬실 거여."

"맞네, 그게 제일 좋지. 은혜야, 너도 미혜처럼 좀 꾸며봐. 왜 여자애가 맨날 그런 벙벙한 통자루 같은 옷만 입고 다녀? 너 그러고 다니면 남자들이 안 좋아한다?"

"너무 뭐라 하지 말어. 좀 더 크면 살도 빠지고, 꾸미는 것도 배우겠지. 안 그르냐?"

어린 시절의 기억이 떠오른 은혜 씨는 잠시 기분이 가라앉았으나, 이내 고개를 도리도리 저으며 우중충한 생각들을 훌훌 털어냈다. 때마침, 똑똑 문을 두드리는 소리가 들려왔다.

"안녕히 주무셨어요, 아가씨? 짐 들어드리러 왔어요."

객실을 찾아온 것은 도어봇이었다. 아직 시간을 확인하지는 못했지만, 세상모르게 늘어져 자고 일어났으니 체크아웃 시간이 다 되었다고 해도 이상할 것은 없었다. 도어봇이 은혜 씨를 향해 무언가를 내밀었다. 나무 조각상이 담긴 망사 주머니와 조그마한 카드였다. 은혜 씨는 주머니와 카드를 각각 받아들었다.

"매니저님께서 보내셨어요."

은혜 씨는 고개를 갸우뚱하며 건네받은 메시지 카드를 열어보았다.

아가씨를 모실 수 있어 영광이었습니다.

아가씨의 행복과 평안을 기원하며,

디어 그레이스 호텔에서 준비한 작은 선물을 드립니다.

— 마음을 담아, 매니저 메이 —

"매니저님께서 직접 드리는 선물은 호텔 밖으로 가져가실 수 있으니 기념으로 챙겨주세요."

주머니에서 풍기는 특유의 향으로 짐작건대 편백나무로 만든 조각품이 들어 있는 것 같았다. 꺼내서 살펴보니 도어봇을 미니어처 사이즈로 깎은 조각상이었다. 은혜 씨는 조각상을 자세히 살펴보다가 코에 가까이 대고 숨을 깊게 들이마셨다.

"아, 냄새 좋다! 모양도 너무 귀엽고!"

"마음에 드세요, 아가씨?"

도어봇의 물음에 은혜 씨는 해맑게 웃으며 답했다.

"당연하지! 나 진짜 나무 냄새 좋아하거든. 이 호텔도 로비 내장재가 나무로 되어 있는 걸 보고 선택한 거였어. 요즘 같은 세상에 나무 인테리어는 드물잖아."

"그러셨군요. 역시 매니저님의 공간 구성에는 아가씨만을 위한 깊은 뜻이 담겨 있었네요."

도어봇의 말에 은혜 씨의 귀가 쫑긋했다.

"공간 구성? 그러니까 이 호텔의 인테리어를 매니저님이 직접 했다는 거야?"

"네. 공간 구성뿐만 아니라 목각 로봇들 고용도 매니저님이 하셨어요."

도어봇은 인테리어라는 말을 정정하기라도 하듯 공간 구성이라는 단어를 반복해서 사용했다. 의미에 큰 차이가 있나? 일순 그런 의문이 들기도 했지만, 어차피 중요한 것은 단어가 아니었다. 별반 접점이 없어 보이는 다양한 분야에서 전문가급의 능력을 뽐내는 팔방미인 메이에 대한 궁금증만 더 커질 따름이었다.

"이 호텔은 언제부터 영업했어?"

"저는 이번에 고용된 입장이라 그런 것까지는 몰라요, 아가씨."

"이번에 고용됐다고?"

"네. 아가씨를 위한 공간에 제가 꼭 필요하다며, 매니저님이 저를 이 호텔에 배치하셨어요."

은혜 씨는 고개를 갸우뚱했다. 인테리어도 그렇고, 도어봇도 그렇고, 재방문 여부가 불분명한 첫 손님을 무료로 대접하기 위해서 이렇게까지 엄청난 준비를 해둘 수가 있는 건가?

"지금 매니저님은 어디 계셔? 체크아웃 때 인사드릴 수 있을까?"

"아뇨. 매니저님은 현재 호텔에 안 계세요."

"퇴근하신 거야?"

"그렇다고 할 수 있죠. 어디 보자, 호텔 내 서비스의 경우 주무시기 전 추가 요청 사항이 없으셨고, 호텔 외부에 영향을 미치는 꿈 서비스까지 전부 이용하셨으니……."

도어봇이 중얼거리며 품 안에서 작은 목제 패드를 꺼내 들었다.

"여기 있네요. 아가씨께서 좋아하시는 웹소설 『무덤가에서 너를 닮은 푸른 장미를 만났다』의 조회수가 많이 오르길 바란다는 꿈 서비스를 요청하셨죠?"

"어? 어어."

그게 기록으로 남겨야 할 정도로 대단한 꿈인지는 모르겠지만.

"좋아요. 이것으로 디어 그레이스 호텔 무료 서비스 이용을 마치셨어요, 아가씨. 퇴실 준비가 끝나면 말씀해 주세요. 출구까지 안내해 드릴게요."

짐이라고 해봐야 물건 몇 개 들어 있는 가방이 전부라서 특별히 뭐를 더 싸고 어쩌고 할 것은 없었다. 적당히 씻고, 옷만 갈아입으면 그만이었다.

체크아웃을 위해 용모를 단장한 은혜 씨는 테이블에 엎어두었던 핸드폰을 집어 들었다. 시계를 확인하려고 보니 메인 화면의 숫자가 전부 깨져 있었다. 어제도 이랬었나? 새카만 화면만 나오던 카메라는 물론이고 인터넷도 먹통이었다. 은혜 씨는 호텔에서 나가는 대로 수리점부터 찾아가야겠다고 생각하며 핸드폰을 주머니에 쑤셔 넣었다.

객실에서 나온 은혜 씨는 도어봇의 안내를 받아 처음 이곳에 올 때 이용했던 버튼 없는 엘리베이터에 올랐다. 방향 모를 곳으로 한참 이동한 후에 엘리베이터의 문이 열리자, 도어봇이 고개를 숙이며 정중한 말투로 말했다.

"아가씨를 모실 수 있어 영광이었습니다."

"나도 만나서 반가웠어. 돈 많이 벌어서 또 올게!"

엘리베이터에서 내린 은혜 씨의 마지막 말에 도어봇은 아무런 대답도 하지 않았다.

그렇게 엘리베이터의 문이 닫힌 순간, 은혜 씨의 주머니 속에서 핸드폰이 끝없이 진동하기 시작했다. 부재중 통화, 문자 메시지, SNS 알림과 각종 광고가 알림창에 켜켜이 쌓였다. 밀려 있던 데이터가 한꺼번에 수신된 모양이었다.

은혜 씨는 손에 남은 버릇대로 웹소설 플랫폼 앱을 가장 먼저 눌렀다. 그리고 관심 작품으로 등록해 둔 『무덤가에서 너를 닮은 푸른 장미를 만났다』 연재 페이지로 들어가 보았다. 은혜 씨의 입이 절로 떡 벌어졌다. 은혜 씨의 댓글을 포함해서 매 회마다 한두 개 달릴까 말까 하며 황량했던 댓글창에, 무려 만 개가 넘는 댓글이 주렁주렁 달려 있었다.

"일, 십, 백, 천, 만……. 만 삼천 육백 십 삼? 대박! 이게 하루 만에 가능하다고?"

핸드폰을 잡은 은혜 씨의 손끝이 전율로 미세하게 떨렸다. 업데이트가 끊기고 6개월 넘도록 감감무소식인 작품에 이렇게나 많은 댓글이 달리다니! 은혜 씨는 기쁜 마음 반, 놀라운 마음 반을 안고 얼른 댓글창을 열어보았다. 그러나 한껏 승천했던 은혜 씨의 광대는 서서히 내려앉을 수밖에 없었다.

헬라이온

여기에까지 악플을 달고 싶냐? 악플 쓰는 ㅅㄲ는 뒤져라 좀

itsrealme9101112

여러분 어그로꾼한테 먹이 주지 마세요 보이는 족족 신고 차단 좀요

F급자유인생

팩트로 조지니까 부들부들 떠는 씹선비들 많넼ㅋㅋㅋㅋ 솔까 실종 6개월이면 살아 있을 가능성은 제론데 뭘 돌아오라 마라 지랄염병임? 시체나 찾으면 다행이짘ㅋㅋㅋ

포니테일은희망이다

SNS에서 보고 〈그것이 알고 싶다〉 다시보기 하고 왔어요. 아직 제대로 밝혀진 게 없는 사건에 추측성 유언비어나 인신공격 등은 자제해주시고 작가님이 무사히 돌아오실 수 있도록 한마음으로 기도해주세요. 작가님 꼭 돌아오셔서 좋은 글 계속 써주세요. 작품 너무 좋아요.

sooowhat_777

F급자유인생 닉값 제대로 하네;; 여기 운영자 댓글 관리 안 하냐?;;;

댓글창 화면을 내리는 은혜 씨의 손이 점점 더 떨리기 시작했다. 손바닥에는 땀이 맺혔고 가슴도 쿵쾅거렸다. 댓글 내용으로

추론해 봤을 때, 이 웹소설 작가와 관련된 어떤 사건이 유명 탐사 프로그램에 방영된 모양이었다. 프로그램 시청 후 실종된 작가의 안위를 걱정하는 사람들이 남긴 댓글이 댓글창을 대부분 차지하고 있었지만, 일부 고약한 악플러들로 인해 곳곳에서 싸움이 난 모습도 쉽게 찾아볼 수 있었다.

"아니야……. 이런 이유로 조회수가 폭발하는 건 원치 않았어……. 도어봇!"

은혜 씨가 도어봇을 부르며 뒤를 돌아보았다. 하지만 어두컴컴한 실내에서는 아무런 대답도 들려오지 않았다. 하긴, 엘리베이터 문이 닫히는 걸 봤으니 도어봇은 이미 호텔 쪽으로 이동했으려나. 은혜 씨는 다시 호텔로 돌아가 이 상황에 대해 직접 물어봐야겠다고 생각했다. 하지만 핸드폰의 플래시를 켜고 뒤쪽을 비춘 순간, 은혜 씨는 기막힌 상황과 맞닥트리고 말았다. 엘리베이터가 있어야 할 공간이 휑하니 비어 있는 것이 아닌가.

"어? 뭐지? 몇 발짝 안 움직였는데?"

은혜 씨는 플래시를 비추며 주변을 두리번거렸다. 디어 그레이스 호텔 체크인을 위해 밤에 방문했을 때와 비교하면 양반이었지만, 불이 켜지지 않은 낡은 건물의 내부는 여전히 어두컴컴했다. 은혜 씨는 곧, 전기조차 들어오지 않는 낡은 상가 건물의 텅 빈 로비를 헤매고 있는 자신을 발견했다. 어제 이 로비에서 보았던 거대한 화면은 온데간데없었고, 모퉁이 쪽 계단 옆에서 겨우 발견한 조그마한 엘리베이터는 아무리 버튼을 눌러도 작동하지 않았다.

"확실히 이 엘베는 아니야. 분명 큰 화면이 갈라지면서 문이 열렸어."

혹여 빼먹은 공간이 있나 싶어 조금 더 구석구석 로비를 돌아다녀 보았지만, 가벽 하나 남아 있지 않은 텅 빈 로비에서 숨겨진 공간 따위는 전혀 찾아낼 수 없었다. 은혜 씨는 엘리베이터 찾기를 포기하고 핸드폰의 전화 아이콘을 눌렀다. 가장 최근 발신했던 연락처를 찾아 통화를 누르자, 연결음이 두 번 반 울리고 상대측에서 전화를 받았다.

"아가씨! 벌써 연락을 주셨네요. 예약을 원하시나요?"

핸드폰 스피커를 통해 도어봇의 익숙한 목소리가 들려왔다. 다행히 연락은 되는구나 싶어서 은혜 씨는 안도의 한숨을 내쉬었다.

"예약은 아닌데, 혹시 지금 매니저님하고 통화할 수 있을까? 큰일이 생겼어."

"죄송해요, 아가씨. 그건 접객 매뉴얼상 도와드릴 수가 없는 부분이에요. 대신 디어 그레이스 호텔에 재방문해 주신다면 매니저님과 직접 만나실 수 있어요. 예약을 도와드릴까요?"

다정한 말투와는 달리 기계처럼 응대하는 도어봇의 반응에 은혜 씨는 조금 기운이 빠졌다. 아참, 도어봇은 진짜로 기계긴 하지. 도어봇은 자신의 권한을 넘는 행동을 절대로 하지 않을 것이 분명했다. 은혜 씨는 잠시 고민하다가 조금 다른 질문을 던졌다.

"그럼 내가 묻는 말에 직접 대답해 줄 수 있어?"

"네, 아가씨. 호텔에 관련된 문의라면 성심껏 대답해 드릴게요."

"이것도 따지고 보면 호텔에 관련된 문의야. 그, 왜 있잖아, 호텔 외부에까지 영향을 미칠 만한 꿈 얘기했던 거……."

"웹소설 『무덤가에서 너를 닮은 푸른 장미를 만났다』의 조회수에 대해 말씀하시는 걸까요? 현재 해당 작품은 올라가 있는 플랫폼 내에서 조회수가 가장 높은데요. 그 정도로는 충분치 않다고 생각하시는 건가요?"

"아니, 아니, 그게 아니라…… 혹시 그 작품을 쓴 작가가 실종된 건 알아?"

"네. 어제 자로 방영된 〈그것이 알고 싶다〉에서 다룬 '20대 웹소설 작가 모녀 실종 사건'의 주인공이 『무덤가에서 너를 닮은 푸른 장미를 만났다』를 쓴 블루나 작가라는 이야기가 SNS를 통해 퍼지면서 작품도 함께 유명해진 것으로 추정되네요. 여기에 뭔가 문제라도 있을까요?"

"당연히 문제가 있지! 왜냐하면……."

은혜 씨는 거기서 잠시 말을 멈췄다. 쉽사리 다음 말이 나오지 않았다. 혹시, 내 잘못이었을까? 괜히 그 말을 입 밖으로 내었다가 이 찝찝한 기분이 온전한 현실로 확정될까 두려웠다. 그래도 확인은 해야 했다. 은혜 씨는 침을 꿀꺽 삼키고 다음 말을 이었다.

"혹시 내가 호텔에서 말한 꿈 때문에 이런 사건이 벌어진 걸까?"

“그럴 리가요.”

“하지만 타이밍이 너무 공교롭잖아. 이 작품의 조회수가 높아졌으면 좋겠다고 말한 바로 다음 날 이런 식으로 조회수가 터지다니…….”

스피커 너머의 도어봇은 담담하다 못해 해맑은 목소리로 답했다.

“아가씨, 그 사건이 벌어진 건 6개월 전이에요. 우리가 아무리 중첩된 세계의 가능성을 조정하여 특정한 방향으로 확정시키는 작업을 한다고 해도 과거까지 바꿀 수는 없답니다.”

“중첩? 가능성? 그게 무슨 말이야?”

“제 선에서 말씀드릴 수 있는 건 여기까지예요. 그 사건과 아가씨의 꿈은 무관해요. 꿈 서비스로 6개월 전 실종 사건을 벌어지게 할 순 없어요. 그 사건과 소원이 이어진 것처럼 보이는 건 우연이에요.”

“우연…….”

은혜 씨는 도어봇이 말한 우연이라는 단어를 곱씹어 보았다. 그래, 디어 그레이스 호텔이라는 곳을 알게 된 것은 정말로 우연이었지. 하지만 디어 그레이스 호텔이 은혜 씨가 꿈꾸던 모든 것을 갖추고 있던 것도, 은혜 씨가 말한 꿈이 누군가의 실종 사건과 연관되어 있는 것도 전부 우연이라는 단어로 퉁쳐도 괜찮은 걸까? 은혜 씨는 혼란스러웠다.

“아가씨, 마음이 불안하세요? 우리 호텔에서는 명상과 아로마

요법을 통한 멘털 관리 서비스도 제공하고 있어요. 체험해 보고 싶으시다면 재방문 예약을 도와……."

은혜 씨는 급히 도어봇의 말을 끊었다.

"아니, 아니야! 다음에 연락할게."

"네, 알겠습니다. 그럼 편하게 연락 주세요."

도어봇과의 통화를 마친 은혜 씨는 잠시 그 자리에 멍하니 서 있었다. 하룻밤 새 대체 무슨 일이 벌어진 거지? 은혜 씨는 정신을 가다듬고 인터넷 앱을 켜서 〈그것이 알고 싶다〉를 검색해 보았다. 프로그램에 대한 기본 정보와 최신 회차에 대한 짤막한 소개가 검색 화면의 최상단에 나타났다.

> ○○○○회. 그녀들은 왜 도로에서 사라졌나—20대 웹소설 작가 모녀 실종 사건

프로그램 정보 아래로 인플루언서들이 블로그에 쓴 리뷰가 나타났다. 그알, 그것이 알고 싶다, ○○○○회, 20대 웹소설 작가 실종, 교통사고는 우연이었나, 보험금은 누구에게로, 그녀가 블로그에 쓴 글의 비밀은 무엇 등 호기심을 자극하는 제목들이 줄줄이 이어졌다. 게시물 중 하나를 눌러보려던 은혜 씨는 일단 손을 멈추고, 집에 돌아가 방송 내용을 직접 확인하기로 마음먹었다.

때마침 전화벨이 울렸다. 화면에 '엄마'라는 글자가 떠올랐다.

그녀들의 이야기

지금은 은혜 엄마라는 명칭이 가장 익숙한 초로의 여인 박명자 씨는 한때 화가가 되고 싶었던 여고생이었다. 하지만 부모님의 반대로 꿈을 접은 채 보건 전문대에 들어갔고, 졸업 후에는 그대로 간호사가 되었다. 그렇다고 명자 씨가 그 선택에 대해 억울하다거나 슬프다고 생각한 적은 없었다. 중고등학교 정문도 못 밟아보고 생업 전선으로 끌려가다시피 한 국민학교 동창들을 많이 보았기 때문이었다. 시절이 그랬다.

갑작스럽게 아버지가 돌아가시고 명자 씨는 장녀로서 가족의 생계를 담당했다. 그리고 한 병원에서 일하던 중 전담 환자의 손주와 맞선을 보게 되었다. 내가 살면 얼마나 살겠느냐고, 곧 죽을 노인네 소원 한 번만 들어달라는 성화에 못 이겨 나간 자리였다. 역전 다방에서 처음 만난 남자는 수더분한 인상에 얼굴이 곱상했다. 그는 명문 대학을 졸업하고 금융권에서 근무 중인 서인철이라며 짧은 자기소개를 마쳤다. 테이블 위에 놓인 연갈색 프림 커피를 가끔 홀짝일 때를 제외하면 그의 입은 거의 꾹 다물려 있었는데, 기이하게도 명자 씨는 그런 인철에게 호감을 느꼈다. 최소한 그는 결혼한 아내에게 욕설을 퍼붓거나 폭력을 행사할 위인처럼 보이지 않았다. 당시에는 그것만으로도 제법 훌륭한 남편감이었다. 명자 씨의 엄마 또한 집안 좋고 직장이 번듯한 남자와의 결혼을 반대할 이유가 없었다.

명자 씨는 인철과 결혼했다. 그리고 임신을 하면서 자연스럽게 일을 그만두었다.

명자 씨의 첫 아이는 딸이었다. 시댁은 애써 실망을 감췄다. 다행히도 인철의 조부가 손주며느리를 감쌌다. 예로부터 첫딸은 살림 밑천이라 하였다고, 귀한 애 낳느라 수고했다고 말해주었다. 명자 씨는 그 말이 썩 마음에 들지는 않았지만, 그래도 유일하게 자기편을 들어준 시할아버님에게 감사했다. 증손녀에게 은혜라는 이름을 직접 지어준 시조부는 명자 씨의 병시중을 받다가 그 해를 넘기지 못하고 세상을 떴다.

명자 씨의 둘째 아이도 딸이었다. 시댁은 실망을 감추지 않았다. 시조부의 재산을 물려받아 한량처럼 지내던 시부는 둘째 손녀에게 첫째 손녀의 이름과 비슷한 미혜라는 이름을 적당히 지어주고 바깥으로만 나돌았다. 시모는 시부에게서 받은 스트레스를 명자 씨를 구박하며 풀었다. 사람을 잘못 들여서 집안의 대가 끊기고 액운이 끼었다나 뭐라나. 명자 씨는 남편인 인철에게 도움을 요청했지만, 인철은 매번 입을 꾹 다물고만 있었다. 명자 씨는 한탄했다. 이 남자는 수더분한 게 아니라 무관심한 거였구나!

큰딸 은혜가 초등학교에 입학할 무렵 명자 씨는 인철의 외도를 눈치챘다. 시모에게 넌지시 이야기를 꺼냈다가, 얼마나 매력이 없으면 남편 단도리 하나 제대로 못 하냐고 되레 욕을 먹었다. 친정에 찾아가 눈물을 펑펑 쏟는 명자 씨에게 친정 엄마가 말했다.

"명자야. 여자의 삶이란 게 원래 그래. 다들 그러고 살아. 지금은 네가 한이 맺히고 마음이 찢어지는 것 같겠지만, 참고 견디다 보면 서 서방도 조강지처밖에 없다는 걸 깨닫고 알아서 돌아올 거야. 애들 키우다 보면 세월 가는 건 순식간이다? 말마따나 서 서방이 술 마시고, 도박하고, 손찌검을 하는 건 아니잖니? 평화로운 가정을 네 손으로 깨고 싶어?"

명자 씨는 생각했다. 사촌 언니네 남편이 술만 먹으면 그렇게 아내와 자식들을 때린다든가, 친구네 남편이 도박에 미쳐 친정 살림까지 전부 다 털어갔다든가, 그런 이야기들을 건너 건너 전해 들은 기억이 났다. 명자 씨는 친정 엄마의 말을 수긍했다. 잠시 외도를 하고 있을 뿐이지 인철은 기본적으로 나쁘지 않은 남편이라고, 바람난 다른 남자들이 그러하듯 인철 또한 결국 가정으로 돌아올 것이니 그때까지 자기만 자리를 잘 지키면 된다고, 명자 씨는 그렇게 마음을 다잡았다. 명자 씨는 군말 없이 시부모를 모시고 아이들을 키우며 매일 밤늦게 잠자리에 들었다. 그나마 조금 여유가 있는 토요일 밤에 〈그것이 알고 싶다〉를 보는 것으로 명자 씨는 자신의 모든 취미를 대신했다.

고진감래라고 했던가. 지독한 사춘기를 보낸 큰딸 은혜가 명문 미대에 합격했을 때, 명자 씨는 날아갈 듯이 기뻤다. 이루지 못했던 자신의 오랜 꿈을 큰아이가 대신 이루어준 것 같기도 했다. 비록 사춘기 동안 큰아이와 작은아이 사이에 불화가 생기기는 했지만, 그런 문제는 나이가 들면서 자연스럽게 해결될 터였다. 어차피 가정 내의 그런 사소한 일들은 주변 누구도 알지 못했고, 다른 학부모들은 그저 명자 씨를 부러워했다. 유명 금융사의 부장 승진을 앞둔 남편, 명문대 졸업 후 내로라하는 대기업 광고회사에 합격한 큰딸, 오랜 친구처럼 다정하고 애교 많은 둘째 딸을 둔 완벽한 가정을 꾸린 슈퍼 사모님. 그것이 바로 명지 씨의 새로운 별명이었다.

그러나 힘겹게 쌓아 올린 슈퍼 사모님의 명성을 위태롭게 하는 사건이 발생하고 말았다. 광고회사에 다니던 큰딸이 3년 만에 과로로 쓰러진 것이다. 명자 씨를 부러워하던 사람들은 너 나 할 것 없이 명자 씨를 탓했다. 같이 사는 딸이 그렇게 될 때까지 엄마라는 사람이 대체 뭘 했냐고, 엄마로서의 자질을 의심하며 명자 씨를 질책했다. 명자 씨는 수긍했다. 모든 것이 다 자기 잘못인 것 같았다. 명자 씨는 주변 사람들 말에 귀를 기울였다. 좋다는 것은 다 해다 큰딸에게 먹이고 지인들을 따라 절에 예불도 다녔다. 하지만 큰딸은 대기업을 그만두고 조그마한 디자인 회사로 이직했다. 사람들은 명자 씨의 정성이 부족한 탓이라고 수군댔다.

명자 씨에게 큰딸은 아픈 손가락이었다. 어렸을 때부터 영특하고 소신이 있는 아이였지만, 자기주장이 강하고 뻣뻣한 성격 탓에 어른들과 부딪치는 것이 항상 걱정스러웠다. 그에 비하면 둘째는 키우기 수월한 아이였다. 어른들 말을 잘 들었고, 애교도 많아 모두가 둘째를 예뻐했다. 심지어 결혼 상대로 의대생을 데려오기까지 했으니 말해 무엇 하랴!

그런 명자 씨에게 사람들은 또 말을 얹었다. 암만 요즘 세상이어도 첫째보다 둘째가 먼저 시집을 가는 건 좀 그렇다는 둥 이럴 때일수록 첫째가 시집을 잘 갈 수 있게 엄마가 길을 터주어야 한다는 둥. 그때, 고고하기로 소문난 아파트 부녀회장이 말했다.

"그런데 은혜 엄마. 의대 집안 사돈 정말 괜찮겠어? 요즘은 다들 끼리끼리 결혼한다던데, 혹여라도 레벨 차이가 보이면 그 집에서 며느리 우습게 보고 못살게 굴지도 몰라. 그러니까 상견례 자리에서부터 분위기를 꽉 잡아야 해!"

부녀회장의 말에 일리가 있다고 생각한 명자 씨는 별 관심도 없던 명품을 알아보기 시작했다. 하지만 비용이 문제였다. 고민하는 명자 씨에게 부녀회장은 명품 렌트 업체를 알려주었다. 시중에서 쉽게 구할 수 없는 하이엔드 브랜드 제품을 빌려 주는 업체로 타임 어택 영업을 하는데, 회원들에게만 그 소식을 공유한다는 것이었다. 명자 씨는 부녀회장에게 그 업체 소식을 좀 알려 달라고 부탁에 부탁을 거듭했다. 부녀회장은 콧대 높은 자세로 알겠다며 고개를 끄덕였다.

새벽 예불을 드리고 피곤한 몸을 이끌며 집으로 돌아오던 어느 날, 명자 씨는 매일 지나다니던 전봇대 앞에서 멈칫했다. 광고 전단 하나에 눈길이 간 것이다. 명자 씨는 전봇대로 다가가 그 전단의 내용을 자세히 살펴보았다.

당신의 푸르른 꿈을 다시 그려보세요.

첫 방문일 화구 무료 제공.

오늘 특별히, 당신에게만.

— 희망의 아틀리에 —

명자 씨는 오랫동안 잊고 살았던 꿈이 떠올랐다. 그래서 마지막 남은 연락처를 떼어 들고 바로 전화를 걸었다. 앳된 목소리의 직원이 전화를 받았다. 마침 특별한 일정이 없던 명자 씨는 오늘 당장 그곳에 방문하고 싶다고 말했다. 직원은 명자 씨의 예약을 흔쾌히 접수하더니 아틀리에 약도를 핸드폰으로 보내주었다. 명자 씨는 기분이 좋았다. 왠지 좋은 일이 일어날 것만 같았다.

집에 와 반찬을 몇 가지 만들어놓은 명자 씨가 외출을 위해 옷을 갈아입으려던 때였다. 부녀회장으로부터 전화가 왔다. 전에 말한 명품 렌트 업체가 타임 어택 오픈을 했으니 당장 자기가 불러주는 주소로 오라는 것이었다. 명자 씨는 기쁜 마음으로 명품 렌트 업체에 찾아갔다. 그곳에서 생각보다 오래 머물게 된 명자 씨가 뒤늦게 아틀리에에서 온 약도를 확인해 보려 했지만 그런 메시지는 전혀 찾을 수가 없었다. 연락처가 프린트되어 있던 종이도 온데간데없이 사라졌고, 통화 기록에도 아틀리에의 번호는 남아 있지 않았다. 명자 씨는 뭔가에 홀린 듯한 기분이었다. 그렇지만 금세 그 일을 잊어버렸다.

우여곡절은 있었지만, 무사히 미혜의 상견례를 끝마쳤다. 사돈들의 인상을 보아하니 미혜를 구박할 것 같지는 않았다. 이제 남은 문제는 큰아이 은혜였다. 명자 씨 주변의 사람들은 은혜가 살만 조금 빼면 금방 좋은 남자를 만날 수 있을 것 같다고 말하곤 했다. 명자 씨 생각도 같았다. 다방면으로 뛰어난 큰애한테 단 하나의 흠이 있다면 여자애답지 않은 덩치뿐이었다. 명자 씨는 오롯이 은혜를 위해서 몸 관리도 하고 남자도 좀 만나보라며 조언해주었다. 하지만 그럴 때마다 은혜는 몸서리치며 짜증을 냈다. 심지어 어제는 저녁을 먹다가 갑자기 명자 씨에게 대들고 동생에게 화를 내더니 그대로 나가서 외박을 해버린 것이 아닌가!

김치 겉절이 재료를 늘어놓고 양념을 버무리며 명자 씨는 생각했다. 이놈의 가시나. 대체 뭘 하고 있길래 전화도 안 받는 거야? 들어오기만 해봐라. 아주 그냥 등짝을 철썩철썩 때려줘야지. 그때였다. 삑삑삑삑. 도어록 비밀번호 누르는 소리가 들려왔다.

웨딩피치 천사의 시계

· Hotel Dear Grace ·

"야! 서은혜, 너!"

도어록을 열고 집으로 들어온 은혜 씨를 가장 먼저 맞이한 이는 꽥 소리를 지르는 엄마였다. 현관에서 신발을 벗던 은혜 씨는 엄마가 고무장갑을 패대기치듯 벗어놓고 다급하게 현관으로 달려오는 모습을 보았다. 그리고 철썩, 등짝에서 찰진 파찰음이 울려 퍼졌다. 은혜 씨는 따끔한 등을 움츠리며 짜증스럽게 말했다.

"아우 씨, 왜 때려?"

은혜 씨의 반응에 엄마는 어이가 없다는 듯 콧바람을 훅 내뿜었다.

"이놈의 가시나, 말하는 것 좀 봐? '아우 씨, 왜 때려?' 그럼 네가 지금 환대받게 생겼니? 어제 집안에 그런 폭탄을 던져놓고 휙 나가서는 계속 연락도 안 되고! 제정신이야? 밤새 어디 갔었어? 어!"

엄마는 그렇게 말하면서 은혜 씨의 등과 팔을 두세 번 더 찰싹 찰싹 때렸다. 고춧가루와 마늘 향이 밴 엄마의 손길은 갓 담근 김치처럼 매콤했다. 은혜 씨는 다급하게 발을 흔들어 발끝에 걸려 있던 신발을 현관에 털어내고는 거실 쪽으로 도망쳤다.

"아우, 아퍼! 대답할 시간도 안 주고 때리기야?"

"넌 좀 아파도 돼! 다 큰 처녀가 어두컴컴한데 나가서는! 어디 갔었냐니까?"

"그냥 호캉스 좀 빨리 갔다 왔다, 왜!"

"호캉스? 누구랑? 남자랑?"

"남자는 무슨! 호캉스 얘기 처음 나왔을 때 혼자 갔다 올 거라고 했었잖아!"

"……."

은혜 씨의 대답에 엄마는 두꺼비처럼 입을 꾹 다물었다. 이대로 소동이 종료되나 싶던 찰나 은혜 씨 등에 엄마의 매콤한 손바닥이 재차 작렬했다. 방심한 사이에 맞아서 그런지 있지도 않은 날개가 솟아나려는 것처럼 날개뼈 사이가 저릿저릿했다. 은혜 씨는 어이가 없어서 엄마를 향해 목소리 높여 반항했다.

"아, 왜! 왜 또 때리는데!"

"넌 그 밤에 나갔으면서 아무 일도 없이 들어왔어? 조금이라도 기대한 내가 바보지!"

"이건 또 뭔 소리야? 나 지금 혼자 외박하고 왔다고 한 대 더 맞은 거야?"

"그래, 이 가시나야! 요즘 애들은 결혼 전에 손주 먼저 데리고 온다던데, 어휴, 답답해서……. 이리 와서 김치 간이나 봐!"

은혜 씨를 흘겨보며 톡 쏘아붙인 엄마가 따라오라는 듯이 손짓했다. 은혜 씨는 입을 삐죽거리면서도 얌전히 엄마를 따라 주방으로 향했다. 싱크대에는 알배추와 쪽파를 다듬고 남은 찌꺼기들이 가득했고, 아일랜드 식탁에는 소금, 액젓, 고춧가루와 스테인리스 볼이 놓여 있었다. 누가 보더라도 한창 김치를 버무리고 있는 현장이었다. 태양초 고춧가루의 매콤한 향과 까나리액젓의 골콤한 향, 마늘과 생강의 톡 쏘는 향이 소금기 머금은 알배추의 들쩍지근한 향과 뒤섞여 침샘을 자극했다. 엄마는 볼 안에 버무려진 겉절이 줄기를 하나 집어서 잎사귀를 훌훌 말아 은혜 씨에게 내밀었다.

"이거 간 좀 봐봐. 싱거운 것 같애?"

은혜 씨는 입을 앙 벌리고 엄마가 집어준 겉절이를 받아먹었다. 오드득, 오드득. 아직 숨이 살아 있는 줄기가 입안에서 톡톡 터지면서 달콤한 배추 맛이 퍼졌다. 매콤함은 퍼펙트, 감칠맛도 퍼펙트. 살짝 짠 감은 있었지만 밥반찬으로 먹으면 간이 맞을 것 같았다.

"지음 닥 조온데?"

"그래? 뭐 더 안 넣어도 되겠어?"

"……웅. 짭짤해. 수육 땡긴다."

"아우, 얘! 너는 진짜 머리에 먹는 것밖에 안 들었니? 내가 평생

하라고도 안 해. 미혜 결혼식 날까지만이라도 다이어트 좀 해봐! 원래 남의 결혼식에서 들러리들끼리 눈 맞는 일이 부지기수란다, 응? 얘, 엄마 말 듣고 있어?"

은혜 씨는 엄마의 닦달을 한쪽 귀로 흘렸다. 엄마가 더 이상 저 말을 하지 못하게 하려면 주의를 다른 쪽으로 돌려야 하는데……. 때마침 은혜 씨의 머릿속에 엄마의 관심을 확실하게 끌 만한 주제가 번뜩 떠올랐다.

"맞다! 엄마, 어제 〈그것이 알고 싶다〉 봤어?"

"어, 봤지. 왜?"

"엄마가 볼 때 그 사건 어떤 것 같아? 얘기 좀 해줘."

은혜 씨의 작전은 대성공이었다. 10년이 넘도록 그 프로그램의 애청자였던 엄마는 절친했던 동창과 오랜만에 조우한 사람처럼 흥분해서 말을 이어갔다.

사건의 전말은 이러했다. 6개월 전, 50대 여성이 몰던 자가용이 지방 국도 표지석을 들이받는 사고가 있었다. 차는 에어백이 설치되지 않은 조수석 쪽이 극심하게 찌그러진 상태로 발견되었는데, 조수석에는 딸이 탑승하고 있었던 것으로 밝혀졌다. 그런데 기이하게도 이 모녀는 사고 현장에서 감쪽같이 사라졌다. 목격자도 없고 병원 치료 기록도 발견되지 않았다. 경찰은 웹소설 작가로 활동했던 딸의 블로그에서 어머니가 보험사기를 계획하고 있다는 내용의 일기를 발견한다. 실제로 실종 여성이 몇 개월 전 딸의 명의로 다수의 사망보험에 가입한 것이 확인되면서 이 사고는 강력사건으로 전환된다. 모녀의 과거를 되짚어 볼수록 모친이 딸의 보험금을 노리고 일으킨 고의 교통사고라는 합리적 의심은 더해져 간다. 그러나 문제는 보험금 수령인인 모친의 생활반응이 전혀 나타나지 않고 있다는 것. 프로그램은 사라진 모녀의 행방에 대해 알고 있는 사람의 제보가 절실하다는 내용을 강조하며 마무리 지어졌다고 한다.

그날 밤, 은혜 씨는 노트북에 〈그것이 알고 싶다〉 ○○○○회 다시보기 창을 띄워놓고 한참 동안 쳐다보다가 그대로 덮어버렸다. 도어봇이 말했고, 엄마가 말했고, 방송에도 나왔듯 이 사건은 무려 6개월 전에 일어났다. 좋아하던 작품을 쓰던 작가가 실종 상태라는 점은 마음에 걸리지만, 이 사건이 은혜 씨 때문에 벌어진 일이 아니라는 것만큼은 분명했다. 그렇다면 굳이 이 사건에 대해 더 깊게 파고들 필요가 있을까?

침대로 이동해 벌렁 드러누운 은혜 씨는 버릇처럼 핸드폰을 집어 들고 웹소설 앱을 켰다가 아차 싶어 황급히 종료 버튼을 눌렀다. 은혜 씨는 이 사건과 관련해서는 더 이상 아무 생각도, 행동도 하지 않기로 했다.

시간은 빠르게 흘렀다. 은혜 씨는 회사 인테리어 공사가 예정대로 끝났으니 다음 주부터 재택에서 출근으로 근무를 전환한다는 대표님의 메시지를 받았다. 집중력이 약간 떨어지는 것은 사실이지만 재택이 편하기는 한데……. 은혜 씨는 아쉬움을 뒤로 한 채 출근용 물품 리스트를 정리했다. 그리고 재택근무가 끝나는 마지막 주말인 만큼, 업무에서 완전히 해방된 채 푹 쉬며 시간을 보내기로 결심했다.

토요일. 시곗바늘이 정오에 다다른 무렵, 동창회에 간 엄마로부터 전화가 왔다. 은혜 씨는 보고 있던 OTT 드라마를 잠시 멈춰놓고 스피커폰으로 전화를 받았다.

"어, 엄마."

"아유, 나도 너무 갑작스러워서 정신이……. 아, 여보세요? 은혜니?"

"어, 내 전화인데 나지. 왜?"

"으응, 뭐 별건 아니고…… 너 혹시 지금 아빠 차 좀 끌고 나올 수 있나 하고."

"아빠 차? 갑자기? 엄마 혹시 청첩장 놓고 갔어?"

"아유, 아니야! 엄마가 언제 그런 실수 하는 거 봤니? 엄마 문제가 아니고 네 동생 땜에. 오늘 은혜 네가 미혜 픽업 좀 도와주면 안 될까?"

부탁하는 엄마의 말투가 유독 상냥했다. 아마도 동창생들과 함께 있기 때문인 것 같았다.

"내가 왜? 싫어. 걔도 싫어할걸?"

"아니, 미혜가 갑자기 발목을 삐었대. 오늘 예식장이랑 드레스 숍 예약일인데."

"그럼 더욱 내가 갈 이유가 없지. 그런 덴 예비 신랑이랑 가는 거 아니야?"

"아유, 오늘 김 서방 풀 당직이래. 일정이 일방적으로 변경됐는데 도저히 빼달라고 말할 분위기가 아닌가 봐. 아빠는 해외 출장 중이고, 나는 동창회 나왔잖니? 은혜야, 네가 좀 도와주면 좋겠어. 어차피 너 요새 계속 집에만 있었잖아."

마지막 말은 거의 속삭이듯 들려왔다. 은혜 씨가 헛웃음을 지으며 답했다.

"안 그래도 나 월요일부터 다시 출근이야. 출근 준비해야 돼."

"얘, 오늘이 토요일인데 뭘 벌써부터 준비를 한다고 그래? 그건 내일 해도 되잖아? 오늘 하루만 가족을 위해 시간 좀 써주라, 응? 은혜야, 아무리 그래도 네가 언닌데."

나왔다, 엄마의 데우스 엑스 마키나! 도대체 그놈의 언니가 뭐라고!

"어휴, 알았어. 서미혜한테 톡으로 주소나 보내라고 해."

"어머, 은혜야, 고마워! 엄마 지금 신세계백화점 근처에 있거든? 이따 뭐 좀 사갈까?"

"……폴 바셋 우유크림 롤. 작은 거 말고 통짜로 된 걸로."

"어어, 알았어. 그럼 이따 집에서 보자! 고마워, 딸!"

은혜 씨는 엄마와의 통화를 종료하며 입을 삐죽 내밀었다. 살 좀 빼라고 그렇게 난리 칠 땐 언제고, 급한 일 생기니 간식으로 꾀려드는 이 이중적인 태도는 대체 뭘까? 때마침 핸드폰 알림이 울렸다. 미혜로부터 온 메시지였다.

미혜가 보내준 주소에 도착하니 4층짜리 건물이 보였다. 1층은 약국, 2층과 3층은 병원, 4층은 필라테스 센터로 이루어진 평범한 상가건물이었다. 은혜 씨는 비상등을 켜고 근처에 차를 세웠다. 그리고 미혜가 토요일마다 필라테스 수업을 듣는다는 사실을 뒤늦게 떠올렸다.

마침 1층 약국 문이 열리며 미혜의 모습이 나타났다. 절뚝거리며 차로 다가오는 모습을 보니 발목에 통증이 꽤나 심한 듯 보였다. 엉거주춤한 자세로 힘겹게 조수석에 올라타는 미혜를 보며 은혜 씨가 물었다.

"야, 너 병원 먼저 가야 되는 거 아냐? 네 남친 정형외과 의사잖아."

미혜는 고개를 저으며 내비게이션부터 조작했다.

"그냥 살짝 삔 거야. 이런 걸로 대학병원 가면 진상이지."

"그렇긴 한데……."

은혜 씨는 말끝을 흐리면서 핸들을 틀었다.

첫 번째 목적지는 예식장이었다. 본식 계약은 이미 잡혀 있었기 때문에, 오늘은 레스토랑 시식과 생화 장식 등 몇 가지 컨펌만 진행하면 그만이었다. 그래, 뭐 중요한 계약 날도 아닌데 별일 있겠어? 이동하고, 기다리고, 이 두 가지만 잘하면 끝이라고 은혜 씨는 가볍게 생각했다.

예식장에 도착하자 천사 같은 미소를 장착한 직원이 나와 자매를 레스토랑으로 안내해 주었다. 레스토랑에서는 방금 결혼식을 마친 부부가 한복을 입고 여기저기 돌아다니며 인사를 올리고 있었는데, 반쯤 생기를 잃은 눈으로 입꼬리에만 고정 핀을 꽂은 듯 웃고 있는 모습이 어지간히도 피곤해 보였다.

안내 직원은 테이블 위의 예약석이라는 팻말을 치우고 자매를 자리에 앉혔다. 그리고 음식에 대한 피드백을 주면 예식 당일 조리 컨디션에 반영하겠다며 예식 날짜와 홀 이름이 적힌 서류와 볼펜을 건네주고 돌아갔다.

잠시 후, 전채 요리와 수프가 나왔다. 은혜 씨는 별생각 없이 수프를 한 입 떠먹었다. 풍미는 좋지만 약간 싱거운 느낌이 든다고 생각한 그 순간, 아주 우연히도 미혜와 눈이 마주쳤다. 자매 사이에 약간의 침묵이 감돌았다. 그 침묵을 깬 것은 은혜 씨의 내부에서 꿈틀대는 미식가의 영혼이었다.

"이거…… 너는 좋아할 것 같은데…… 어르신들은 좀 싱겁다고 할 것 같지 않아?"

은혜 씨는 곧바로 후회했다. 아, 그냥 옆에서 조용히 밥이나 먹는 건데. 괜히 오지랖 부리는 소리 해서 또 싸움 나는 거 아냐? 그런데 웬걸. 미혜가 고개를 끄덕이며 대답했다.

"언니 말이 맞는 것 같아. 적어놔야겠다."

이 일로 은혜 씨 안에 봉인되어 있던 미식가의 영혼이 풀려나고 말았다. 은혜 씨는 자신의 선호도에 부모 세대 입맛까지 고려해 음식마다 좋았던 부분과 아쉬웠던 부분을 이야기했다. 미혜는 은혜 씨의 말에 귀 기울이며 그 내용들을 서류에 꼼꼼히 적었다.

시식으로 든든히 배를 채운 은혜 씨는 이제 더 이상 나대지 말고 조용히 운전기사 노릇이나 하자고 마음먹었다. 하지만 드레스 숍에 도착하자마자 광고회사 짬을 먹고 자란 디자이너의 영혼이 폭주하고 말았다. 은혜 씨는 아까 본 예식장의 환경을 고려해 미혜가 봐둔 드레스의 재질이 사진과 영상에 어떻게 찍히는지 하나하나 짚어주었다.

"예식장 조명이 웜톤이었잖아. 이미지를 뉴트럴톤으로 보정할 때 디테일이 좀 날아갈 수도 있거든? 기본 스냅에서 비즈가 좀 죽어 보일 수도 있어. 대신 행진 때는 조명이 꺼지고 사람이 움직이니까 영상이 엄청 블링블링하게 나와. 이거는 네가 주얼리랑 세트로 룩앤필을 보고 선택하면 돼."

드레스 숍에서도 미혜는 은혜 씨의 말을 경청했다. 심지어 자기에게 어울릴 만한 스타일을 추천해 달라고도 했다. 놀랍게도 미혜는 은혜 씨의 조언 대부분을 받아들였고, 본식 드레스 스타일을 완전히 바꾸는 과감한 선택도 마다하지 않았다. 드레스 숍 원장조차 이렇게 우애가 좋은 자매는 처음 본다며 감탄을 연발할 정도였으니 말해 무엇 하랴. 은혜 씨는 언니를 끔찍이도 잘 따르던 초등학생 시절의 미혜가 다시 돌아온 것만 같은 이 상황이 조금 머쓱하면서도 기분 좋았다.

은혜 씨가 조금 묘한 기운을 감지한 것은 드레스와 주얼리 셀렉트를 모두 마치고 화장실에 다녀오던 길에서였다. 미혜가 초조한 얼굴로 누군가와 통화를 하고 있었다. 정확히는 통화를 시도하고 있었다. 잠시 후, 핸드폰을 얼굴에서 떼고 빤히 들여다보던 미혜의 입술이 '미치겠네'라는 모양으로 움직이는 것이 보였다.

은혜 씨는 뭔가 잘못되어 가고 있다는 귀신같은 직감으로 복도 끝 화분 뒤에 숨어 조용히 미혜의 행동을 지켜보았다. 상대는 계속 전화를 받지 않는 모양이었다. 한숨을 푹 내쉰 미혜가 통화 종료 버튼을 누르는 것이 보였다. 약간의 시간을 둔 은혜 씨는 방금 막 화장실에서 나와 아무것도 모르는 사람처럼 행동하며 미혜의 시선을 끌었다.

"와, 여기 화장실 되게 좋네! 완전 호텔인 줄? 서미혜, 우리 오늘 할 일 다 한 거지?"

은혜 씨의 목소리를 들은 미혜가 은근슬쩍 핸드폰을 가방에 집어넣으며 고개를 끄덕였다. 은혜 씨는 일부러 과장되게 기지개를 켜면서 피곤하다는 듯 말했다.

"그럼 얼른 가자. 좀 있으면 길 막혀."

집으로 돌아오는 길은 침묵의 연속이었다. 처음 이동하던 때도 서로 말이 없기는 매한가지였는데, 그때와 달리 자꾸만 신경이 쓰여서 은혜 씨는 힐끔힐끔 미혜를 쳐다보았다. 기쁨과 설렘으로 가득 차 있어야 할 신부의 모습은 어디에도 없었다. 미혜는 수심이 가득한 얼굴로 멍하니 창밖만 내다보고 있었다.

드레스 숍에서 본 일을 완전히 모른 척하자니 은혜 씨는 너무 찜찜했다. 오늘 같은 날 미혜가 침울해질 만한 일이 있다면 분명 남친 문제일 텐데……. 어느새 은혜 씨의 머릿속에서는 올림픽대로 위의 자동차 대수만큼이나 다양한 시뮬레이션이 돌아가고 있었다. 하지만 그 모든 것은 그저 상상일 뿐 현실이 아니었다. 결국 답답함을 견디지 못한 은혜 씨가 은근슬쩍 이야기를 꺼냈다.

"너희 스튜디오 촬영은 언제 해? 날짜 정했어? 보통 예식 3개월 전에……."

그러자 미혜가 퉁명스럽게 은혜 씨의 말을 끊었다.

"그런 건 내가 다 알아서 해."

갑자기 찬바람이 쌩 불었다. 당황스러운 기분도 잠시, 은혜 씨는 어이가 없었다. 아니, 스튜디오 촬영 날짜 좀 물어본 게 그 정도로 까칠하게 답할 일인가? 하루 종일 픽업해 주면서 전심으로 결혼 준비를 도왔는데 왜 반응을 저따위로 하지? 기분이 상한 은혜 씨가 콧방귀를 뀌며 비꼬듯이 말했다.

"아아, 그래. 네가 어련히 알아서 잘하겠지. 근데 네 남친은 뭐 하냐? 암만 바빠도 본인 결혼식인데 이렇게까지 무심해도 돼?"

"또 시작이네."

"뭐가?"

"언니 또 시작이라고. 언니는 내가 하는 일이 전부 다 못 미덥지?"

“왜 갑자기 말이 그리로 튀어? 시비 거냐?”

“시비는 언니가 걸었는데.”

“아니, 네가 먼저 나한테 까칠하게 대답했잖아. 사람 긁어놓고 나만 나쁜 년 만들기야? 엄마도 그렇고, 너도 그렇고, 요새 나한테 다들 왜 그러는 거야? 같이 사는 거 피곤하게!”

“같이 사는 게 피곤하면 언니가 독립했어야지. 취직하고서 그렇게 독립, 독립 노래만 부르더니 결국 집에 눌러앉아서 엄마가 해주는 밥 먹으면서 회사 다니잖아. 그러면서 매사에 불만은 많고. 언니는 자기 삶과 태도를 돌아볼 필요가 있는 것 같아.”

“야, 내가 일부러 독립 안 했어? 이사 나갈 집까지 다 알아봤는데 갑자기 아팠잖아!”

“그건 언니가 자기관리를 못해서 그렇게 된 거고.”

“아이 씨, 진짜! 그놈의 자기관리, 자기관리, 작작 좀 해! 그러는 너야말로 자기관리를 잘했어야지! 애초에 네가 안 다쳤으면 우리 둘이 이렇게 같이 다닐 일도 없었을 거 아냐!”

은혜 씨가 꽥 소리를 질렀다. 액셀을 밟고 부아앙 달리기라도 했으면 조금은 기분이 나아졌을까. 하지만 현실의 은혜 씨는 쇳덩어리로 이루어진 바퀴 달린 거북이들 한가운데에 끼어 아주 조금 앞으로 움직였다가 멈추기를 끊임없이 반복하고 있었다. 저 얄미운 서미혜만 아니었어도 이 시간대에 올림픽 대로에 들어오는 끔찍한 일은 벌어지지 않았을 텐데! 도로 위에서의 시간이 길어질수록 은혜 씨의 짜증은 끝을 모르고 치솟았다.

지독한 교통체증을 이겨내고 집에 도착한 은혜 씨가 지하 주차장에 차를 세우자마자 미혜는 고맙다는 말 한마디도 없이 차에서 혼자 내려 엘리베이터 앞으로 가버렸다. 뭐가 그렇게 급하다고 저렇게 절뚝거리면서 먼저 가는 건지.

"아오, 저거 그냥 한 대 콱 쥐어박았으면 좋겠네!"

주먹을 불끈 움켜쥔 은혜 씨는 잠시 자리에 앉아 열을 식히기로 했다. 이대로 그냥 집에 들어가자니 속에서 천불이 날 것 같았다. 은혜 씨는 결국 영은에게 전화를 걸었다.

"아하하하, 오빠 잠깐 나 전화 좀 받고……. 여보세요?"

"어, 영은아. 오늘 바빠?"

"바쁘진 않은데 내일 아빠 생신이라서 고향집 내려와 있어. 왜?"

"아, 그랬구나……. 그럼 다음에 다시 전화할게."

"왜? 무슨 일인데?"

"급한 일 아니야. 가족들이랑 맛난 거 먹고 재밌게 놀고 와!"

"응, 알았어! 올라가면 톡 보낼게!"

절친이라도 만나서 스트레스 좀 풀려 했는데 하필 고향에 내려가 있을 줄이야. 은혜 씨는 통화 종료 버튼을 누르며 씁쓸한 표정을 지었다. 저렇게 화목한 가정에서 자란 사람들은 가족과 함께 있을 때 어떤 기분이 들려나? 지금 내 기분 같은 건 전혀 모르겠지?

"부럽다, 부러워……."

은혜 씨는 중얼거리며 핸드폰에 저장된 연락처를 휘리릭 훑어 보았다. '디어 그레이스'라는 이름으로 저장해 둔 번호가 눈에 띄었다. 지금 은혜 씨가 가장 편안하게 머물 수 있는 곳, 더 나아가 힐링까지 할 수 있는 곳이라면 단연 이곳이었다. 하지만 첫 방문 때와는 달리 이제 이용료를 내야 하는데, 이번 달 월급이 들어오려면 아직 한참이나 남은 상황이었다. 은혜 씨는 고민했다. 이대로 집에 들어가 서미혜와 한 공간에 머물 것이냐, 아니면 이번 달 '텅장'을 각오하고 이 호텔에 하루 묵을 것이냐.

"일단…… 얼마인지만 물어볼까?"

은혜 씨는 연락처에서 디어 그레이스를 선택하고 통화 버튼을 눌렀다. 연결음이 두 번 반 울리자 도어봇의 목소리가 들려왔다.

"안녕하세요, 아가씨? 호텔 이용료는 오래된 추억이 담긴 물건 한 점이고요. 드레스 코드는 트레이닝복입니다. 호텔 밖 세상에 영향을 주는 꿈 서비스에는 추가 요금이 부가되며, 적합한 이용료와 의상을 지참하시지 않았을 경우 체크인이 어려우신 점 미리 말씀드려요! 그럼, 잠시 후에 뵐게요, 아가씨!"

뚜— 뚜— 뚜—

일방적으로 정보를 쏟아낸 도어봇이 통화를 뚝 끊었다. 뭐야, 지금 이거 예약된 거야? 물건이니 드레스 코드니 예상치 못한 전개에 적잖이 당황스럽기는 했지만, 가만히 생각해 보니 그리 나쁘지 않은 조건이었다. 트레이닝복과 오래된 추억이 담긴 물건 하나만 들고 가면 첫 방문 때처럼 디어 그레이스 호텔을 자유롭게 이용할 수 있다는 의미니까.

잠깐 집으로 들어온 은혜 씨는 곧바로 장롱부터 뒤졌다. 작년에 헬스 한번 해보겠다며 사두었다가 딱 한 번 세탁하고 그대로 처박아 둔 트레이닝복 세트가 있었다. 은혜 씨는 구석에 끼어 있는 트레이닝복을 꺼내려고 잡아당기다가 장롱 안에 쌓아둔 짐 더미 위의 선물 상자를 떨어트리고 말았다. 바닥에 옆으로 떨어진 선물 상자의 뚜껑이 열리면서 안에 들어 있던 물건들이 와르르 쏟아졌다.

"아이참, 일진이 사나우려니까 별 게 다 귀찮게 하네!"

떨어트린 선물 상자는 은혜 씨가 초등학교 때 만들었던 일종의 타임캡슐이었다. 쏟아진 물건들을 정리하던 은혜 씨는 다이어리와 편지, 그리고 몇몇 낡은 장신구들 사이에서 손목시계 완구를 발견하고 멈칫했다.

"이거 데이지 시계잖아? 어렸을 때 진짜 좋아했었는데!"

은혜 씨는 손목시계의 뚜껑을 열어보았다. 이 시계는 애니메이션 〈사랑의 천사 웨딩피치〉에 등장하는 '천사의 시계'로, 원래대로라면 수호천사 데이지의 변신 음악이 흘러나와야 하는데 오래되어 배터리가 방전되었는지 침묵만 지키고 있었다. 당연히 숫자가 표시되던 화면도 하얗게 비어 있었다.

"이런 걸 이용료로 내도 되려나? 〈웨딩피치〉 굿즈라면 내 어린 시절 추억이 엄청나게 깃들어 있는 건데……. 되겠지?"

은혜 씨는 쏟아진 물건들을 다시 타임캡슐 안에 정리해 넣었다. 그리고 트레이닝복과 손목시계를 가방에 챙겨 집을 나섰다.

♈

디어 그레이스 호텔의 안내 창구. 건물은 예전과 똑같이 스산한 분위기였지만 은혜 씨에게 이곳은 더 이상 을씨년스러운 장소가 아니었다. 은혜 씨가 건물에 가까이 다가가자 알루미늄 문이 끼익 열리며 정중하게 인사를 건네는 도어봇의 모습이 나타났다. 은혜 씨는 기쁜 마음으로 건물 안으로 들어갔다.

"기다리고 있었어요, 아가씨. 말씀드린 물건들은 가져오셨나요?"

"응. 여기 트레이닝복도 가져왔고……. 이 시계는 네 설명에 딱 맞는 물건이야."

은혜 씨는 가방 속 트레이닝복을 보여주고는 데이지 손목시계를 꺼내 도어봇에게 건네주었다. 양손으로 공손히 시계를 받아 든 도어봇은 두 눈 – 램프를 빨갛게 켜고 마치 스캔하듯이 그것을 자세히 들여다보았다. 혹시 거절당하면 어쩌나 싶은 생각에 은혜 씨의 심장이 두근두근하는데, 다행히도 도어봇의 눈에 초록불이 들어왔다.

"아주 훌륭한 물건을 가져오셨네요, 아가씨."

"그래? 다행이다!"

"대신 한 가지 유의하실 점이 있어요. 이 물건으로 이용료를 지불하시면, 이 물건과 가장 밀접한 추억 하나가 우리 호텔 측으로 넘어오게 되어 있어요. 체크인 후에는 환불이 불가능하고요. 그래도 괜찮으신가요?"

"추억이라고 해도…… 오래되어서 어차피 가물가물한데. 이걸로 결제해 줘!"

"알겠습니다."

도어봇은 몸체에 있는 수납함 중 하나를 열고 데이지 손목시계를 조심스럽게 넣은 다음 작은 목제 패드를 꺼냈다. 호텔 이용 및 요금 지불 시 주의사항에 대해 직원으로부터 충분한 설명을 들었음을 확인하는 패드였다. 은혜 씨가 모든 체크박스를 누르자 맨 아래에 있던 빈칸이 딸깍 돌아가면서 '접수가 완료되었습니다'라는 메시지가 나타났다.

"두 번째 방문에 감사드려요, 아가씨. 그럼, 저를 따라와 주세요."

은혜 씨는 도어봇을 따라 어두컴컴한 건물 안으로 들어갔다. 지난번처럼 벽면이 갈라지며 새하얀 엘리베이터가 나타났다. 엘리베이터를 타고 이동하면서 은혜 씨는 오로지 한 가지 생각으로 머릿속을 가득 채우고 있었다. 짭짤한 안주를 하나 놓고 절대 숙취 없는 술을 밤새 퍼마시기! 그 꿈을 이룰 수 있다면 그깟 어린 이용 장난감 시계 따위 하나도 아깝지 않았다.

하지만 엘리베이터 문이 열리자 은혜 씨는 당황할 수밖에 없었다. 고풍스러운 목조 로비는 온데간데없고, 새하얀 로커로 가득한 공간만이 보였다. 은혜 씨가 의아한 얼굴로 물었다.

"도어봇, 다른 층에 잘못 온 거 아냐?"

"아니에요, 아가씨. 저는 그런 초보적인 실수는 하지 않아요."

먼저 엘리베이터에서 내린 도어봇이 공손한 자세로 서서 은혜 씨를 기다렸다. 미심쩍은 표정을 숨기지 않고 엘리베이터에서 내리는 은혜 씨를 보며 도어봇이 로커를 하나 열었다.

"여기서 드레스 코드에 맞는 옷으로 갈아입으시고 이쪽 문으로 나오시면 돼요."

설명을 마친 도어봇은 엘리베이터 맞은편에 있는 문을 열고 뚜벅뚜벅 바깥으로 나갔다. 홀로 남은 은혜 씨는 조금 떨떠름한 기분으로 옷을 갈아입기 시작했다. 아무리 콘셉추얼한 호텔이라고는 해도 이렇게까지 하는 건 좀 과한 거 아닌가? 어쨌든 호텔 이용료는 이미 낸 상황이니, 은혜 씨로서는 하나라도 더 많은 시설을 이용하는 것이 이득이었다. 은혜 씨는 재빨리 옷을 갈아입고 엘리베이터 맞은편 문으로 나갔다.

"오랜만에 뵙겠습니다, 아가씨. 일단 몸풀기부터 시작하시죠."

새카만 매트로 덮인 공간에서 낯설지 않은 여성의 목소리가 들려왔다. 고개를 옆으로 돌리니 트레이닝복 차림의 메이가 보였다. 아무래도 체육관으로 들어온 것 같은데, 은혜 씨는 지금 운동 같은 걸 하고 싶은 기분이 아니었다.

"저, 매니저님, 제가 오늘 하고 싶은 건……."

"누군가를 한 대 확 쥐어박고 싶지 않으셨던가요?"

은혜 씨는 멈칫했다. 그 말이 은혜 씨 안의 무언가에 불을 지핀 모양이었다. 은혜 씨의 머릿속에서 미혜와 다퉜던 일들이 파노라마처럼 흘러갔다. 마침 사각 링이 눈에 들어왔다. 갑작스레 호승지심이 치솟은 은혜 씨가 그것을 손으로 가리키며 물었다.

"그럼 저기서 서미혜를 쥐어박을 수도 있는 거예요? 합법적으로?"

"원하신다면 얼마든지 그렇게 해드리겠습니다. 하지만 링에 오르시기 전에 일단 기본적인 것들을 배우셔야겠죠."

"좋아요! 까짓것 한번 해보죠, 뭐!"

은혜 씨는 메이를 따라 가볍게 몸을 풀었다. 메이는 기본자세부터 가르쳐주었다. 왼발을 앞으로, 오른발을 뒤로, 45도 정도 몸을 틀고 커버링 자세를 잡으니 제법 그럴싸했다.

"뒤꿈치는 살짝 들고 가볍게 뛰어주세요. 위로 뛰어오르기보다는 앞뒤로 리듬을 탄다는 느낌으로 원, 투, 원, 투……. 네, 좋습니다. 계속 그렇게 움직이시면 됩니다. 이 풋워크 트레이닝은 트리오봇이 보조해 줄 겁니다."

"네? 트리오봇은 악기 연주자들 아니에요? 복싱도 해요?"

트리오봇이 쪼르르 달려와 의아해하는 은혜 씨의 옆쪽에 한 줄로 섰다. 가장 왼쪽의 트리오봇이 트라이앵글을 챙 치자 가운데 있는 트리오봇이 캐스터네츠를 딱 두드렸다. 챙, 딱, 챙, 딱……. 바로 메이가 말한 리듬이었다. 아무것도 하지 않고 그냥 서 있기만 하는 가장 오른쪽 트리오봇에 대해 의문이 생길 무렵 메이가 다시 은혜 씨의 관심을 환기했다.

"이 리듬에 맞춰 앞쪽에 있는 왼팔을 툭 치듯이 뻗어보세요. 좋습니다. 이걸 잽이라고 합니다. 풋워크에 맞춰서 잽 연습을 해보시겠어요?"

은혜 씨는 트리오봇의 소리에 맞춰 강중강중 뛰면서 왼팔을 가볍게 툭툭 뻗었다. 옆에서 세심하게 자세를 교정해 주던 메이가 은혜 씨에게 물었다.

"이 자세에서 오른손을 타격 위치까지 뻗으려면 어떻게 해야 할까요?"

"왼손보다 훨씬 뒤에 있으니까…… 허리를 돌려야 할 것 같은데요."

"맞습니다. 몸을 돌리는 힘을 실어서 팔을 뻗어보세요. 잽보다 강한 느낌이죠? 이게 스트레이트입니다. 스트레이트에 익숙해지시면 박자에 맞춰서 잽, 잽, 잽 — 스트레이트 콤비네이션까지 해보도록 하죠."

은혜 씨가 스트레이트 연습을 하고 콤비네이션을 시도한 때였다. 그때까지 아무것도 하지 않고 있던 가장 오른쪽의 트리오봇이 하모니카를 꺼내 음악을 연주하기 시작했다. 빰, 빠바밤, 빠바밤, 빠바밤……. 은혜 씨는 어린 시절, 이 음악이 나올 때마다 쉭쉭거리며 섀도복싱을 하던 백수 삼촌의 모습이 떠올랐다. 분명 권투 영화 OST였는데…… 그래, 〈록키〉다!

하모니카로 듣는 〈록키〉 OST는 뭔가 웃기기도 하고 귀엽기도 했다. 트리오봇들이 일부러 원곡과 조금 다른 박자로 연주하고 있는 것인지, 음악은 은혜 씨의 풋워크 리듬에 꼭 맞아떨어졌다. 땀 흘리며 운동하는데 멋진 OST까지 더해지니 어떤 근사한 이야기의 주인공이 된 것만 같았다. 은혜 씨는 빨리 이것저것을 더 가르쳐달라고 메이를 졸랐다.

잽, 스트레이트, 훅, 어퍼컷, 더킹, 위빙, 스웨잉……. 짧은 시간 동안 다양한 기술을 배우다 보니 은혜 씨는 슬슬 리듬을 놓치고 순서도 헷갈리기 시작했다. 은혜 씨의 집중력이 떨어진 모습을 본 메이가 말했다.

"오늘은 여기서 마무리하는 게 좋겠습니다. 첫술에 배부를 수는 없죠."

"네? 벌써요? 저 체크아웃 전에 서미혜 쥐어박아야 하는데요?"

"그래서 이런 것을 준비해 보았습니다."

메이가 손짓을 하자 도어봇이 복싱 미트를 들고 왔다. 복싱 미트의 손바닥 부분에는 큼직하게 인화된 미혜의 증명사진이 붙어 있었다. 은혜 씨는 웃음이 터졌다.

"그거였어요? 합법적으로 서미혜 쥐어박는 방법이? 디어 그레이스 호텔 정도라면 서미혜랑 똑같이 생긴 사람을 데려다 놓을 줄 알았는데요."

"물론 말씀하신 대로 해드릴 수는 있습니다. 그런데 아가씨께서는 정말로 동생과 구분할 수 없을 정도로 똑같이 생긴 존재를 향해 망설임 없이 펀치를 날리실 수 있으신가요?"

“네? 그야 뭐…….”

은혜 씨는 쉽사리 대답하지 못했다. 밀쳐 넘어트리기만 해도 엉엉 울 듯한 수수깡 같은 동생에게 만화 〈원펀맨〉의 주인공처럼 ‘진심 펀치’를 날릴 수 있을까? 그런 생각을 하니 갑자기 의욕이 확 가라앉으면서 급격한 피로와 허기가 느껴졌다. 호흡이 상당히 가쁘다는 사실도 그제야 깨달았다. 은혜 씨는 바닥에 털썩 주저앉으며 앓는 소리를 했다.

“아이고, 다리 풀려……! 복싱하면 팔이 아플 줄 알았는데 다리가 더 힘드네요?”

“그렇다면 제대로 하신 겁니다, 아가씨. 식사 준비해 드릴까요?”

“네, 고기요……. 무조건 고기……. 돼지고기…… 삼겹살.”

“알겠습니다. 샤워하시고 레스토랑으로 와주세요. 안내는 도어봇이 도와드릴 겁니다.”

도어봇이 뚜벅뚜벅 걸어와 은혜 씨에게 손을 내밀었다. 도어봇의 체구는 은혜 씨보다 훨씬 작았지만, 로봇이라 그런지 녹초가 된 은혜 씨를 잡아 일으키는 힘이 아주 셌다. 도어봇은 탈의실 안쪽에 있는 샤워실을 안내해 주고는 문밖에서 은혜 씨를 기다렸다. 은혜 씨는 땀범벅이 된 몸을 깨끗이 씻고 도어봇과 함께 레스토랑으로 향했다.

레스토랑은 지난번 방문 때와 완전히 다른 모습이었다. 커다란 상이 있고, 그 위에 불판이 있고, 바닥에 방석이 놓여 있는 광경은 오래된 삼겹살집 같았다. 사실 삼겹살은 이런 분위기에서 먹어야 제맛이긴 하지. 은혜 씨는 준비된 방석에 앉으며 상에 올라와 있는 기본 반찬들을 살펴보았다.

"오, 당귀잎도 있네? 이거 맛있는데!"

쌈 채소를 살펴보던 은혜 씨의 얼굴에 화색이 돌았다. 곧 셰프봇이 고기가 담긴 카트를 끌고 왔다. 셰프봇은 은혜 씨에게 꾸벅 인사를 건네고는 붉은색과 흰색이 조화롭게 뒤섞인 신선한 고깃덩어리 하나를 집어 불판 위에 올렸다. 치이이익. 기름이 튀는 맛깔스러운 소리와 함께 뽀얀 연기가 순식간에 피어올랐다.

고소한 냄새가 식당 가득 퍼져 나가는 사이, 또 다른 셰프봇이 보냉 박스가 든 카트를 끌고 왔다. 셰프봇은 불판 가운데 있는 화로에 뚝배기를 올려놓고 은혜 씨를 향해 낡은 책자처럼 생긴 메뉴판을 내밀었다. 이게 뭐지? 여기 레스토랑에는 메뉴판이 없는 거 아니었나? 고개를 갸우뚱하며 메뉴판을 펼쳐본 은혜 씨가 푸하하 웃음을 터트렸다.

"아, 여기는 된장찌개 커스텀이 가능한 거예요? 대박이다!"

은혜 씨의 말에 메이가 답했다.

"드시고 싶은 재료를 골라주시면 우리 셰프봇이 최적의 비율로 조합해 아가씨 전용 찌개를 조리해 드릴 겁니다."

"와, 좋은데요? 어디 보자……."

은혜 씨는 메뉴의 첫 페이지를 유심히 살펴보았다. 된장찌개의 베이스가 되는 육수부터 고를 수 있는 것 같았다. 물, 쌀뜨물, 멸치, 밴댕이, 황태, 백합, 바지락, 보리새우, 다시마, 무, 파…….

"어…… 이렇게까지 세밀하게 들어가면 어려운데……."

난감함이 묻어나는 은혜 씨의 목소리에 메이가 친절하게 설명을 덧붙였다.

"아가씨, 뒷장도 한번 살펴보시죠. 재료를 하나하나 고르기 어려우시다면 원하는 맛이나 향미를 선택하실 수 있습니다. 꼭 넣었으면 하는 재료나 반드시 뺐으면 하는 재료를 알려주시면 좋고요. 외주 디자인을 의뢰하는 상황이라고 생각해 보시면 어떨까요?"

"아하! 그렇게 생각한다면야!"

은혜 씨는 메뉴판을 꼼꼼히 살폈다. 그리고 글자들을 손가락으로 짚어가며 말했다.

"저는 시원하고 칼칼한 스타일이 좋아요. 단맛 없고, 텁텁하지 않게요. 감자는 들어갔으면 좋겠는데 너무 익어서 풀어지지 않았으면 좋겠어요. 애호박 말고 주키니로 넣어주시고, 두부는 밀도 높은 걸로 넣어주세요. 버섯은 잘 어우러지기만 하면 뭐라도 상관없어요. 아, 홍고추는 꼭 빼주세요!"

은혜 씨의 주문을 받은 셰프봇이 고개를 끄덕이고는 보냉 박스

안에 있던 신선한 재료들을 꺼냈다. 메뉴판에 나와 있는 재료를 모두 넣어두기에는 턱없이 작은 박스였는데, 신기하게도 은혜 씨가 원하는 재료들은 전부 들어 있었다. 셰프봇은 빠른 움직임으로 채소를 손질해 놓고 색이 다른 육수 병을 여럿 꺼내 배합을 시작했다. 된장찌개를 끓이고 있다기보다는 칵테일을 제조하는 듯한 모습이었다.

잠시 후, 셰프봇이 집게로 핏기가 가신 고기를 잡고 가위로 착착착 자르기 시작했다. 아무렇게나 대충 빠르게 잘라놓는 것처럼 보였지만, 고기 조각마다 살코기와 지방이 비슷한 비율을 이루고 있었다. 은혜 씨는 침을 꼴깍 삼켰다. 완벽하게 조리되어 나오는 음식도 좋지만, 이렇게 눈앞에서 직접 고기가 구워지는 것을 보고 있으니 식욕이 더 돋는 기분이었다.

"오래 기다리셨습니다, 아가씨. 고기가 딱 좋게 익었네요."

셰프봇이 따끈한 사기 접시 위에 잘 익은 고기를 얹어 은혜 씨 앞에 놓았다. 그러고는 또다시 치익, 새 고기를 불판에 올렸다. 은혜 씨는 메이를 향해 와서 앉으라고 다급히 손짓했다.

"매니저님! 같이 먹어요!"

"이번에도 그걸 원하시나요?"

"당연하죠! 원래 삼겹살은 같이 먹어야 더 맛있는 거예요!"

"그럼 그렇게 하겠습니다."

메이가 앞자리에 앉는 것을 확인한 은혜 씨는 바로 상추를 집어 당귀잎을 겹쳐놓고 그 위에 밥, 고기, 편마늘, 풋고추 한 조각을 쌓았다. 그리고 화룡점정인 양념 쌈장을 꼭대기에 슬쩍 얹고 쌈을 싸서 크게 한입 집어넣었다.

"아웅…… 눙물 날 거 가타영……."

땀을 쫙 빼고 먹는 삼겹살 쌈은 천국의 맛이었다. 상추의 아삭함, 삼겹살의 고소함, 마늘의 알싸함, 풋고추의 개운함이 쌈장에 뒤섞여 극한의 조화를 이루고 있었다. 거기에 당귀잎 특유의 씁쓸하면서도 달짝지근한 향미까지 더해져 쌈의 그레이드가 한 단계 더 올라갔다고나 할까. 은혜 씨는 보글보글 끓고 있는 된장찌개도 한 수저 떠서 후후 불고는 호로록 넘겨보았다.

"음! 우와! 이거 미쳤다!"

은혜 씨는 그대로 숟가락을 내려놓고 손바닥으로 이마를 탁 쳤다. 혀에게 특별히 세례를 내려줄 수 있는 세계관이 있다면 바로 이곳이지 않을까. 은혜 씨는 이마를 짚은 채 맛집 유튜버처럼 중얼거렸다.

"어떻게 이렇게까지 내 스타일의 맛이지? 사실 삼겹살의 완성은 이 된찌거든요! 여기에 소주 한 잔 탁 털면…… 아, 아니지! 오늘 운동한 걸 술로 날리고 싶진 않아! 혹시 제로 사이다 같은 거 있을까요?"

은혜 씨의 앞에 유리컵이 하나 턱 놓였다. 셰프봇이 컵에 쪼르르 음료를 따르자 맑은 액체에서 달짝지근한 기포가 뽀글뽀글 솟아올랐다. 은혜 씨가 무심결에 중얼거렸다.

"아…… 여기서 살고 싶다."

그 말에 메이가 가볍게 웃으며 물었다.

"아가씨, 정말로 그걸 원하는 건 아니시죠?"

"헉? 그렇게까지 다큐로 받으시면 제가 좀 무서운데요."

"후후, 저도 농담이란 걸 조금 해봤습니다."

"오, 그렇다는 건 우리가 좀 친해졌다는 의미일까요? 좋은데요?"

"긍정적으로 생각해 주시니 다행입니다. 기분도 많이 좋아지신 것 같고요."

은혜 씨는 그제야 호텔에 체크인하던 때의 자기 모습을 떠올렸다. 그때만 해도 숙취 없는 술독에 빠져 밤을 새우게 해달라고 할 작정이었다. 그런데 이번 방문은 어쩐지 첫 번째 방문 때와 달랐다. 은혜 씨가 원하는 것을 묻는 대신 가이드를 제시해 준 것이나 마찬가지였다. 그것도 건설적인 방향으로.

"아가씨, 화가 많이 났을 때는 판단을 유보할 시간이 필요합니다. 바로 지금처럼요. 얼토당토않은 꿈을 서비스받기에는 아가씨께서 이용료로 지불하신 값이 너무 아깝습니다."

"그 시계요? 그건 그냥 오래된 거라 별로 아깝진 않은데요. 레트로 장난감 콜렉터라면 좀 비싸게 사줄지도 모르지만……. 저한테는 여기서 하루 묵는 게 훨씬 이득이에요."

"그래도 이왕이면 현실에까지 좋은 영향을 끼칠 수 있는 꿈을 꾸셨으면 좋겠습니다. 음, 서비스를 제공하는 직원으로서 조금 주제넘은 말이었을까요."

은혜 씨가 황급히 양손을 저으며 대답했다.

"아, 아니요, 전혀요! 다 저를 위해서 하시는 말씀이란 거 알아요. 되게 감사하고요. 저 여기서 엄청 힐링하고 가는 거 아시죠? 다들 집이 가장 편한 곳이라고 하잖아요. 근데 저는 안 그래요. 가족들하고 있을 때보다 여기 있는 게 훨씬 더 마음이 편해요. 오늘도 동생이랑 대판 싸우고 소리 질러서 기분 엄청 꿀꿀했거든요. 그놈의 '자기관리'가 뭐라고……."

"그 단어와 관련해서 안 좋은 기억이 있으신 것 같군요."

"맞아요. 그 말을 들을 때마다 폭발해요."

제로 사이다를 꿀꺽꿀꺽 넘긴 은혜 씨가 살짝 인상을 쓴 채 말을 이어갔다.

"어으, 시원해……. 최근에 이게 왜 그렇게 빡치는지 곰곰이 생각을 좀 해봤거든요? 근데 아무리 생각해 봐도 첫 번째 회사 때문인 것 같아요. 매니저님, 제 얘기 좀 들어주실 수 있으세요?"

"그럼요. 얼마든지요."

은혜 씨는 한숨을 푹 내쉬었다. 그리고 천천히 이야기를 시작했다.

⚙

안녕하세요, 서은혜님. 내일기획 인사관리팀입니다.

서은혜님께서는 내일기획 크리에이티브팀 공개 채용에 최종 합격하셨습니다.

향후 일정은 홈페이지를 통해 안내 드릴 예정이니 참고하시기 바랍니다.

감사합니다.

(주)내일기획 인사관리팀

은혜 씨는 덤덤한 얼굴로 합격 통보 페이지의 스크린샷을 찍어 엄마에게 전송했다. 딸의 취업에 크게 관심이 없는 아빠나 사이가 좋지 않은 동생에게는 알리지 않더라도 엄마에게는 알려야 할 것 같았다. 엄마에게서 바로 영상통화가 걸려 왔다. 그렇게 기뻐하는 엄마의 모습은 대입 이후 처음 보는 듯했다. 그 이후 엄마가 어찌나 주변에 자랑을 하고 다녔는지, 아파트 단지에서 아주머니들과 마주칠 때마다 "이번에 좋은 데 들어갔다며?" "우리 애도 은혜만큼만 잘하면 얼마나 좋을까" "도대체 비결이 뭐야? 좀 가르쳐줘" 등의 말을 매번 들어야 했다.

정작 은혜 씨는 합격에 큰 감흥을 느끼지 못했다. 어쩌면 같은 회사에서 인턴을 경험해 봤기 때문에 감격이 덜한 것인지도 몰랐다. 인턴에 합격했을 때는 정말 심장이 터지는 줄 알았는데.

은혜 씨는 열과 성이 넘치는 인턴이었다. 실상 합숙 면접이나 다름없는 인턴십 캠프의 최종 과제 발표에서도 1등을 했었다. 물론 은혜 씨 혼자만의 능력으로 이루어낸 성과는 아니었다. 광고회사 인턴십 캠프인 만큼, 각기 다른 팀에 지원한 인턴들이 한 조를 이루어 팀 과제를 수행하는 방식으로 진행되었다. 각 팀은 아주 짧은 시간 동안 가상의 브랜드 광고 전략을 수립하고, 지면 광고와 스토리보드를 제작한 다음, 주어진 기본 웹페이지를 브랜드 사이트로 리뉴얼해야 했다.

브랜드 사이트 리뉴얼 과정에서 은혜 씨는 한 팀원과 의견이 충돌했다. 은혜 씨는 그 사람의 이름을 아직도 기억하고 있다. 금성학. 김 씨였다면 진작에 까먹었을지도 모르지만, 특이한 성 때문인지 그 이름이 뇌리에서 쉽사리 떠나지 않았다. 당시 은혜 씨는 성학을 이해할 수 없었다. 은혜 씨가 제시한 스타일이 훨씬 감각적이고 세련됐기 때문이었다. 하지만 성학은 은혜 씨가 제안한 디자인이 지면에서는 보기 좋으나 웹상에서 구현이 어렵고, 면접관들이 선호하는 웹 접근성과 결과물이 상이하기에 좋은 점수를 얻기 어려울 것이라 했다. 그 말에 설득된 팀원들은 성학의 손을 들어주었다. 결국 웹페이지는 성학이 제안한 대로 리뉴얼되었고, 그 결과 은혜 씨가 속한 인턴팀은 모든 파트에서 최고 점수를 획득했다.

그 이후 성학과 제대로 대화를 나눈 것은 캠프 마지막 날 삼겹살 파티 자리에서였다. 은혜 씨는 쌈채소 바구니에 들어 있는 낯선 식물을 보고 고개를 갸우뚱했다.

"이건 무슨 풀이지? 처음 보는데."

"당귀예요. 향이 센 풀 좋아하시면 입에 맞을 거예요."

성학이 답했다. 은혜 씨가 의아한 목소리로 물었다.

"당귀는 한약에 들어가는 거 아니에요? 저 그거 드라마 〈허준〉

에서 봤어요. 의관이 막 당귀 몰래 빼돌려 가지고 기방에 팔고 그랬는데?"

"하하, 맞아요. 뿌리는 한방에서 쓰죠. 잎은 반찬이나 쌈으로도 먹고요."

"오, 그렇구나. 성학 씨는 어떻게 그런 걸 다 알아요?"

"저희 할머니가 당귀 농사도 지으셨거든요. 저도 많이 캐봤어요."

"아, 농활처럼 방학마다 가서 도와드리셨나 봐요?"

"방학에도 하고, 학교 안 가는 날에도 했죠. 시골에서 할머니랑 둘이 살았으니까."

"헐, 진짜요? 전에 막 팀원들 설득할 땐 완전 강남 엘리트 코스 밟은 사람 같았는데?"

"어우, 그런 거 전혀 아닙니다! 은혜 씨, 소주 한잔하실래요?"

"좋아요! 주세요!"

술이 한두 잔 들어가자 이런저런 얘기들이 더 쉽게 나왔다. 은혜 씨는 살짝 취기가 오른 채로 성학에게 말했다.

"솔직히 저 그때 좀 빡쳤었거든요? 근데 결과적으로는 성학 씨가 맞았어요. 어쨌든 클라이언트 마음에 드는 걸 만들어야 하는 거잖아요. 면접관들이 그런 스타일을 선호하는 건 어떻게 알았어요?"

"뭐, 1차적으로는 오리엔테이션에서 좋은 예시로 나왔던 스타일을 유심히 봤고요. 면접관님들이 쓰시는 핸드폰 케이스 디자인이나 핸드폰을 조작하는 손가락의 유연함 정도, 쓰고 계신 안경의 종류와 두께 등 여러 가지 요소로부터 유추했어요."

"우와, 그런 것까지요?"

"물론 과장이 섞여 있죠."

"에이, 뭐예요! 빨리 제대로 말해줘요!"

"뭐 그렇게 대단한 것도 아니에요. 20대는 손가락 관절도 유연하고 눈 초점도 잘 맞을 때라 인터넷이나 앱 쓸 때 불편한 걸 잘 모를 수 있는데, 나이가 들면 사소한 데서 불편한 부분들이 점점 생기거든요. 할머니랑 오래 살아서 그런가, 그런 쪽으로 생각이 많이 가더라고요. 그래서 어떻게 만들어야 누구나 편안하고 오래 머물 수 있는 인터페이스가 될까? 그런 질문에서부터 시작하게 된 거죠."

"아아."

은혜 씨는 성학의 말을 경청했다. 그는 생각보다 훨씬 더 사려 깊었고 넓은 통찰력을 가지고 있었다. 이런 사람이 시니어가 되어 팀을 이끈다면 최고의 팀이 될 것이 분명했다. 내일기획 같은 업계 톱 회사에서 이런 인재를 놓칠 리가 없었다.

"성학 씨, 여러분, 우리 짠 한번 할까요? 건배사는 '사우 돼서 만납시다' 어때요?"

"와, 너무 좋은데요? 역시 은혜 씨 센스가 있어!"

"그럼, 제가 '사우 돼서' 할 테니까 여러분이 '만납시다' 해주세요. 아셨죠?"

은혜 씨가 선창하며 잔을 들어 올리자 코와 뺨이 발갛게 달아오른 팀원들이 목청을 높여 후창을 했다. 그렇게 인턴십의 마지막 밤이 멋들어지게 무르익었다. 물론 그 후로 따로 연락하고 지낸 팀원은 하나도 없었지만.

신입사원 오리엔테이션 날.

은혜 씨는 혹시 아는 얼굴이 있으려나 주변을 두리번거렸다. 하지만 오리엔테이션은 부서별로 따로 진행되었기 때문에, 인턴 때 함께했던 팀원들이 다른 부서에 가 있다면 합격했더라도 그 사실을 확인할 방법이 없었다. 그렇다고 '혹시 내일기획 합격하셨나요?'라고 함부로 연락했다가 누군가의 인생에 돌이킬 수 없는 인성 파탄자로 남을지도 모를 노릇이었다.

부서장의 지루한 격려사가 끝난 후, 은혜 씨는 회사 내부 시설 안내를 받고 인트라넷 사용 방법 등 업무에 필요한 기초적인 부분들을 배웠다. 인턴을 경험한 은혜 씨에게는 대부분 익숙한 것들이었지만, 임시 ID가 아닌 정식 ID로 인트라넷에 접속하는 순간의 기분만큼은 남달랐다. 그리고 회사 방침에 따라, 입사 지원서에 적어 냈던 영어 이름 '그레이스'가 회사에서의 공식 명칭이 되었다.

은혜 씨는 크리에이티브 4팀으로 배정받았다. 처음 만난 선배들에게 씩씩하게 인사를 건넸지만, 다들 한 번 힐끔 쳐다보고는 자기 일만 하느라 바빴다. 은혜 씨는 팀장에게 받은 업무 매뉴얼을 하릴없이 들춰 보거나 괜히 프로그램만 껐다 켰다 하며 시간을 죽였다.

그날 오후. 사수인 선배가 다가와 은혜 씨에게 작은 수첩을 하나 건넸다. 은혜 씨는 그것이 무엇인지도 모르면서 일단 기쁜 마음으로 받으며 꾸벅 고개를 숙였다.

"그레이스, 이거 우리 팀 간식 장부인데요. 매달 간식비 나오는 거에 맞춰서 캐비닛 채워 넣고 여기다 써놓으면 돼요. 정액으로 나오는 거라 경지팀에 따로 영수증 처리 할 건 없고요. 이쪽에 영수증 붙이고, 팀장님한테 보고 잘하고, 이거 두 개만 하면 돼요. 아, 하나 더! 장부 뒤쪽에 보면 팀원들 생일 써 있거든요? 그 날짜에 맞춰서 케이크 같은 것 좀 사 오면 돼요. 어렵지 않죠?"

"아, 넵! 그럼 제가 탕비실을 관리하는 건가요?"

어리바리한 얼굴로 묻는 은혜 씨를 향해 선배가 고개를 가로저었다.

"그건 아니에요. 예전에 탕비실 납품하면서 물건 빼돌린 사람이 있어서 난리 난 적 있거든요. 그 후로 탕비실에는 정수기랑 커피머신만 두고 팀별로 간식비를 따로 지원하는 걸로 바뀌었어요. 그래서 우리 팀 캐비닛은 저거."

수평적인 기업문화를 위해 팀장 이하 모두가 직책을 제외한 영어 이름으로 서로를 부르고 존댓말을 써야 하는 이곳에서조차 수

직적 기업문화의 표본이라 할 수 있는 막내의 업무는 건재한 모양이었다. 그래, 이런 게 사회생활이지. 은혜 씨는 씩씩한 목소리로 대답했다.

"네! 열심히 해보겠습니다!"

선배는 만면에 싱글벙글 웃음을 머금고 자기 자리로 돌아갔다. 선배의 해맑은 에너지가 전해져서일까. 간식 장부를 손에 든 은혜 씨의 가슴이 괜스레 뛰기 시작했다. 어쩌면 크리에이티브 4팀의 일원이 되었다는 실감이 나서였는지도 모른다. 하지만 그리 오랜 시간이 지나지 않아 은혜 씨는 그날 선배가 지었던 표정의 의미를 정확히 이해할 수 있게 되었다.

"그레이스, 이번에 우리 믹스커피, 맥심 모카골드 마일드로 사는 거 어때요?"

"맥모골 마일드요? 넵, 알겠습니다!"

"근데, 그거 사면 맥심 머그 컵 주잖아요? 머그 컵만 저 주시면 안 될까요?"

"네……?"

"어차피 중요한 건 커피고, 머그 컵은 덤이잖아요! 저 말고 필요한 사람도 없을 텐데!"

"아아…… 네에……. 그럼 그렇게 하시죠."

"고마워요, 그레이스!"

분명 팀에 중요한 건 머그 컵이 아니라 커피다. 그런데 이래도 되는 건가?

"그레이스, 내가 건강검진 끝나고 믹스커피도 안 먹고 과자도 안 먹고 있거든요? 근데 간식비가 팀별로 나오잖아요. 나만 안 먹는 건 불공평한 것 같아요. 그래서 야근할 때 가볍게 먹을 수 있게 곤약면 같은 걸 사두면 어떨까 싶은데."

"곤약면이요? 네, 알겠습니다."

이렇게 한 팀원의 의견을 청취하면 반드시 다른 의견이 뒤따랐다.

"그레이스, 곤약면은 너무 마니악하지 않아요? 건강 생각하는 팀원은 좋아할 수도 있는데, 뭐랄까…… 일반 컵라면도 없이 곤약면만 덩그러니 있는 건 뭔가 밸런스가 안 맞아 보여요."

"아……. 그럼 일반 컵라면도 사두겠습니다."

이렇게 서로 다른 두 의견을 동시에 수렴하면 새로운 반대 의견이 나왔다.

"그레이스, 요새 컵라면이 너무 많이 보이네? 이게 우리 팀 간식비로 사는 거잖아요. 내가 볼 때, 라면은 간식이 아니라 주식이거든. 회사에서 식대가 따로 나오는데, 팀에서 간식비 가지고 주식을 추가로 제공하는 건 좀 아닌 것 같아요. 돈을 상황에 맞게 써야지."

"네에……. 참고하겠습니다……."

어느 순간부터인가 은혜 씨는 본 업무보다 간식 사는 일에서 훨씬 많은 스트레스를 받고 있었다. 정확히는 간식 문제로 왈가왈

부하는 팀원들의 등쌀에 시달리는 것이 힘들었다. 공식적으로 의견을 받겠다고 하면 다들 모르는 척 막내의 일로 미뤄놓고, 정작 간식을 사다 놓으면 은혜 씨를 찾아와 따로 불만을 늘어놓는 것이었다. 아마 이전에 간식 업무를 맡았던 선배도 똑같은 일을 겪었으리라. 그러니 신입이 들어와 이 귀찮은 업무를 떠넘길 수 있게 되었을 때 얼마나 기뻤을까! 신입의 열정이 가득한 목소리로 씩씩하게 간식 장부를 건네받은 날로부터 채 반년도 지나지 않아서, 은혜 씨의 말투는 졸졸 새는 수도꼭지처럼 맥없이 변했다.

그래도 은혜 씨는 회사에 잘 적응한 편이었다. 팀장이 시킨 일은 기한 내에 마쳤고, 피드백이 들어오면 군말 없이 고쳤으며, 프레젠테이션에서 깨지고 온 선배들의 표정을 잘 읽어가며 눈치껏 행동했다. 회의를 성실히 준비하고 회의록도 꼼꼼하게 작성한 건 덤이다. 그 노력이 빛을 발했을까. 은혜 씨는 제법 괜찮은 사원으로 팀장의 눈에 든 듯했다.

"그레이스, 오늘 회의에서 푸드 브랜드 전략 리뉴얼 시안 나온 거 솔루션개발 1팀에 갖다주고요. 특히 이 부분은 강조해서 설명을 해주세요. 기억하죠?"

"네, 팀장님. 클라이언트의 니즈가 크니까 기존 지면광고에서 사용했던 오브제를 최대한 살리는 쪽으로 재구현 원한다고 말씀드리겠습니다."

"좋아요. 피드백은 일정이 너무 플렉시블하면 좀 그러니까 목요일까지는 꼭 달라고 하고, 다음 주 중에 미팅 언제 괜찮은지도 한번 물어봐 주세요."

"네, 알겠습니다!"

은혜 씨는 시안 서류가 정리된 파일철을 들고 사무실을 나섰다. 개발부 사무실은 제작부 사무실 한 층 위에 있었다. 엘리베이터 버튼을 누르려던 은혜 씨는 화면에 뜬 숫자를 보고 잠시 멈칫했다가 계단실로 이동했다. 앉아서 작업하는 시간이 워낙 길다 보니 이렇게라도 움직여 주는 편이 나을 것 같았다. 안 그래도 운동 부족이라 딱 한 층을 오르는데도 금방 숨이 찼다. 은혜 씨가 숨을 몰아쉬며 계단참에 올라선 그때, 갑자기 계단실 문이 벌컥 열리더니 한 남자의 모습이 나타났다. 그의 얼굴을 본 은혜 씨는 깜짝 놀랐다.

"성학 씨?"

"어? 은혜 씨?"

인턴십 캠프 때 같은 팀이었던 성학이었다. 성학도 은혜 씨처럼 최종 면접을 통과해 정직원으로 채용된 모양이었다.

"우와, 반가워요! 우리 진짜로 사우 돼서 만났네요?"

"그러게요! 그간 잘 지내셨어요? 아참, 그렇지."

성학은 세미 정장 재킷의 안쪽 주머니에서 꺼낸 빳빳한 명함을 건넸다.

"좀 부끄럽지만, 회사에서는 코너라는 이름을 쓰고 있어요. 개발부 솔루션개발 2팀이고요."

성학의 명함을 받은 은혜 씨는 바지 뒷주머니에 쑤셔 넣고 다니던 명함을 급히 꺼냈다.

"앗, 구겨졌네! 죄송해요, 성학…… 아니, 코너! 지금 명함이 이거밖에 없어서요."

"괜찮아요. 동기끼린데 어때요, 뭐. 제작부 크리에이티브 4팀 그레이스? 오, 은혜 씨한테 완전 딱 맞는 이름이네요."

"그렇죠? 그나저나 회사가 크다 보니까 다른 부서에 아는 사람이 있는지도 몰랐어요!"

"하하, 그러게요. 그런데 여기는 어쩐 일이세요? 제작부는 한 층 아래 아니에요?"

성학의 물음에 은혜 씨는 손에 든 파일철을 들어 보이며 대답했다.

"솔루션개발 1팀에 심부름 가는 길이었어요."

"아, 그러셨구나. 저는 마케팅팀에 볼일이 있어서 이동하던 중이었는데. 1팀은 사무실 제일 안쪽으로 들어가서 오른편에 있어요. 찾기 어렵지 않으실 거예요. 그럼, 다음에 또 봬요."

"네! 또 봬요!"

성학은 계단을 내려가면서 주먹을 쥐어 보이며 파이팅, 이라고 작게 말했다. 은혜 씨도 입 모양으로 파이팅, 응답했다. 합숙 이후로 성학과 만나기는커녕 연락한 적도 없었는데 마치 고향 친구를 만난 것처럼 반가웠다. 은혜 씨는 콧노래를 부르며 개발부로 향했다.

입사 2년 차에 접어든 무렵, 회사에 난리가 났다. 모기업 계열사 중 가장 큰 규모인 보험사의 광고모델이 연말에 음주운전 뺑소니로 입건되는 사건이 벌어진 것이다. 모든 광고가 내려갔고 전 부서에 비상이 걸렸다. 새 모델을 섭외하고 브랜드 전략을 수정하느라 기획부는 기획부대로 사무실 안팎을 뛰어다녔고, 임시 광고 제작을 위해 제작부는 제작부대로 야근이 이어졌다. 은혜 씨가 속한 팀에는 전국 보험사에 배부되었다가 전량 파기된 새해 달력을 최단기간에 최대한 높은 퀄리티로 재제작하라는 엄명이 떨어졌다.

"아으으, 일정 짜친다……. 나 진짜 눈알 빠질 것 같애……. 그레이스, 누끼 따는 것 좀 도와주면 안 돼요? 우리 팀에서 그레이스가 손 제일 빠르잖아."

옆에서 이미지 분리 작업을 하던 입사 5년 차의 미란다가 죽는 소리를 했다. 크리에이티브 4팀은 기획팀에서 보내온 콘셉트에 맞추어 여러 시안을 놓고 달력을 디자인하고 있었다. 하지만 급하게 뽑은 시안으로 제작된 목업에서는 부족한 부분들이 계속 발견됐다. 당연히 팀 간 커뮤니케이션에도 트러블이 생겼다. 팀원들의 사기는 떨어질 대로 떨어졌고 피로 또한 극한으로 치닫고 있었다. 은혜 씨도 가능한 한 빨리 이 작업을 끝내고 싶었다.

"미란다, 파일 주세요. 얼른 하고 우리 조금이라도 쉬어요."

은혜 씨는 미란다의 몫이었던 이미지 분리 작업을 대신 진행해 주었다. 다행히 괜찮다 싶은 목업도 나왔다. 하지만 제작팀에서 문제가 생겼다. 제작팀은 물량이 한꺼번에 몰려서 인쇄를 제날짜에 진행할 수 없으니 외부업체 섭외 협조를 구한다는 공문까지 보냈다. 결국 팀장은 달력을 제작할 외부업체를 찾아 외근을 나가야 했다.

"자, 여러분, 어글리하다고 얘기 나온 부분 다 체크됐죠? 오늘 업체랑 쇼부 보고 가능하면 바로 제작 들어갈 거니까 마무리 디벨롭 좀 부탁해요. 작업물은 미란다한테 보내주면 미란다가 결재 올려줄 겁니다. 아셨죠?"

"네, 팀장님!"

팀원들은 간만에 씩씩한 목소리로 대답했다.

은혜 씨는 마지막으로 작업물을 꼼꼼히 살펴본 후 미란다에게 최종 파일을 전송했다. 시간이 앞으로 가는지 뒤로 가는지도 몰랐을 정도로 바빴던 강행군 끝에 잠깐의 휴식이 찾아왔다. 은혜 씨는 탕비실에서 커피를 한 잔 내려 자리로 돌아왔다. 그때까지만 해도 팀의 분위기는 좋았다. 서로 웃으며 농담도 했다. 하지만 오후 4시경, 잔뜩 화가 난 제작부서장이 크리에이티브 4팀에 쳐들어오면서 평온하던 무드는 완전히 박살 났다.

"누구야, 이거! 3월달 이미지 누가 작업했어! 엉?"

사무실에 부서장의 목소리가 쩌렁쩌렁 울렸다. 다른 팀에서도 힐끔힐끔 4팀 쪽을 쳐다보았다. 3월이라면 미란다의 작업물이었다. 미란다가 어쩔 줄 몰라 눈알만 데굴데굴 굴리고 있는 사이 부서장이 다시 한번 꽥 소리를 질렀다.

"야! 니들 다 귓구녕 막혔어? 누가 사진을 이따위로 잘랐냐고!"

"혹시 누끼 말씀하시는 거라면…… 그레이스가 땄는데……."

미란다가 은혜 씨를 힐끔 쳐다보며 중얼거렸다. 부서장의 따가운 시선이 그대로 은혜 씨에게로 와 꽂혔다. 은혜 씨는 당혹스러웠다. 분명 모든 파일을 완벽하게 작업한 터였다. 개인 작업물은 물론이거니와 미란다가 도와달라고 했던 이미지 분리 작업까지도 포함해서.

"그레이스가 너야? 네가 이거 작업했어? 너 대학교 어디 나왔어?"

부서장이 성큼성큼 다가와 위압적인 태도로 물었다. 은혜 씨는 부서장의 기세에 압도되어 의자에서 일어나 기어들어 가는 목소리로 대답했다.

"호…… 홍익대학교 나왔습니다……."

"홍익대? 하, 그 학교도 수준 많이 떨어졌네. 이딴 걸 졸업생이라고 세상에 내놓고!"

부서장이 은혜 씨에게 프린트물을 집어 던지며 외쳤다.

"네가 만들어놓은 꼬라지를 좀 봐! 몸값 비싼 모델 아니라고 귀신으로 만들어도 되는 거야? 전무님 앞에서 내가 창피해서 얼굴이 다 화끈거리더라! 어우 씨, 열이 뻗쳐서 진짜!"

은혜 씨는 잔뜩 졸아서 바닥에 떨어진 종이를 주워 들었다. 이미지 속 모델의 팔이 일부 지워져 손만 나온 심령사진을 연상케 했는데, 은혜 씨가 분리 작업을 했을 때만 해도 아무 문제 없던 부분이었다. 이미지를 콜라주하는 과정에서 실수한 것이 분명했다. 은혜 씨는 미란다를 째려보았다. 미란다는 천연덕스럽게 모니터를 들여다보며 애써 은혜 씨의 시선을 외면했다. 미란다보다 연차가 낮은 팀원들도 모르는 척 입을 다물고 있었다.

"야! 넌 디자이너라는 게 어떻게 이런 기본적인 실수를 해? 엉? 지금 회사 전체 비상인 거 몰라? 너만 정신없고 너만 바빠? 내가 망신당한 건 그렇다 쳐! 만약에 이거 그대로 제작 들어갔으면 어쩔 뻔했어? 이런 시기에 우리 회사 전체가 얼마나 웃음거리가 됐겠냐고! 엉?"

"죄, 죄송합니다……."

"너 인마, 얼굴에 분칠하는 것만 자기관리가 아니야! 자기 직무에서 항상 철저한 모습을 보이는 거, 그게 회사원에게 가장 필요한 자기관리야! 알겠어? 아니, 그나저나 백 팀장은 왜 이거 검수를 안 한 거야? 백 팀장 어디 갔어?"

그때였다. 마침 외근에서 돌아온 팀장이 다급히 대답했다.

"네, 부장님! 외부 제작업체 계약 건으로 외근 다녀왔습니다! 무슨 일이시죠?"

땀을 뻘뻘 흘리는 팀장의 모습을 본 부서장이 한숨을 푹 내쉬며 말했다.

"아이고, 백 팀장아. 너 혼자서 일당백을 뛰면 뭐 하냐? 애들 교육 좀 잘 시켜라, 응?"

크리에이티브 4팀을 뒤집어 놓은 부서장은 그 말을 끝으로 제작부를 떠났다. 사무실 전체가 찬물 끼얹은 듯이 조용해져 있었다. 덕분에 은혜 씨의 귀에는 화가 치밀어 씩씩거리는 자신의 숨소리만이 들려왔다. 조금 전 벌어진 사태에 대해 당장 미란다에게 따져야겠다는 생각으로 머리가 폭발하기 직전이었다.

그때, 팀장이 은혜 씨 손에 들려 있는 서류를 끌어당기며 말했다.

"그레이스, 잠깐 나 좀 봐요."

팀장은 은혜 씨를 데리고 빈 회의실로 이동했다. 은혜 씨는 분했다. 내 잘못도 아닌데 부서장한테 깨지고 팀장한테도 혼나야 한다니! 적어도 팀장에게만큼은 이 억울함을 토로해야 했다. 하지만 은혜 씨가 말을 꺼내기도 전에 팀장이 먼저 입을 뗐다.

"그래요, 그레이스가 억울한 상황인 건 알겠어요. 업무 분장을 한 사람이 난데 이 결과물을 보고 상황을 모를 수는 없죠. 그런데 미란다는 5년 차예요. 회사에 네트워크가 있는 사람이란 의미죠. 그래서 그레이스가 화를 내면 자기관리 못 한 신입이 선배를 들이받았다는 이미지만 남게 돼요. 말 그대로 그레이스만 이상한 사람이 되는 거예요. 웃기죠? 모든 일에 시시비비를 가릴 수 있다면 좋겠지만, 현실적으로 그럴 수 없을 때도 있다는 걸 그레이스가 알아야 할 것 같아요. 미란다에게는 내가 따로 주의를 줄게요."

당연히 크게 혼나리라 생각했던 은혜 씨는 팀장의 말에 어안이 벙벙해졌다. 팀장은 차분하게 계속 말을 이었다.

"그레이스는 참 좋은 디자이너예요. 보통 주니어들은 피드백 받으면 그때만 수정하고 나중에 똑같이 아쉬운 결과물을 가져오거든요. 그런데 그레이스는 매번 업그레이드되더라고요. 정말 훌륭한 자질이에요. 그런데 회사는 재능으로만 버틸 수는 없어요. 내 것이 아닌 업무를 쳐낼 줄도 아는 거, 그런 것도 스킬이에요. 그레이스가 여기서 뭔가 배울 수 있다면 팀을 총괄하는 직책까지도 충분히 맡을 수 있지 않을까, 그런 생각이 들어요, 나는."

생각지도 못한 칭찬 세례를 받은 은혜 씨는 눈시울이 뜨거워지고 코끝이 찡해졌다. 부서장에게 혼날 때보다 더 울컥했다. 팀장은 그런 은혜 씨의 얼굴을 검지로 가리키며 강조하듯이 말했다.

"그리고 또 중요한 거. 사무실 내에서는 절대로 울지 마요. 눈물 나올 것 같으면 무조건 화장실로 가요. 우는 사람을 타깃으로 삼는 족속들은 어디에나 있으니까요."

"아, 앗, 넵!"

은혜 씨는 잠겨들던 목을 가다듬으며 침을 꿀꺽 삼켰다. 눈을 깜빡여 눈물을 분산시키는 은혜 씨의 모습을 바라보던 팀장이 웃으면서 혼잣말을 중얼거렸다.

"뭐, 이 정도면 이제 나 없어도 잘하겠네."

"네? 팀장님, 혹시 퇴사하세요?"

"아하하, 퇴사는 아니고……. 애를 좀 낳아야 해서요."

팀장이 손가락으로 자신의 배를 가리켰다. 체형이 조금 바뀐 것 같다는 생각은 했었는데 임신을 한 줄은 몰랐다. 깜짝 놀라 입을 가렸던 은혜 씨는 소리 없는 박수를 치며 작은 목소리로 말했다.

"우와, 축하드려요! 왜 말씀 안 해주셨어요?"

"일찍 말한다고 팀 분위기에 도움될 건 없으니까요. 우리 팀 장기 플랜은 거의 다 짜놨으니 너무 걱정 말아요. 그럼 돌아갈까요?"

팀장이 먼저 회의실을 나섰다. 그 뒤를 따르던 은혜 씨는 주머니에서 지잉 울리는 진동을 느끼고 핸드폰을 꺼내 들었다. 익숙한 이름으로부터 메시지가 하나 와 있었다.

[Connor/ 개발부 솔루션개발 2팀]

오늘 크리에이티브 4팀에 고성이 난무했다는 첩보를 접했습니다. 괜찮아요?

메시지를 읽는데 괜히 웃음이 새어 나왔다. 명함 교환 이후 처음 받은 메시지인데도 너무 친근한 느낌이 들어 신기했다. 은혜 씨는 기분 좋게 웃으며 성학에게 답장을 보냈다.

출산휴가를 간 팀장을 대신해 임시 팀장이 왔다. 하지만 임시 팀장은 그냥 자리만 지키는 사람이었고, 실제로 팀을 이끄는 이는 미란다였다. 때마침 대규모 국제행사 유치전 광고업체로 내일 기획이 선정되면서 크리에이티브 4팀에도 심상치 않은 업무 폭풍이 불어닥쳤다. 회사에서는 추가 전담팀 선발을 위해 사내 경쟁까지 붙였다.

은혜 씨는 능력에 비해 과욕을 부리는 미란다와 업무적인 문제로 얽히고 싶지 않았다. 그래서 웬만해서는 아무 의견도 내지 않고 원래 팀장이 돌아올 때까지 맡겨진 일만 하며 버티려 했다. 하지만 전체 이미지를 예쁘게 맞추겠다고 회사 로고의 비율을 멋대로 바꿔버린 신입의 실수를 모른 척 넘어갈 수는 없었다. 다행히도 은혜 씨는 거기에서 길을 찾았다. 은혜 씨는 신입과 인턴의 전담 사수를 자처하며 미란다와의 거리 두기에 일부 성공했다.

두 번의 인턴십 프로그램이 끝나고 새해가 찾아왔다. 출근길에 유난히도 까치가 깍깍 울던 날, 은혜 씨는 회사 인트라넷 사내 뉴스 게시판에서 생각지 못한 알림을 보게 되었다.

[부고] 개발부 솔루션개발 2팀 Connor 외조모상

은혜 씨는 퇴근 후, 부고 알림에서 본 장례식장에 방문했다. 벽면 스크린에서 웃고 있는 인자한 할머니 얼굴 옆 상주 칸에 금성학이라는 이름 하나가 외롭게 기재되어 있었다. 은혜 씨는 조심스레 빈소로 들어갔다. 상주석을 지키고 있던 성학이 깜짝 놀라며 은혜 씨를 맞이했다.

은혜 씨는 "얼마나 상심이 커요"라는 말이 너무 상투적인 것 같아서 차마 입이 떨어지지 않았다. 오히려 성학이 먼저 은혜 씨에게 연신 고마움을 표시하며 요즘 회사 생활은 어떤지, 힘든 점은 없는지 물어왔다. 성학과 이런저런 대화를 나누다 보니 솔루션개발팀 직원 몇몇이 모여 식사 중인 모습이 눈에 들어왔다. 하지만 회사 이름이 붙은 화환은 전혀 보이지 않았다.

"성학 씨, 우리 회사 화환은 아직 안 온 거예요?"

"장례는 친가 쪽만 지원된다고 하더라고요. 휴가도 이틀이라서 연차 붙여 썼고요."

"네? 그게 차이가 있어요?"

"그렇더라고요. 저도 이번에 처음 알았어요."

마침 한 무리의 노인들이 장례식장으로 들어섰다. 성학은 할머니가 다니던 교회 분들이라 인사를 드리러 가야 한다며 자리에서 일어났다. 은혜 씨는 어서 가보라고 손짓으로 성학을 배웅했다. 얼마 지나지 않아 아이고아이고, 하는 울음소리와 함께 찬송가 합창 소리가 들려왔다. 은혜 씨는 씁쓸한 얼굴로 상 위에 놓인 육개장을 물끄러미 내려다보았다.

월요일이 되어 출근한 은혜 씨는 팀원들이 숙덕거리는 모습을 보았다. 대충 보아하니 크리에이티브 4팀의 소식통 에반이 뭔가 따끈따끈한 가십을 가져온 모양이었다. 은혜 씨가 인사를 건네며 자리에 앉으려는데 에반이 슬그머니 다가와 말을 걸었다.

"그레이스, 소식 들었어요? 지금 솔개팀 두광이 땜에 또 퇴사자 나올 판이래요!"

"솔개팀 두광이요? 그게 누군데요?"

은혜 씨의 물음에 에반은 두 손가락을 펴 보이며 말했다.

"아이, 솔루션개발 2팀 광인이요! 줄여서 솔개두광! 이 사람 땜에 전에도 직원 몇 명 퇴사했었잖아요!"

은혜 씨는 아아, 하고 고개를 끄덕였다. 생각났다. 개발부에 엄청난 폭탄이 하나 있다고 들은 적이 있다. 부모가 모회사 임원인가 그래서 사고를 쳐도 잘리지 않는다는데, 그 사람이 솔루션개발 2팀 소속인 줄은 몰랐다. 그런데…… 솔루션개발 2팀이라면?

"아니, 왜, 지난주에 외조모상 뜬 직원 있었잖아요. 그 직원한테 할머니가 나이 들어 죽은 게 뭐 대수라고 연차까지 썼냐고, 주말이랑 이어서 쉬려고 연차 쓴 거 아니냐고 뭐라 그랬대요, 글쎄!"

"뭐라고요? 와, 이런 미친!"

"그죠, 미쳤죠, 선 제대로 넘었지! 그런데 평소에도 그렇게 괴롭혔대요! 시골 출신이 어떻게 인서울 했냐면서 이름도 안 부르고 농특, 농특 그랬다는 거예요! 촌놈이라 도시 생활 할 줄 모른다고 시비도 엄청 걸었……. 어? 그레이스, 어디 가요?"

은혜 씨는 곧장 개발부로 향했다. 그리고 무작정 솔루션개발 2팀에 찾아가 코너에게 받아야 할 자료가 있는데 메일이 오지 않아서 직접 찾아왔다고 말했다. 난감한 표정을 짓고 있던 팀원들은 오늘 코너가 반차를 써서 자리에 없으니 대신 메모를 남겨주겠다며 은혜 씨에게 돌아가 달라고 눈치를 주었다. 이미 성학은 자리를 비운 듯 보였다.

제작부로 내려오는 계단실에서 은혜 씨는 핸드폰을 꺼내 들었다. 연락처에 저장된 코너라는 이름을 두고 한참을 고민하던 은혜 씨는 결국 아무 메시지도 보내지 못한 채 핸드폰을 집어넣었다. 이 회사의 일원인 자신이 연락을 하는 행위 자체가 성학을 기만하는 일처럼 느껴졌다.

그로부터 2주 후. 성학의 퇴사 소식이 들려왔다.

성학의 퇴사 소식을 들은 날 오후, 은혜 씨는 컨디션에 이상을 느꼈다. 몸에 힘이 빠지고 입맛이 없어 점심도 거른 채 업무를 보며 커피만 마셨는데, 4시쯤에는 팀원들이 먼저 병가 써야 하는 거 아니냐고 이야기를 꺼냈을 정도로 상태가 급격히 악화되었다. 그 와중에도 은혜 씨는 근무시간을 끝까지 채우고 나서야 퇴근 카드를 찍었다.

퇴근길이 그렇게 멀게 느껴진 것은 처음이었다. 양쪽 다리와 어깨에 좀비 여러 마리가 달라붙어 있기라도 한 것처럼 걸음이 느려졌다. 숨이 차고 어지러웠다. 오한이 들고 배도 점점 아팠다.

태어나서 지금까지 한 번도 느껴본 적 없는 기묘한 통증이었다. 도어록을 열고 겨우 집으로 들어온 은혜 씨는 현관에 주저앉아 엄마를 불렀다.

"아니, 왜 안 들어오고 현관에서……. 어머, 얘! 은혜야, 너 어디 아프니?"

"엄마……. 나 지금 속이 너무 안 좋아……. 점심도 못 먹었는데……."

"어머머머, 어떡해! 땀 흘리는 것 좀 봐! 어디가 아파? 윗배? 아랫배? 쓰려? 따끔따끔해?"

"몰라……. 잘 모르겠어……. 전체적으로 다 안 좋아……."

"아이고, 먹은 게 체했나? 얘, 안 되겠다! 응급실 가자!"

엄마가 운전하는 차를 타고 집에서 제일 가까운 응급실로 이동하는 내내 은혜 씨는 연거푸 구역질했다. 위는 진작에 텅 비어서 더 이상 나올 것이 없었고, 어느 순간부터는 정체 모를 초록색 액체가 역류하고 있었다. 은혜 씨는 응급실 앞 대기석에서도 토하고 응급실 침상에서도 토했다. 은혜 씨는 인체의 상당 부분이 수분으로 이루어져 있다는 이과적 상식을 새삼스럽게 몸을 통해 재확인했다. 거기에 구토만으로도 얼마든지 사람이 죽을 수 있겠구나 하는 깨달음까지도.

"몸은 괜찮아요? 잠깐 얘기 좀 할 수 있죠?"

사흘간의 병가를 끝내고 출근하자마자 미란다가 은혜 씨를 불렀다. 예전 팀장이 했던 행동을 흉내 내기라도 하듯 미란다는 은혜 씨를 빈 회의실로 불러놓고 중요한 얘기를 꺼낼 것처럼 무게를 잡았다.

"그…… 요즘 우리 바쁜 상황인 거 알죠?"

"네."

"그런데 그레이스 혼자 너무 업무에서 동떨어져 있는 것 같아요. 좋은 선배처럼 보이고 싶은 건 알겠는데, 신입도 깨져가며 배우는 게 있어야죠. 하나부터 열까지 그레이스가 다 리드해 주려고 하는 것 같아서 보기가 좀 그래요. 그리고 까놓고 말해서, 우리 회사 들어올지 못 들어올지 모르는 인턴 업무 봐주느라 시간 많이 허비하잖아요, 그쵸?"

"제게 할당된 업무는 전부 기한 내에 처리했습니다."

"아니, 그러니까, 그런 마인드가 문제라고. 할 일이 없으면 다른 데서 빼 와서라도 일을 더 해야죠. 그러라고 회사에서 돈 주는 건데. 그레이스 오지랖 넓은 건 알겠는데요, 솔직히 다른 팀 직원 경조사까지 챙기는 건 진짜 오버 같아요. 그 시간에 우리 팀에나 신경을 쓰세요. 지금 사람들이 다 욕해요. 혹시 사내 연애, 뭐 그런 거예요?"

"아닙니다."

맹공에도 동요하지 않는 은혜 씨를 보며 미란다는 어깨를 으쓱했다.

“아, 그레이스가 생각보다 훨씬 더 뻣뻣한 사람이었구나. 음, 어떤 스타일인지 알았어요. 그래요. 뻣뻣하게 구는 것도 다 좋다 이거예요. 그런데 그럴 거면 자기관리부터 똑 부러지게 했으면 좋겠어요. 이번에 아팠던 것도 다 자기관리를 안 해서 생긴 일이잖아요. 그레이스가 그렇게 갑자기 쉬어버리니까 팀에 너무 큰 민폐가 됐잖아.”

“죄송합니다.”

“하아, 진짜 답 없네. 업무 분장 파일 새로 공유해 놨으니까 가서 확인이나 하세요.”

은혜 씨는 미란다에게 까닥 고개를 숙이고 회의실에서 나왔다. 전 팀장 흉내를 내는 모습이 좀 같잖긴 했지만, 생각보다 화가 나지는 않았다. 공유된 업무 분장표 파일을 열어본 은혜 씨는 픽 웃음을 터트렸다. 은혜 씨를 주요 업무에서 전부 제외하고 잡무에 배치해 놓은 섬세함이 돋보였다. 은혜 씨는 조용히 X 버튼을 눌렀다.

이 조직에서 불합리한 일을 당했을 때 보호해 주는 시스템 같은 것은 없다. 그런 게 있었다면 성학이 그렇게 어이없이 회사를 그만두지도 않았을 테지. 예전 팀장이 돌아오기를 기다리며 버티기에는 회사에 정나미가 다 떨어졌고, 포트폴리오에 쓰지도 못할 잡무만 하면서 소중한 시간을 허비하고 싶지도 않았다. 더 이상 은혜 씨에게 이 회사는 필요하지 않았다.

은혜 씨는 인터넷을 켰다. 그러곤 타닥타닥 키보드를 두드렸다.

사직서 작성 방법

⚙

"많이 힘드셨겠군요."

메이의 말에 은혜 씨는 씁쓸하게 웃으며 답했다.

"그래도 첫 회사의 네임 밸류는 무시 못 하겠더라고요. 덕분에 이직이 편했거든요. 두 번째 회사에서 웹디자인 공부를 하게 됐고, 결과적으로 지금 다니는 회사에 올 수 있었으니 성장을 위한 나름의 시련 같은 거였다고 생각해요. 근데요, 지금 매니저님한테 이야기하다가 이상한 걸 깨달았어요."

"그게 뭔지 여쭤봐도 될까요?"

"자기관리라는 말이요. 회사 빌런들한테 들었을 때는 그래도 어떻게든 참았거든요? 그런데 왜 동생이 같은 말을 하면 유독 더 심하게 폭발하는 걸까요?"

잠자코 있던 메이가 사이다병을 붙잡자 은혜 씨는 반사적으로 컵을 집어 들었다. 메이가 은혜 씨의 빈 컵을 채우며 나지막한 목소리로 말했다.

"그렇다면 그 감정에 대해 다시 한번 생각해 보시는 게 좋겠군요."

"화가 나는 것에 대해서요?"

"네. 그것이 정말 순수한 분노인지, 아니면 분노로 위장된 다른 감정인지에 대해서요."

은혜 씨는 당혹스러운 얼굴로 눈을 껌뻑였다.

"그런 접근법은 단 한 번도 생각해 본 적이 없어요……. 그냥 서로 너무 미워하는 사이라고만 생각했으니까. 하지만 오늘 같이 다니면서 느꼈던 감정은 좀 달랐어요. 근데 왜 자꾸 싸우게 되는 거지……. 속마음을 서로 바꿔 끼워볼 수도 없고……. 아?"

은혜 씨의 눈이 번쩍 뜨였다.

"매니저님, 혹시 호텔 밖 세상에 영향을 줄 수 있는 꿈 서비스로 이런 것도 될까요? 동생이랑 저랑 서로 뒤바뀐 삶을 살아보는 거요! 뭐라고 표현하면 좋을까, 팔자 바꾸기?"

"전에도 말씀드렸듯이 아가씨가 원하는 꿈이라면 무엇이든 가능합니다."

"그럼 이걸로 할게요! 아, 맞다! 추가 비용……. 저기 매니저님, 제가 오늘 물건을 하나만 가져와서 체크인할 때 쓰고 없는데 어쩌죠? 이 서비스도 꼭 이용하고 싶은데……."

"확인차 여쭙습니다만, 정말 그걸 원하시나요, 아가씨?"

"네! 원해요!"

은혜 씨의 간곡한 대답을 들은 메이가 손가락을 딱 소리 나게 튕겼다. 그러자 근처에서 대기하고 있던 도어봇이 뚜벅뚜벅 다가오는 발소리가 들렸다. 어느새 은혜 씨의 등 뒤에 선 도어봇이 말했다.

"잠시 실례하겠습니다, 아가씨. 너무 놀라진 마세요."

순간 은혜 씨의 뒤통수가 따끔했다. 머리카락이 뽑힌 느낌이었다. 돌아보니 도어봇의 손에 정말로 머리카락 한 가닥이 잡혀 있었다. 몸체에 있는 수납함 중 하나를 열어 은혜 씨의 머리카락을 소중히 집어넣은 도어봇은 또 다른 수납함에서 동그란 배스 밤을 꺼내 은혜 씨에게 건넸다. 은혜 씨는 의아한 얼굴로 그것을 받았다.

"주무시기 전 사용하면 꿈이 이루어지실 겁니다. 술은 아니지만, 기분이라도."

메이가 컵을 들어 은혜 씨 쪽으로 내밀었다. 은혜 씨는 메이와 경쾌하게 건배하고 컵에 담긴 사이다를 시원스레 들이켰다. 술독에 빠질 생각만 했던 것과 비교하면 정말이지 건설적인 꿈 서비스였다. 기분이 좋아져서였을까. 유난히 사이다가 달콤했다.

식사를 마치고 객실로 온 은혜 씨는 욕조에 배스 밤을 풀었다. 10분 동안 입욕했을 때 가장 좋은 효과를 볼 수 있다고 적혀 있는 설명서의 내용을 그대로 따르려고 욕실용 알람을 세팅해 놓았는데, 욕조에 들어가 있으니 잠이 솔솔 쏟아졌다. 복싱하느라 체력도 썼겠다, 맛있는 고기도 배불리 먹었겠다, 거기다 은은하게 피어나는 제라늄 향기를 맡으며 따스운 물에 몸까지 담그고 있으니 5분도 안 되어 꾸벅꾸벅 고개가 떨어지는 건 이미 예견된 일이라고 할 수 있었다.

10분이 지나 울리는 알람 소리에 은혜 씨는 퍼뜩 잠에서 깼다가 소스라치고 말았다. 은혜 씨의 피부가 물속에서 녹아내리고 있었던 것이다.

"으아악! 뭐야, 뭐야, 뭐야, 이게 뭐야아아악!"

다급하게 욕조에서 튀어나온 은혜 씨는 몸 이곳저곳을 퍼덕거리며 쓸어보았다. 하지만 거품이 걷히고 나니 피부는 상한 곳 하나 없이 멀쩡했다. 은혜 씨는 고개를 갸우뚱했다.

"뭐지? 술도 안 마셨는데 헛것을 봤나?"

그때 똑똑 노크와 함께 메이의 목소리가 들려왔다.

"아가씨, 마사지를 해드리려고 왔습니다만, 안에 무슨 일이 있으신가요?"

"네? 아, 아니요! 잠깐 졸다가 이상한 꿈을 꾼 것 같아요! 금방 나갈게요!"

은혜 씨는 욕조의 마개를 뽑고 샤워기로 몸에 남은 거품을 씻어내려다가 무심코 벽면에 붙어 있는 전신 거울을 보았다. 왠지 평소보다 날씬해 보였다. 아니, 원래 이 정도였나? 아니야, 분명 날씬해졌는데……. 에이, 모르겠다. 지금 중요한 건 그게 아니니까. 은혜 씨는 생각을 멈추고 샤워기의 물을 틀었다.

메이의 마사지 덕분인지 몰라도 은혜 씨는 근육통 하나 없이 가뿐한 아침을 맞이했다. 마침 체크아웃 시간이 되어 객실로 찾아온 도어봇이 매니저에게서 온 선물이라며 봉투를 내밀었다. 은혜 씨는 그 봉투를 가방에 챙겨 넣고 도어봇의 배웅을 받으며 호텔에서 나왔다. 역시 디어 그레이스 호텔은 힐링이구나, 라고 생각하며 콧노래를 부르며 즐겁게 집에 돌아왔는데…….

생각지 못한 사건으로 인해 집안이 완전히 뒤집어져 있었다.

그녀들의 이야기

초등학생 시절, 미혜 씨는 문방구를 참 좋아했다. 학교생활에 필요한 문구들이나 소위 불량 식품이라 불리던 간식들도 있었지만, 미혜 씨는 인형 구경이 가장 좋았다. 특히 미혜 씨의 마음을 사로잡았던 인형은 릴리 인형이었다. 당시 초등학생들 사이에서는 〈사랑의 천사 웨딩피치〉라는 애니메이션이 대인기였는데, 릴리는 그 애니메이션에 나오는 캐릭터였다. 미혜 씨는 매일같이 릴리 인형 앞에 쪼그려 앉아 용돈 기입장에 적힌 숫자를 떠올려보고는 했다.

그러던 어느 날, 문방구 아저씨가 새로운 완구를 릴리 인형 옆에 두었다. 〈웨딩피치〉의 또 다른 멤버 데이지의 변신 손목시계. 가격은 무려 오천 원이었다.

"언니, 생일 축하해! 이거 선물!"

미혜 씨는 열심히 모은 용돈과 세뱃돈으로 릴리 인형이 아닌 데이지 손목시계를 샀다. 그 시계를 전해주던 날 언니의 모습을 아직도 기억한다. 데이지를 좋아했던 언니는 데이지 손목시계를 보고 소리를 지르며 집 안을 깡충깡충 뛰어다니다가 엄마에게 등짝을 맞았다. 언니는 미혜 씨의 이마와 뺨에 몇 번이나 뽀뽀를 해주더니 미혜 씨의 공책에 릴리를 그려주고 예쁘게 색칠까지 해주었다. 미혜 씨는 다음 날 친구들에게 언니의 그림을 자랑했다. 아이들은 모두 감탄을 연발하며 그림 잘 그리는 언니를 둔 미혜 씨를 부러워했다. 미혜 씨는 절로 어깨가 으쓱해졌다.

미혜 씨에게 언니는 선망의 대상이었다. 반에서 1, 2등을 다투던 언니는 명절 때마다 어른들 사이에서 단연 최고의 어린이로 뽑히곤 했다. 미혜 씨는 언니를 좋아했지만, “언니는 1등 하는데 너는 반에서 몇 등 하니?”라는 어른들의 질문이 너무 싫었다. 그래서 미혜 씨는 그 이야기가 나올 것 같다 싶으면 미리 애교를 부려 화제를 돌려버리곤 했다. 미혜 씨의 전략은 어른들에게 아주 잘 먹혀들어, 성적 이야기는 미혜 씨 차례에서 매번 흐지부지되었다.

언니는 성적이 좋을 뿐만 아니라 그림도 잘 그리는 데다가 키도 크고 힘도 셌다. 언니는 미혜 씨를 괴롭히는 짓궂은 남자애들을 직접 잡아다가 혼내주기도 했다. 언니는 멋진 사람이었다. 미혜 씨는 그런 언니를 무척 좋아하고 잘 따랐다.

언니는 초등학교 고학년이 되자 짧게 자른 머리를 주황색으로 염색하고 짧은 티셔츠에 펑퍼짐한 바지를 질질 끌고 다니며 어른들의 근심을 샀다. 거기에 성적까지 떨어지면서 엄마와의 충돌도 잦아졌다. 언니는 공부 따위 때려치우고 만화가가 되겠다며 악을 썼고, 엄마는 만화 그려서 밥 벌어 먹고살 수 있을 것 같냐며 불같이 화를 냈다. 미혜 씨는 그럴 때마다 엄마와 언니의 싸움을 말리기 위해 중간에서 애교를 부렸다. 그러면 엄마는 금세 사르르 풀어졌지만, 언니는 오히려 짜증스럽게 미혜 씨를 흘겨보다가 문을 쾅 닫고 들어가 방 안에 처박혀 버렸다. 언니는 더 이상 미혜 씨에게 그림도 그려주지 않았다.

명절이 되어 할머니 댁에 모인 어른들 사이에서 언니의 헤어스타일은 단연 핫이슈로 떠올랐다. 할머니에게 머리(정확한 워딩은 대가리) 꼴이 그게 뭐냐고 한 소리 들은 언니는 입이 댓 발 나온 채로 전을 부쳤고, 그 옆에서는 사촌 오빠가 깐족거렸다. 사촌 오빠는 언니가 열심히 부쳐놓은 전을 홀랑홀랑 집어먹으며 간이 안 맞네, 덜 익었네, 전이 너무 작네 하고 쉴 새 없이 떠들어댔다. 언니의 얼굴을 보니 폭발 직전이었다.

사촌 오빠랑 싸웠다가는 할머니한테 언니만 혼날 텐데. 미혜 씨는 사촌 오빠를 언니에게서 떼어놔야겠다는 생각에 사촌 오빠에게 다가가 놀아달라며 애교를 부렸다. 사촌 오빠는 그런 미혜 씨를 무척이나 귀여워했다. 둘의 모습을 빤히 쳐다보던 언니는 콧방귀를 뀌며 비아냥거렸다.

"나는 죽어라 전 부치고 있는데 넌 참 재밌게도 논다! 야, 서미혜. 너 공부 안 하고 그렇게 애교만 부리다가 저 TV에 나오는 멍청한 다방 아줌마처럼 티켓 팔면서 사는 거야, 알아?"

언니의 그 말 이후 한바탕 난리가 났다. 자리에서 벌떡 일어난 할머니가 언니에게 손가락질을 하며 집안에 갈보년 만들 일 있냐며 싸갈머리가 없다느니 뭐라느니 욕을 퍼붓기 시작했고, 엄마는 황급히 언니를 잡아끌고 방으로 들어갔다. 다른 어른들도 미혜 씨에게 못 들은 걸로 하라며 절레절레 고개를 저었다. 당시 미혜 씨는 사실 그 말이 무슨 뜻인지 정확히 알지 못했다. 어리둥절한 얼굴로 엄마에게 끌려가던 언니의 표정으로 추정컨대, 언니 또한 마찬가지였을 것이다.

시청 연령 제한이 없던 시절이라 그랬는지 몰라도 당시에는 '티켓 다방' 종업원이 나오는 영화나 드라마가 TV에 버젓이 방영되었다. 미혜 씨 또한 그게 무엇인지 잘 모른 채 학교에서 티켓을 사고팔며 서로를 미스라 부르는 다방 종업원 놀이를 한 적도 있었다. 그런데 갑자기 어른들이 이렇게 날 선 반응을 보이니 조금 당황스러웠다.

할머니는 미혜 씨를 무릎 꿇려 앉혀두고선 너는 네 언니처럼 엇나가지 말고 요조숙녀답게 곱게 자라서 '사' 자 들어가는 남자 만나 좋은 데로 시집가야 한다고, 그게 올바른 여자의 삶이라고 몇 번이나 반복해서 훈육했다. 미혜 씨의 뇌리에 그날의 기억은 유독 깊이 각인되었다.

그날 이후 미혜 씨는 언니가 싫어졌다. 잘은 모르겠지만 자기에게 나쁜 말을 했다는 사실만큼은 분명했기 때문이다. 미혜 씨는 어른들의 관점에서 언니를 바라보았다. 어른들이 지적하는 부분을 잘 기억해 두었다가 언니와 충돌이 생길 때마다 그걸 무기로 삼아 싸우기도 했다. 언니가 억울하다고 방방 뛰어도 어른들은 미혜 씨의 편이었다. 미혜 씨는 의기양양했다.

하지만 여전히 엄마에게는 언니가 먼저였다. 엄마는 언니와 자주 다퉜고, 큰애 때문에 속상해 죽겠다는 말을 입에 달고 살면서도 항상 언니부터 챙겼다. 엄마에게 미혜 씨는 사춘기 때조차 속썩이지 않는 '알아서 잘하는 딸'이었다. 그래서 미혜 씨는 엄마에게 나도 좀 챙겨달라는 말을 쉽사리 꺼낼 수 없었다. 괜히 서운한 마음을 드러냈다가 알아서 잘하는 딸조차 되지 못하고 엄마에게 실망만 안겨줄까 봐 두려웠다.

학창 시절 내내 이리 튀고 저리 튀던 언니가 미대 입시라는 절충안을 내놓은 후로 엄마의 삶은 완전히 언니를 중심으로 돌아갔다. 엄마는 언니의 등하교 및 미술학원 픽업을 전부 직접 관리하는 것은 물론 쉬는 날에는 절에 가서 언니를 위해 불공을 드렸다. 언니는 보란 듯이 명문 미대에 합격했고 엄마는 매일같이 언니 이야기로 꽃을 피웠다. 미혜 씨는 그 모습을 관망자의 입장에서 지켜보았다.

언니가 대기업 광고회사에 다니는 사이 미혜 씨는 전문대학을 나와 작은 사업체에 들어갔다. 입사 1년 반만에 대표가 증발했다. 몇 달 치 월급을 받지 못한 미혜 씨는 동료 직원들과 함께 고용노동부에도 찾아가고 대한법률구조공단에도 찾아갔다. 대표가 도주 중이었기 때문에 사건 처리는 지연되었다. 그나마 부모님과 함께 살고 있던 미혜 씨는 새 일자리를 구할 때까지 일상을 유지할 수 있었지만, 구직 기간 동안 먹을 쌀 사기도 빠듯해진 동료들은 밤낮으로 알바까지 뛰었다. 미혜 씨는 단톡방에서 임금 체불 진정 상황을 알리는 역할을 자처했다.

미혜 씨는 처음으로 엄마에게 힘들다고 하소연하려 마음먹었다. 그런데 그때 언니가 과로로 쓰러졌다. 엄마의 관심은 또 언니에게 쏠렸다. 그런 상황에서조차 언니는 미혜 씨에게 부러움의 대상이었다.

미혜 씨는 두어 곳의 서비스직을 거쳐 한 소규모 미술관의 데스크 관리자 겸 뮤지엄 숍 직원으로 일하게 되었다. 성실하고 고객 응대에도 뛰어난 미혜 씨는 관장의 신뢰를 얻었다. 관내 청소를 맡고 있는 중년 여성 미화원들에게도 선생님이라는 호칭을 쓰며 깍듯이 예의를 갖추었기에 미혜 씨를 며느리 삼고 싶어 하는 이들도 있었다. 그중 한 미화원은 퇴직 전날 미혜 씨에게 따로 선물까지 챙겨 주었다.

"지금까지 서 선생만큼 우리한테 친절하게 대해준 사람이 없었어. 요새 보니까, 젊은 사람들이 가방에 인형 하나씩 달고 다니는 것 같아서 내가 바느질로 하나 만들어봤거든? 그리고 이런 걸

어디서 받았는데, 딱 보니까 서 선생이 좋아할 것 같더라고."

미화원이 건네준 것은 직접 만든 인형과 소품 숍 쿠폰이었다. 감사 인사를 전하고 가방 고리에 인형을 걸어놓은 미혜 씨는 쿠폰에 쓰여 있는 내용을 꼼꼼히 살펴보았다.

작은 소품이 큰 변화를 가져옵니다!

첫 방문일 한정 무료 굿즈 제공.

오늘 특별히, 당신에게만.

— 베스트 오브 유 스토어 —

미혜 씨는 쿠폰에 쓰인 문구에 왠지 모르게 마음이 끌렸다. 쉬는 날 기분 전환이라도 할 겸 쇼핑하러 가야겠다고 생각한 때였다. 미술관 데스크로 다가온 한 남자가 명함을 내밀었다. 제중대학교병원 정형외과 임상강사 김대석. 그는 미혜 씨에게 미술관에 대해 이것저것 물어보았고, 미혜 씨는 언제나처럼 친절하게 고객 응대를 했다. 대석이 돌아간 후, 미혜 씨는 무의식적으로 남자의 명함과 소품 숍 쿠폰을 문구류와 함께 깔끔하게 정리해서 데스크 서랍 안에 넣어두었다. 그리고 그것에 대해 까맣게 잊어버리고 말았다.

초가을에 접어든 무렵, 첫 직장 대표에 대한 임금 체불 단체소송 승소 판결이 났다. 미혜 씨는 단톡방에 이 사실을 알리고, 지난

3년간 싸워온 예전 직장 동료들과 함께 축하와 격려를 나눴다. 마음이 한껏 들떠서 그런지 일하는 시간 내내 즐거운 기분이 가시지 않았다.

그날 오후, 퀭한 얼굴의 대석이 미술관에 나타났다. 풀 당직을 마치고 너무 피곤한데도 미혜 씨가 보고 싶어서 올 수밖에 없었다며, 다음번 만남에는 꼭 데이트를 하고 싶다고 말했다. 그날 미혜 씨의 기분이 좋아서였을까, 아니면 연락처를 달라고 조르지 않고 자기 명함을 건넨 유일한 남자라서 그랬을까, 아니면 할머니가 말한 '사' 자 들어가는 직업을 가진 남자라서 그랬을까. 미혜 씨는 선뜻 그러자고 했다.

대석은 좋은 사람이었다. 드라마 대본을 찢고 나온 사람이 아닐까 싶을 정도로 배려와 사랑이 넘쳤다. 그는 항상 미혜 씨의 말을 경청해 주었고 언제나 미혜 씨의 입장을 먼저 생각했다. 세상에 단 하나뿐인 내 편이라는 확신이 들자, 미혜 씨는 대석에게 완전히 빠져들었다. 미혜 씨가 결혼을 생각 중인 남자가 있고 그가 의사라고 말했을 때, 엄마는 처음으로 미혜 씨의 일에 온전한 관심을 쏟았다. 제중대학교병원 홈페이지 의료진 리스트에서 김대석이라는 이름을 확인하고 병원 앞 카페에서 대석을 직접 만나본 엄마는 그가 썩 마음에 든 눈치였다. 두 사람의 결혼은 급속도로 추진되었다. 엄마는 하루에도 몇 번씩 미혜 씨에게 결혼 진행 상황을 물었다. 미혜 씨는 그런 엄마의 관심이 기쁘기만 했다.

상견례를 마친 후 각종 계약이 일사천리로 진행되었다. 그러던 중 미혜 씨는 대석에게서 급한 연락을 한 통 받게 되었다.

"어, 자기야. 어제 말한 급처 매물 보러 수원 내려와 있거든? 여기 개업하면 진짜 너무 괜찮을 것 같은데…… 보증금이 살짝 모자라네."

"아, 그래? 얼마나?"

"이게 총 사억 구천인데 지금 구천 정도 부족해. 사실 오빠가 의사라서 대출 잘 나오잖아. 그래서 금액 자체는 문제가 없는데, 이게 대출 심사 끝나기 전에 백퍼 나갈 매물이거든. 그래서 그런데 미혜야, 오빠가 심사 끝나는 대로 바로 갚을 테니까 구천만 잠깐 빌려줄 수 있을까?"

"구천? 구천은 좀 어렵고……. 칠천까지는 보내줄 수 있어."

"아, 그래? 으음……. 그래, 이천 정도는 친구들한테 아쉬운 소리 하면 어떻게든 해볼 수 있을 것 같아. 지금 칠천이라도 좀 보내주라. 나한테 말고 부동산 아저씨한테 바로 보내주면 돼."

"응, 알았어, 오빠."

미혜 씨는 점심시간에 짬을 내어 은행에 갔다. 대석이 보내준 부동산 아저씨 계좌에 7000만 원을 입금하기 위해서였다. 은행에서는 의례적으로 보이스피싱 같은 연락을 받은 적은 없는지 물었다. 미혜 씨는 예비 신랑에게 부동산 계약금을 이체하는 것이라고 상황을 설명했다. 그렇게 미혜 씨의 통장에서 7000만 원이 빠져나갔다.

예식장 및 드레스 최종 컨펌일. 아침 필라테스 수업을 마친 미혜 씨는 대석에게 전화를 걸었다. 갑자기 풀 당직이 잡혔다며 매몰차게 통화를 끊어버리는 대석의 반응에 당황한 미혜 씨는 계단을 내려오다가 그만 발목을 삐고 말았다. 다행히도 언니가 미혜 씨를 도와주러 왔다. 20년 넘게 으르렁거리고 살던 언니와 싸움 한 번 없이 우애 좋은 자매처럼 하루를 보내고 나니 고맙기도 하고 조금 복잡한 마음도 들었다. 언니랑 계속 이렇게 지낼 수 있다면 좋을 텐데……. 미혜 씨는 슬쩍 핸드폰을 들여다보았다. 대석에게서 연락이 올 기미는 보이지 않았다.

그런 미혜 씨의 마음을 아는지 모르는지, 집으로 돌아오는 길에 언니가 웨딩 촬영에 대해 물었다. 대석과 연락이 닿지 않아 잔뜩 예민해져 있던 미혜 씨는 자기도 모르게 짜증스러운 말을 내뱉었다. 빈정이 상한 언니가 민감한 부분을 조목조목 따지고 들었고, 결국 미혜 씨는 차 안에서 언니와 크게 싸웠다.

아파트 주차장에 도착한 미혜 씨는 곧바로 집으로 올라와 대석과의 연락을 시도했다. 하지만 스피커 너머에서 흘러나오는 알림을 들은 미혜 씨는 그 자리에 주저앉고 말았다.

"지금 거신 전화는 없는 번호입니다. 다시 확인하신 후 걸어주십시오. The number you have dialed is not in service. please check the number and try……."

애착 가방

· Hotel Dear Grace ·

"너는 또 어디 갔다 이제 들어와! 어휴!"

도어록을 열고 집으로 들어오니 소파에 앉아 있던 엄마가 꽥 소리를 질렀다. 은혜 씨는 또 등짝을 맞나 싶어 잠시 움찔했지만, 어쩐 일인지 엄마는 머리를 짚고 앉아 땅이 꺼져라 한숨만 푹 내쉬고 있었다. 다행이라면 다행인데 어쩐지 분위기가 심상치 않았다. 조심조심 신발을 벗어놓은 은혜 씨가 거실로 들어오며 물었다.

"엄마, 어디 아파?"

"그래, 아프다! 속이 그냥 새까맣게 타서 아파 죽겠다!"

"왜? 설마 나 때문에? 나 어제 엄마가 시킨 일 제대로 다 했는데?"

엄마는 대답할 힘도 없는 듯 손가락으로 거실 테이블 위의 노트북을 가리켰다. 미혜의 노트북이었다. 왜 미혜는 없고 이것만 덩그러니 놓여 있지? 은혜 씨는 얼떨떨하게 다가가 화면에 뜬 글씨를 읽어보았다.

임시접수번호 : ○○○○○○○○○○○

범죄유형 : 사기

피해금액(원) : 70,000,000

접수일시 : 24-○○-○○

주거지 관할서 : 서울□□경찰서

귀하의 신고가 임시 접수되었습니다.

귀하께서 신고하신 사건은 현재 시스템상 다중피해 사건으로 확인되지 않습니다.

정식 접수를 위해서는 평일 오전 9시부터 오후 6시 사이에 주거지 관할 경찰서 혹은 가까운 경찰서를 방문해주시기 바랍니다. 경찰서 전화번호 안내는 국번 없이 182입니다.

은혜 씨가 멍한 얼굴로 물었다.

"칠…… 천? 이게 뭐야? 우리 집 사기당했어?"

"그래! 그놈의 김 서방…… 아니, 김 서방이 다 뭐야! 그 사기꾼 놈이 우리 미혜 돈을 싹 다 털어갔어!"

"뭐? 어떻게? 걔가 서미혜 신분증이라도 훔쳤어?"

"어휴, 차라리 그런 거면 속이 이렇게까지 문드러지지도 않지!

저 맹꽁이가 사기꾼놈 말에 회까닥 속아서 직접 이체해 줬단다! 그놈은 돈 받고 나니까 바로 번호 없애버렸고!"

"진짜? 걔 일하는 병원엔 찾아가 봤고?"

"당연히 가봤지! 그놈 새끼 의사도 뭣도 아니더라! 어젯밤에 제중대학교병원 가서 직원 붙잡고 김대석이 꼭 만나야 한다고 무릎 꿇고 빌었거든? 알고 보니까 김대석이는 어제 당직도 아니고, 얼굴도 전혀 다른 사람이더라고! 우리 전부 다 완전히 속은 거야, 아이고……."

은혜 씨가 다급히 엄마 옆으로 자리를 옮겨 앉으며 물었다.

"엄마, 상견례 전에 걔 직접 만난 적 있었잖아. 이상한 거 없었어?"

"몰라, 그런 게 어딨어. 병원 앞에 있는 카페에 가운 입고 딱 들어오는데 그냥 의사인가 보다 했지. 홈페이지에 이름도 나와 있고, 아버지 병원도 검색해 보니까 다 나오고……."

그 말을 들은 은혜 씨는 곧바로 제중대학교병원 홈페이지를 열어보았다. 정형외과 의료진 리스트에서 세 명의 사진란이 비어 있었는데, 그중에 김대석이란 이름이 포함되어 있었다. 은혜 씨는 아차 싶었다. 김대석의 아버지가 운영 중이라고 했던 병원 홈페이지에도 병원장의 사진은 올라와 있지 않았다.

"도대체 쟤는 왜 그 큰돈을 아무 생각 없이 보낸 거야? 아이고, 내가 못 살아……."

엄마는 미혜의 방 쪽을 손가락질하면서 답답하다는 듯 가슴을 쾅쾅 쳤다.

은혜 씨는 이 상황이 참 기이하다고 생각했다. 은혜 씨네 가족에게 미혜의 남자친구는 몇 번이나 신분 확인이 끝난 사람이었다. 그가 의사가 아닐 거라 의심했던 사람은 아무도 없었고, 그의 부모가 대역 배우일 거라고는 상상조차 하지 못했다. 게다가 결혼을 앞두고 본격적으로 살림을 합치려는 상황에서 큰돈이 오가는 일은 얼마든지 생길 수 있었다. 이건 미혜가 아무 생각 없이 사는 아이라서 생긴 일이 아니었다. 작정하고 달라붙은 사기꾼 집단에 은혜 씨 가족 전체가 당한 것이었다.

"엄마, 서미혜한테 너무 뭐라고 하지 마. 우리 모두 당연하게 그 둘이 결혼하는 줄 알았잖아. 만약에 상견례 하고 예식장까지 잡아놓은 상대가 급전 필요하다고 하면 엄마는 돈 안 줬을 것 같아?"

"뭐…… 주긴 했겠지……. 근데 한 번에 칠천은 좀……."

"아니, 그러니까 아예 그런 말 자체를 하지 말라니까? 지금 누구 탓한다고 상황이 나아져? 빨리 우리가 힘을 모아서 이 사기꾼 새끼를 잡아야 할 거 아냐! 아빠한테는 말했어?"

엄마는 살짝 기가 죽어 고개를 저었다.

"아니……. 네 아빠 지금 출장 가 있는데 괜히 이런 소리 해봤자 마음 불편하기만 하지."

"하, 그건 그렇네……. 그럼 내가 월요일에 연차 쓸 테니까 같이 경찰서 가."

"아냐, 아냐! 은혜 너까지 그럴 거 없어. 내가 데리고 갔다 올게. 나도 너무 황당해서 화를 내긴 했는데, 이제 미혜한테 뭐라고 안 할 거야. 그래, 미혜가 제일 큰 피해자인데, 에휴……."

엄마가 조금 누그러진 목소리로 한숨을 내쉬었다. 은혜 씨는 굳게 닫혀 있는 미혜의 방문을 힐끗 쳐다보며 물었다.

"근데 걔 밥은 먹었어?"

"어젯밤에 죽 두 숟갈 먹었나? 다 토하더니 계속 저렇게 방에만 처박혀 있다……. 근데, 은혜야."

"응, 왜?"

"너…… 혹시 살 빠졌니?"

생각지도 못한 질문에 은혜 씨는 헛웃음이 흘러나왔다.

"엄마는 이 상황에서 그런 말이 나와?"

"아니, 아니, 그냥 갑자기 좀 달라 보여서……. 그간 내가 눈치를 못 챘었나 하고. 아참참, 네가 사 달라던 우유크림 롤 냉장고에 넣어놨으니까 먹고 싶으면 꺼내서 먹어. 알았지?"

은근슬쩍 말을 돌리며 소파에서 일어난 엄마가 안방으로 향했다. 잠시 어이없는 얼굴로 그 뒷모습을 바라보던 은혜 씨는 자기 방으로 들어가려다가 다시 돌아 나와 냉장고에 들어 있던 폴바셋 우유크림 롤 상자를 꺼냈다. 딱 두 조각만 잘라 먹자, 두 조각만.

회사 인테리어 공사 동안 진행되었던 재택근무가 끝나고 출근일이 찾아왔다. 아침이 되어 외출복으로 갈아입던 은혜 씨는 잠시 멈칫했다. 디어 그레이스 호텔 체크아웃 시점부터 바지가 조금 헐렁하다고 느꼈는데, 이젠 아예 엉덩이 아래로 흘러내릴 것만 같았다. 은혜 씨는 급히 장롱을 뒤져 벨트를 하나 꺼내 허리에 조여 매고 집을 나섰다.

오랜만에 만난 회사 직원들이 은혜 씨를 보고 저마다 한마디씩 했다. 남자 직원들은 막연히 뭔가 바뀐 것 같다고 했고, 여자 직원들은 너무 예뻐졌다며 무슨 다이어트를 한 거냐고 자세하게 물었다. 은혜 씨는 수영과 복싱을 해서 그런 것 같다며, 완전히 거짓이라고는 할 수 없는 말로 적당히 둘러댔다.

업무 시간 정각이 되자 특유의 힘찬 발걸음과 함께 대표가 사무실에 등장했다. 자유로운 분위기 속에서 손을 흔들며 대표실로 향하던 그가 잠시 걸음을 멈추고 은혜 씨를 불렀다.

"서 과장? 잠깐 대표실로."

"네, 대표님."

은혜 씨가 곧바로 대표를 따라 대표실로 들어갔다. 달칵하고 문이 닫히자 대표는 두 주먹을 꽉 움켜쥐며 은혜 씨를 향해 신이 난 목소리로 말했다.

"서 과장아, 우리 피똥 싼 보람이 있다! 이제 회사 제대로 한번 키워보자고!"

"갑자기 그러시니까 무슨 일인지 전혀 모르겠는데요. 좋은 소식이라도 들으셨어요?"

"그럼, 들었지! 우리 말이다? F&T솔루션즈랑 코워크 최종 성사됐어! 으하하핫!"

F&T솔루션즈는 최근 선풍적 인기를 끌고 있는 맞춤 돌봄형 AI '우나'를 설계한 회사로 국내 IT업계에서 가장 핫한 신생기업이었다. 디자인 협력 업체 모집 공고를 확인하자마자 은혜 씨 회사도 바로 공모에 뛰어들었다. 기존의 업무와 병행하며 F&T솔루션즈에 보낼 제안서를 작성하고, 포트폴리오를 정리하고, 디자인 시안을 제작하느라 직원 여덟 명이 밤낮없이 일했던 기억이 생생히 떠올랐다. 이 코워크가 성사되었다는 것은 회사에서 가장 주력했던 업무가 최고의 성과를 냈다는 뜻이다. 은혜 씨는 가슴이 벅차올라 마구 손뼉을 쳤다.

"우와, 정말 잘됐어요, 대표님! 부장님이랑 다른 직원들한테는 제가 얘기할까요?"

"아니, 쉿! 아직은 비밀이야. 공문 넘어오는 날 서프라이즈로 발표할 거니까. 그나저나 서 과장아, 정말 고맙다! 이게 다 서 과장 덕분이야!"

"뭘 또 그렇게까지 말씀하세요. 다 같이 열심히 한 덕분이죠."

"에이, 겸손 떨 거 없어! 그때 서 과장이랑 나랑 의견 충돌 났을 때, 서 과장 말 안 듣고 내 말대로 했으면 이거 안 됐겠더라고. 들어보니까 F&T 쪽에서 서 과장 시안을 굉장히 좋게 본 것 같애. 서 과장, 충분히 잘난 척해도 돼!"

대표의 칭찬에 은혜 씨의 입꼬리가 슬그머니 올라갔다. 솔직히 말해 은혜 씨는 디자인 능력에서만큼은 항상 자신 있었다. 그걸 못 알아보는 클라이언트가 문제라면 문제지. 속으로 그런 생각을 하며 살짝 우쭐해져 있는데 갑자기 대표가 이상한 말을 했다.

"근데 서 과장, 혹시 재택 중에 머리 다쳤어?"

"네? 왜 그런 말씀을 하세요? 저 오늘 뭐 이상한 소리 했어요?"

"아니, 그런 의미가 아니고……. 잠깐만 가만히 서 있어봐."

대표가 은혜 씨의 등 뒤로 움직이더니 이어서 찰칵하는 소리가 났다. 다시 앞쪽으로 돌아온 대표는 핸드폰 카메라에 찍힌 은혜 씨의 뒷모습을 보여주며 말했다.

"여기 좀 봐봐. 뒤통수에 이거 땜통 아냐?"

"으잉? 그러게요? 이런 게 왜 생겼지?"

당황한 은혜 씨는 손가락으로 뒤통수를 더듬어보았다. 확실히 모발로 덮이지 않아 맨살이 그대로 느껴지는 부분이 있었다. 마치 누가 잡아 뜯어서 머리카락이 뭉텅이로 빠지기라도 한 듯……. 그 순간, 은혜 씨는 디어 그레이스 호텔에서 있었던 일이 떠올랐다. 추가 꿈 서비스 요청 때 이용료로 뽑아 갔던 머리카락 한 올! 분명 이 땜통 근처에서 뽑았던 것 같은데?

"에휴, 스트레스 때문에 그래, 스트레스. 여자들 머리 빠지는 거는 남자들이랑 다르거든. 내가 또 탈모인이라 머리 빠질 때의 그 기분을 잘 알지. 서 과장도 더 심해지기 전에 얼른 진료받아 봐. 저기 큰길 나가는 쪽에 피부과 있지? 거기서 탈모도 보는 것 같더라. 말 나온 김에 지금 바로 갔다 와. 점심시간에는 주사 맞는 사람들 엄청 몰리니까. 이번 건은 복리후생비로 쳐줄게, 자."

대표가 지갑에서 카드를 꺼내 은혜 씨에게 내밀었다. 은혜 씨가 조심스럽게 건네받으며 확인차 물었다.

"진짜 비용 처리 해주시려고요?"

"응, 물론 비급여는 제외. 그리고 갔다 오는 김에, 건너편에 새로 생긴 카페에서 커피도 한잔하고 와. 오픈빨인지는 몰라도 사람 꽤 많던데 맛 괜찮으면 앞으로 우리 직원들 커피 거기서 먹이자고. 원래 다니던 카페는 사장 바뀌고서는 맛이 영……. 뭔 말인지 알지?"

"네, 대표님. 그럼 제가 시식해 보고 말씀드리겠습니다."

은혜 씨는 대표에게 꾸벅 인사를 하고 나왔다. 회사 일도 잘 풀리고 칭찬도 받아 기분은 좋았지만, 뒤통수의 땜통이 자꾸만 신경 쓰였다. 은혜 씨는 외출을 준비하며 연신 땜통을 만지작거렸다.

피부과에는 생각보다 사람들이 많았다. 사람이 몰린다는 점심시간 때는 대기 인원이 얼마나 될지 가늠도 되지 않았다. 피부질환을 앓는 사람이 이렇게나 많은가 싶었는데 자세히 보니 주사실 앞에서 대기하는 사람이 대부분이었다. 그래서일까. 가장 큰 보드에는 비타민 주사와 백옥 주사, 신데렐라 주사, 마늘 주사의 효능이 어떻고 가격이 어떠하고 패키지로 했을 때 할인이 얼마나 되는지가 빼곡하게 들어차 있었다.

"서은혜 니임."

간호사 특유의 굴곡진 음률을 타고 은혜 씨를 부르는 소리가 들려왔다. 은혜 씨는 네 하고 대답하며 자리에서 일어나 진료실로 들어갔다. 어디가 불편해서 왔느냐고 묻는 의사에게 은혜 씨는 뒤통수의 땜통을 보여주었다. 의사는 환부를 자세히 들여다보고는 은혜 씨에게 이것저것 물어보았다. 최근에 크게 스트레스를 받은 일이 있었는지, 과로하지는 않았는지, 식사가 불규칙했거나 급격하게 체중이 변하지는 않았는지 등. 공교롭게도 은혜 씨는 그 모든 질문에 해당 사항이 있었다. 의사는 더 나빠지기 전에 빨리 병원을 찾아서 다행이라며 지속적인 치료를 하면 분명 호전될 거라고 은혜 씨를 안심시켰다. 그리고 환부에 주사를 놓고 바르는 약을 처방해 주었다.

눈물이 쏙 빠질 뻔한 뒤통수 주사를 맞고 가방에서 지갑을 꺼내려던 은혜 씨는 디어 그레이스 호텔 체크아웃 직전에 받았던 봉투를 발견했다. 맞아, 이런 걸 받았지. 은혜 씨는 봉투를 열어보았다. 봉투 속에는 주소와 다섯 자리 숫자가 적힌 쪽지가 들어 있었다.

"이게 뭐지?"

마침 원무 직원이 은혜 씨 이름을 불렀다. 은혜 씨는 주소 쪽지를 가방에 밀어 넣고 수납 창구로 향했다.

병원과 약국을 차례로 들른 은혜 씨는 대표가 시킨 대로 새로 개업한 카페에도 방문했다. 개장한 지 얼마 안 된 시각이었는데도 브런치를 먹으러 온 사람들이 사진을 찍거나 수다를 떠는 모습이 제법 보였다. 카페 안은 아늑한 조명에 예쁜 가구와 소품들이 적재적소에 배치되어 있어 SNS용 핫 플레이스로 입소문을 탔을 수 있겠다는 생각이 들었다. 필기체로 쓰인 메뉴판을 자세히 보려고 살짝 고개를 들고서 카운터에 가까이 다가가던 바로 그때였다.

"혹시…… 서은혜 씨?"

예상치 못한 상황에 이름을 불린 은혜 씨는 깜짝 놀라 카운터 건너편을 바라보았다. 훤칠한 키에 굴곡지게 머리를 세팅한 뽀얀 얼굴의 남자가 눈에 들어왔다. 대학교 같은 과 선배였던 원재였다. 은혜 씨는 깜짝 놀라 입을 가렸다.

"원재 선배?"

"너 서은혜 맞지? 우와, 깜짝이야! 너무 예뻐져서 못 알아볼 뻔했다!"

"와, 세상에……. 안녕하세요? 선배, 여기서 일하세요? 혹시…… 사장님?"

"아니, 그렇게 불리니 좀 창피한데……."

은혜 씨를 보며 활짝 웃던 남자가 카운터에 놓여 있던 명함을 하나 집어 들었다. 명함에는 'Cafe－inCo 대표 바리스타 나원재'라는 글씨가 선명하게 찍혀 있었다.

"은혜 너는 여긴 어쩐 일이야?"

"아, 저 건너편 건물 회사 다녀요. 블랙고트 랩이라고, 디자인 회사요. 잠시만요."

은혜 씨는 지갑에서 명함을 꺼내 원재에게 내밀었다. 원재는 건네받은 명함을 잠깐 들여다보다 물었다.

"너 내일기획 들어갔단 소문을 들었던 것 같은데……."

"맞아요. 근데 그만뒀어요. 좀 안 맞아서."

"오, 대단하다. 너 엄청 용기 있구나?"

"그, 그다지 대단한 건 아니에요."

제가 정말 용기 있는 사람이었다면 부당한 대우에 항의했겠죠…… 라는 뒷말을 삼키는 사이 원재가 엄지손가락을 번쩍 치켜들더니 찡긋 윙크를 날렸다. 은혜 씨는 조금 당황스러웠지만 이내 표정을 가다듬었다. 은혜 씨의 기억 속 원재는 붙임성이 좋은 사람이었다. 잘생겨서 인기도 많았고, 재학 내내 솔로인 적이 없었던 걸로 유명하기도 했다.

"이렇게 만난 것도 인연인데 오늘은 내가 쏠게. 은혜야, 뭐 마실래? 골라봐."

"아니에요, 저 지금 법카 들고 나왔거든요. 저 아이스 아메리카노 한 잔 주시겠어요?"

"테이크아웃?"

"아뇨. 먹고 갈 거예요."

"오케이, 아이스 아메리카노 홀 서비스 한 잔."

그렇게 말한 원재는 은혜 씨가 내민 카드를 한사코 거절했다. 대신 회사 직원들에게 소문 좀 좋게 내달라며 맑게 웃어 보일 때름이었다. 원재가 커피를 내리는 동안 카운터 근처 테이블에 자리를 잡고 앉은 은혜 씨는 커피가 맛있기를 간절히 바랐다. 이 한 잔의 맛에 따라 블랙고트 랩 직원들의 카페인 수혈 전용 카페가 결정될 터이니.

"아, 맞다. 쪽지."

은혜 씨는 아까 가방에 넣어놓았던 주소 쪽지가 떠올랐다. 지도 앱으로 주소를 확인해 보니 은혜 씨가 거주하는 아파트 옆 근린공원이 나왔다. 문제는 다섯 자리의 숫자였다. 한참 들여다보아도 의미를 알 수가 없었다. 지도에 등록된 정보는 놀이터, 주차장, 전기차 충전소, 버스 정류장 정도인데……. 은혜 씨는 별생각 없이 그 장소들을 툭툭 눌러보았다. 그러다 버스 정류장을 눌렀을 때, 정류장 이름과 함께 다섯 자리 숫자가 나타났다.

"버스 정류장 번호였구나!"

은혜 씨는 콜럼버스의 달걀을 처음 본 사람처럼 가볍게 발을 구르며 기뻐했다. 하지만 그 버스 정류장이 의미하는 바는 알 수 없었다. 은혜 씨가 곰곰이 생각에 잠겨 있는 사이 주문한 음료가 나왔다. 원재가 가져온 트레이 위에는 시원스러운 디자인의 유리잔에 담긴 아이스 아메리카노와 은혜 씨가 주문한 적 없는 작은 조각 케이크가 놓여 있었다.

"선배, 저 이건 안 시켰는데……."

"하하, 잘 먹고 또 오라고 뇌물 바치는 거야. 그럼 맛있게 먹어."

"저기, 선배……."

은혜 씨가 뭐라 대답하기도 전에 원재는 급히 카운터로 달려갔다. 그새 새로운 손님이 도착한 것이었다. 은혜 씨는 친절한 미소로 손님을 맞는 원재를 조금 간질간질한 기분으로 쳐다보다가 아이스 아메리카노를 한 모금 홀짝 들이마셨다.

순간 눈이 확 뜨였다.

원두를 너무 태우지만 않으면 아메리카노는 다 비슷한 맛 아닌가 하고 생각했던 과거의 은혜 씨를 크게 혼쭐내기라도 하듯, 싸하고 새콤한 풍미가 다채로운 달콤쌉쌀함으로 변하며 입안 전체에 고소하게 퍼졌다. 여기에 달짝지근한 케이크까지 더해지니 금상첨화가 따로 없었다. 은혜 씨는 곧바로 결정했다. 블랙고트 랩 직원들의 새로운 카페인 수혈용 카페를.

퇴근길에 은혜 씨는 쪽지에 적혀 있던 버스 정류장을 찾았다. 구조물을 꼼꼼히 살펴보고 의자에 앉아 있어도 봤지만 뭔가 특별한 일이 생기지는 않았다. 도어봇이 봉투를 건네줄 때 분명 매니저님이 준 선물이라고 했는데……. 하지만 무얼 해야 하는지도 모른 채 계속 정류장 주변을 서성이는 행동은 지금 상황에서 별 도움이 될 것 같지 않았다.

은혜 씨가 집으로 돌아가려고 의자에서 일어났을 때, 갑자기 어디선가 풍겨오는 맛깔나는 순대 냄새가 코를 찔렀다. 파블로프의 개처럼 자동으로 입에 침이 고였다. 은혜 씨는 버스 정류장에서 나와 주변을 둘러보았다. 정류장 뒤쪽, 공원 가장자리를 등지고 푸드 트럭 한 대가 서 있었다. 은혜 씨는 그 앞으로 다가갔다.

"예에, 어서 오세요, 아가씨. 순대 드시려고요?"

푸드 트럭 사장님의 인사에 은혜 씨는 홀린 듯 고개를 끄덕였다.

"네. 모둠으로 3인분 포장해 주세요. 간도 많이 넣어주세요."

"예에, 모둠 3개 포장. 간 많이. 잠시만 기다리세요."

은혜 씨는 순대가 담긴 묵직한 봉지를 들고 집으로 들어왔다. 순대 사 가니까 저녁 안 해도 된다는 은혜 씨의 전화에 엄마는 내심 기쁜 눈치였다. 은혜 씨는 괜히 어깨에 힘이 잔뜩 들어간 채로 집에 들어왔다. 하지만 여전히 미혜의 방문은 꽉 닫혀 있는 상태였다.

"재 오늘은 밥 좀 먹었어?"

은혜 씨의 물음에 엄마는 고개를 절레절레 흔들었다. 은혜 씨는 미혜의 방문을 콩콩 두드리고는 살짝 문을 열었다. 그리고 아무 기척도 보이지 않는 불 꺼진 방을 향해 무심하게 말했다.

"야, 서미혜. 너 안 나오면 엄마랑 나랑 순대 다 먹는다?"

은혜 씨는 일부러 문을 살짝 열어둔 채 거실로 나와 소파 앞에 털썩 주저앉았다. 그새 엄마가 소금에 초장에 막장까지 가져다가 상을 차렸는데, 펼쳐놓고 보니 순대 양이 생각보다 더 푸짐했다. 온 집 안에 순대 냄새가 가득 찼다. 은혜 씨는 순대를 하나 집어 입에 넣었다. 야들야들하고 탱글탱글한 식감의 순대가 톡 터지며 입안에 감칠맛이 휘몰아쳤다.

"어머, 은혜야. 이거, 우리 옛날에 살던 그 동네, 그 순댓집 생각 나지 않아?"

"응, 나도 지금 딱 그 생각 했어. 나 어렸을 때 그 할머니 순대 맛에 길들여져서 다른 데 순대는 맛없다고 잘 안 먹었잖아."

"어, 맞아, 맞아! 그때 너랑 미혜랑 둘 다 그랬지. 그 집 순대 참 잘했었는데, 할머니 나이 드시고 사장 바뀐 다음부터 맛이 변해 버려서 아쉬웠었지……. 근데 너 이거 어디서 사 왔어? 어디 이렇게 맛있는 집이 생긴 거야?"

"이거? 푸드 트럭에서 샀어. 공원 버스 정류장 근처."

"그 주변 맨날 다니면서도 음식 파는 건 한 번도 못 봤는데?"

"내가 다음에 다시 가볼게. 오늘이랑 같은 요일, 같은 시간대에 가보면 한 번은 마주치지 않겠어? 그때 명함 하나 받아오지, 뭐. 근데 순대 진짜 맛있다! 어렸을 때로 돌아간 것 같아!"

얼마나 지났을까. 조심스러운 발소리가 나더니 미혜가 모습을 드러냈다.

"어머, 미혜야! 너 배고프지! 얼른 와서 순대 좀 먹어!"

벌떡 일어난 엄마가 달려가 미혜의 손을 덥석 붙잡았다. 바닥에 앉아 소파에 등을 반쯤 기댄 은혜 씨는 순대를 우물우물 씹으며 미혜를 향해 손짓했다.

"야, 빨리 와, 식는다. 지금 이거 안 먹으면 너만 손해야."

미혜는 엄마에게 이끌려 상 근처에 와 앉았다. 젓가락을 들고 조심스럽게 순대 하나를 집어 먹은 미혜는 그 후로 말없이 열심히 식사를 시작했다. 간까지 초장에 찍어 야무지게 먹는 모습을 보니 그나마 안심이 되었다. 분위기가 썩 나쁘지 않은 것을 확인한 은혜 씨가 은근슬쩍 말을 꺼냈다.

"경찰서에서는 뭐래?"

미혜가 멈칫했다. 미혜를 대신해서 엄마가 대답했다.

"지금 그놈 이름도 모르고, 나이도 모르고, 핸드폰은 선불 폰이고, 이체한 계좌는 대포 통장이래. 최대한 추적은 해보겠다는데 왠지 긍정적인 분위기는 아닌 것 같더라고. 그래도 신고했으니 기다려봐야지."

이번에는 은혜 씨가 정확히 미혜를 바라보며 물었다.

"혹시 개랑 관련해서 뭔가 생각나는 거 없어? 이상했다거나 좀 특이했다거나. 아주 사소한 거라도 괜찮으니까 최대한 떠올려 봐."

미간을 찌푸린 채 기억을 더듬던 미혜가 천천히 고개를 가로저었다. 하긴 이 정도로 작정하고 달려든 놈인데 그렇게 허술하게 굴진 않았겠지. 그때 갑자기 무언가가 떠올랐는지 미혜가 고개를 번쩍 들었다.

"이게 의미가 있는지는 모르겠는데…… 나한테 SNS나 인터넷 커뮤니티 같은 거 안 하냐고 여러 번 물어봤었어. 자기는 그런 거 하는 사람 별로 안 좋아한다면서."

은혜 씨가 고개를 갸웃했다.

"근데 너 인스타그램 열심히 하지 않았었냐?"

"그건 대학생 때고. 월급 떼이고 나서부터 어떤 남자들이 자꾸 도와주겠다는 핑계로 이상한 DM을 하도 보내서…… 그냥 접어 버렸어."

돈에 관련된 또 다른 아픔이 나오자 분위기가 다시금 숙연해지고 말았다.

그날 밤, 은혜 씨는 곰곰이 생각에 잠겼다. 그 사기꾼은 왜 미혜에게 그런 걸 여러 번이나 물어본 걸까. 은혜 씨는 핸드폰을 켜고 SNS 앱들을 찾아보았다. 요 몇 년 새 가장 핫한 SNS라면 단연 인스타그램이었다.

호랑이를 잡으려면 호랑이굴에 들어가야 한다고 했던가. 은혜 씨는 일단 인스타그램 앱이라도 한번 깔아봐야겠다고 생각했다. 앱을 처음 설치하니 프로필 설정이나 연락처 연동 등 소소하게 해야 할 것들이 많았다. 인스타그램 안내의 마지막 관문은 게시물 하나 올리기였다. 은혜 씨는 대충 셀카를 하나 찍어 올렸다. 얼마 지나지 않아 '멋있는 은혜'라는 댓글이 달리더니 다이렉트 메시지가 왔다. 은혜 씨는 의아해하며 메시지함을 눌렀다.

[은혜야! 안녕? 나 원재야. 인스타 가입했네?]

아이디 cafe_inco와 프로필 사진 속 커피 추출 기구만으로도 원재인 걸 알기에는 충분했다. 은혜 씨는 조금 당황했지만, 곧 의심스러운 눈으로 답변을 보냈다.

[안녕하세요? 저 인스타 시작한 건 어떻게 아셨어요?]

[연락처에 저장된 사람 새로 가입했다고 알림이 떠서 알았어. 아까 명함 보고 연락처 저장했었거든.]

SNS의 지인 알림 서비스를 처음 안 은혜 씨는 물에 젖은 솜사탕처럼 경계심이 사르르 잦아들었다.

[앗 그렇구나! 제가 인스타그램이 첨이라 모르는 게 넘 많아요! (´•̥•̥`;)]

[하하 괜찮아. 나도 처음에 친구한테 이것저것 많이 물어봤었어. 앞으로는 여기서 소식 볼 수 있겠네.]

[그러게요 ㅎㅎㅎ 참 오늘 정말 감사했는데 인사 제대로 못 드려서 죄송해요! 커피 진짜 깜짝 놀랄 만큼 맛있더라구요! 앞으로 자주 갈게요!]

[응~ 편하게 놀러 와~ 그럼 난 매장 마감하러 가볼게.]

[네 선배! 오늘 수고 많으셨습니다. (❁´▽`❁)]

읽음 표시가 생긴 후로도 은혜 씨는 한참 동안 DM 창을 들여다보았다. 혹여나 원재가 무언가 말을 덧붙일까 싶어서. 하지만 대화는 거기서 끝이 났다. 은혜 씨는 혹시 방금 보낸 이모티콘이 너무 오버스러웠나 잠시 고민하다가, 그런 고민을 하는 자신에게 놀라 다급히 책상 위에 핸드폰을 엎어놓았다.

시간이 어떻게 흘러갔는지도 모르게 어느새 주말이 되었다. 유독 다사다난했던 한 주였다. 은혜 씨는 지난주에 보지 못했던 영은을 만나기 위해 번화가에 나와 있었다. 그런데 누군가 길에서 은혜 씨에게 말을 걸었다.

"저기요."

은혜 씨는 무시하고 그대로 걸어갔다.

"저기, 잠깐만요! 스타일이 너무 좋아서 그런데 번호 좀 알려줄 수 있어요?"

"네?"

당연히 도를 믿으십니까 같은 소릴 할 줄 알았는데, 전혀 생각지도 못한 말에 은혜 씨는 크게 당황했다. 상대는 그 틈을 놓치지 않고 다가왔다.

"저 이상한 사람 아니에요. 진짜예요."

"아뇨, 저는 별로……."

"번호 부담되면 인스타 아이디라도 알려줘요. 그건 괜찮죠?"

가능성이 있다고 생각했는지 상대는 더욱 집요하게 은혜 씨에게 따라붙었다. 이러다가 영은과 만나기로 한 가게 안까지 따라

올지도 모를 일이었다. 은혜 씨는 상대를 돌려보내려고 거짓말을 했다.

"저 남친 있어요."

"에이, 거짓말. 진짜면 처음부터 그렇게 말했겠지."

"진짜예요."

은혜 씨는 인스타그램 앱을 켜고 은혜 씨의 셀카에 '멋있는 은혜'라고 댓글을 단 원재의 계정을 보여주었다. 원재의 훤칠한 외모를 확인한 상대는 그제야 시무룩한 얼굴을 했다. 그사이 은혜 씨는 영은이 기다리고 있는 마라탕집 안으로 황급히 들어왔다.

"은혜야, 저 사람 누구야? 아는 사람이야?"

가게 바깥에서 벌어졌던 실랑이를 봤는지 영은이 걱정스러운 얼굴로 물었다. 은혜 씨는 의자에 가방을 내려놓으며 멋쩍게 답했다.

"처음 보는 사람인데 갑자기 연락처를 좀 달라네."

"헐, 대박! 그래서? 아까 핸드폰 보여주던데, 연락처 줬어?"

"아니. 남친 있다 그랬어."

영은은 천천히 고개를 끄덕이더니 갑자기 실눈을 뜨고 은혜 씨를 쳐다보았다.

"아아, 어쩐지……. 인스타에 나보다 먼저 댓글을 단 사람이 있길래 참 희한하다 했더니만, 그 남자랑 사귀는 거였구만? 왜 나한테 말 안 했어?"

"그런 거 아니야. 학교 선배인데 오랜만에 우연히 만났어."

"그렇게 우연히 만난 선배가 인스타 개설하자마자 댓글을 달았고?"

"어."

"수상하네……. 일단 배고프니까 가서 음식부터 가져온 다음에 계속 얘기하자. 근데 너 요새 밥은 제대로 먹고 다녀? 얼굴이 완전 반쪽이 됐는데? 어디 아픈 건 아니지?"

"안 그래도 요새 사람들이 다 그 소리만 한다. 아픈 데 없으니 걱정 마셔."

물론 뒤통수에 작은 땜통은 하나 생겼지만.

은혜 씨는 영은과 함께 대접을 들고 셀프 바로 가서 마라탕에 넣을 재료들을 담았다. 아삭아삭한 숙주와 알배추, 청경채, 버섯은 기본이고 완자와 건두부면도 듬뿍 넣었다. 대접을 저울에 달고 고기를 추가해 계산을 마친 두 사람은 자리에 앉아 본격적으로 수다를 떨기 시작했다.

"그래서, 그 남자랑은 아직 썸이야?"

"썸이고 뭐고 그런 거 없어. 진짜 우연히 만났거든. 회사 근처에 카페가 새로 생겼는데 거기 사장님이더라고."

"그래? 난 또 지난주에 네가 남친이랑 싸우고 전화했나 하고 머릿속에서 시나리오 하나 쫙 뽑았는데, 전부 내 뇌내망상이라 이거지? 그럼 그때는 왜 전화했었어?"

영은의 물음에 은혜 씨는 어깨를 으쓱하며 대답했다.

"뻔하잖아. 미혜랑 좀 싸워서."

"아이고, 너네는 정말 지치지도 않냐? 어떤 의미로는 정말 대단하다! 어? 그러고 보니 미혜 청첩장 나올 때 되지 않았어? 다른 애들 보니까 보통 이때쯤 돌리는 것 같던데."

"……그게 좀 문제가 생겼어."

"왜? 인쇄소에서 청첩장 전량 파본 났대?"

"어휴, 그 정도 일이면 진짜 좋겠다! 실은…… 미혜 결혼 사기 당했어."

"결혼 사기? 헐?"

은혜 씨는 영은에게 그간 벌어진 사건에 대해 설명해주었다. 처음에는 눈을 동그랗게 뜨고 은혜 씨의 말을 경청하던 영은의 표정이 점점 미묘해지기 시작했다. 긴 이야기가 마무리되자 영은이 긴가민가한 표정으로 말했다.

"근데 내가 얼마 전 인스타에서 핫한 게시물 중에 이거랑 엄청 비슷한 얘기를 봤거든? 잠깐만 기다려봐……. 아, 여기 있다! 지금 보낸 거 한번 읽어볼래?"

은혜 씨는 영은이 보내준 링크를 통해 들어간 인스타그램 게시물을 읽어보았다. 길고 긴 이야기는 SNS를 하지 않는 친구를 대신해서 올린다는 말로 시작되었다.

글쓴이의 친구는 6개월 전, 한 남자와 결혼식을 앞두고 있었다. 남자는 유명 항공사 파일럿으로 바쁜 업무 중에도 매일같이 사진을 찍어 친구에게 보내주었고, 한국에 들어와 있을 때는 아무리 피곤해도 반드시 시간을 내어 친구와 데이트를 했다. 급속도로 가까워진 둘은 결혼을 약속했고, 외국에서 여행사를 운영한다는 부모님까지 한국으로 들어와 상견례를 마쳤다. 송도에서 신혼집 아파트를 계약 중이던 남자는 해외 송금 오류로 인해 부모님이 보내주기로 한 1억이 현지 은행에 묶여버렸다며 친구에게 급하게 돈을 빌려달라고 했다. 근무 중이었던 친구는 급히 반차를 내고 은행으로 가서 1억에 가까운 돈을 남자가 말한 부동산 업자에게 보냈다. 그 후 남자는 핸드폰을 해지하고 사라졌다.

"이거, 직업만 다르고 내용은 완전 똑같지 않아?"

"어! 같은 놈일 확률이 90프로는 되겠는데? 설마 SNS 안 하냐고 물어본 게 이것 때문이었나? 피해자 사연 보고 경계할까 봐? 와, 이 새끼 완전 악질 상습범이네!"

열이 뻗친 은혜 씨가 주먹을 꽉 쥐고 이를 악물었다. 덩달아 영은의 얼굴도 심각해졌다.

"여기 보면 이 사람 친구랑 가족들도 완전 깜빡 속았다고 그러잖아. 피해자가 더 있을지도 몰라. 일단 이건 미혜한테 알려줘야 할 것 같은데?"

"응, 안 그래도 지금 보내고 있어!"

은혜 씨는 방금 읽은 게시물의 링크를 미혜에게 보냈다. 글쓴이에게 연락해서 이 사기꾼과 김대석이 같은 놈인지 대조해 보라는 말도 덧붙여서. 지금까지 그 사기꾼은 SNS를 하지 않는 젊은 여자들을 먹잇감으로 삼아서 사기 피해 사실이 공유되는 것을 지연시켜 왔다. 그렇다면 추가 피해를 막기 위해서라도 이 사건을 최대한 빨리 공론화해야 한다. 피해자들의 신원을 보호하면서도 SNS보다 파급력이 큰 공론화 방법이라면…….

순간 은혜 씨의 머릿속에 번뜩 떠오르는 것이 하나 있었다.

"그래, 〈그것이 알고 싶다〉가 있었지!"

"서 과장."

〈그것이 알고 싶다〉 제보 이후 은혜 씨는 하루에도 몇 번씩 핸드폰을 들여다보는 버릇이 생겼다. 혹시라도 PD에게서 후속 연락이 왔을까 싶어서였다. 사실 방송국에 제보하기까지 많은 우여곡절이 있었다. 정작 피해 당사자인 미혜는 탐사 프로그램을 통해 사건을 공론화하자는 말에 바로 찬성했는데, 오히려 엄마가 강경하게 반대 의견을 표출한 것이다.

"서 과장?"

엄마는 아무리 모자이크를 하더라도 방송에 나가게 되면 분명 주변에서 알아볼 것이라며, 괜히 사람들 사이에 뒷소리가 나와 미혜의 혼사가 막힐 것을 염려했다. 미혜는 뒷말하기 좋아하는 사람들이라면 이미 파투 난 결혼에 자기들만의 상상을 더해 실제보다 나쁜 소문을 만들어낼 게 뻔하다고, 차라리 사건의 전말이 명확하게 밝혀지는 편이 훨씬 나을 거라고 말했다. 그리고 피해자들이 모여 정보를 공유하다 보면 그놈을 잡을 수 있는 단서가 하나라도 더 늘어날 테니 우리에게 더 좋은 일이라고 했다. 결국 미혜에게 설득당한 엄마는 방송 프로그램에 사건을 제보하는 일에 찬성했다.

"서 과장!"

"……네? 아, 대표님, 부르셨어요?"

"뭐야, 자기답지 않게 왜 그렇게 멍때리고 있어? 오늘 내가 시킨 일은 기억하지?"

"시키신 일이요? 아아, 그럼요! 지금 바로 다녀오겠습니다!"

은혜 씨는 자리에서 벌떡 일어났다.

깜짝 발표를 위해 F&T솔루션즈 코워크 성사 사실을 숨기고 있던 대표는 하루 전날 다과 파티를 계획하며 은혜 씨에게 몰래 케이크와 음료를 준비해 달라고 했다. 은혜 씨는 곧바로 원재에게 연락해 내일 홀 케이크 하나와 음료 여덟 잔을 예약할 수 있는지 물었다. 원재는 가능하다고 답하는 것을 넘어서 흔쾌히 배달까지 직접 도와주겠노라고 했다. 직원들 모르게 회의실로 다과를 옮겨야 했던 은혜 씨로서는 참 고마운 일이었다.

은혜 씨가 카페에 도착하자, 큼직한 케이크 상자와 테이크아웃 음료용 캐리어가 준비된 모습이 보였다. 아르바이트생에게 카페를 맡긴 원재는 은혜 씨와 짐을 나눠 들고 카운터를 나섰다.

은혜 씨의 회사로 이동하며 두 사람은 이런저런 일상적인 대화를 나눴다. 시답지 않은 이야기를 나누는 것도 제법 즐거웠다. 건물 2층 블랙고트 랩에 도착한 둘은 사람들 눈에 띄지 않게 조심

조심 회의실로 들어갔다. 회의용 책상에 케이크와 음료를 세팅하는 데에는 그리 오랜 시간이 걸리지 않았다. 은혜 씨가 원재에게 감사 인사를 전하려는 찰나, 원재가 한발 먼저 은혜 씨 손에 무언가를 쥐여주었다. 낱개로 포장된 쿠키 몇 개와 호텔 뷔페 초대권이었다. 영문을 몰라 하는 은혜 씨를 향해 원재가 싱긋 웃으며 말했다.

"가게 매상 올려줘서 고맙다구. 쿠키는 딴 사람 주지 말고 혼자 먹어."

"아…… 감사해요, 선배. 그런데 이 초대권은……."

"우리 아버지 회사 거래처에서 보내줬다는데 나 쓰라고 주셨어. 근데 내가 지금 딱히 같이 갈 만한 사람이 없어서……. 괜찮으면 같이 갈래?"

이게 무슨 의미지? 생각지 못한 전개에 은혜 씨는 즉답을 하지 못하고 버벅거렸다.

"근데…… 여기 비싸지 않아요? 부담 없이 가기에는 좀……."

"아, 같이 가기엔 분위기가 좀 부담스럽나? 미안, 거기까진 생각을 못 했다. 그건 선물로 줄 테니까 너 편한 대로 써. 그건 괜찮지? 그럼 난 이만 카페 들어가 볼게."

원재가 싱긋 웃으며 회의실을 나섰다. 돌아서는 그 모습이 어찌나 쿨한지 산토리니를 배경으로 한 포카리스웨트 광고의 청량함마저 느껴졌다. 잠시 멍하니 자리에 서 있던 은혜 씨는 뒤늦게 정신이 들었다. 그냥 아는 여자 사람 후배로서 받기에는 부담스러운 물건이지만, 그래도 굳이 선배가 둘이 함께 가자고 했다는 건…….

은혜 씨는 다급히 원재의 뒤를 쫓아 건물 계단을 뛰어 내려갔다.

"선배, 같이 가요! 여기 뷔페!"

"어? 마음 바뀌었어?"

"네! 시간 언제 괜찮으세요?"

"으음, 주말엔 카페 빠지기가 좀 그래서, 혹시 평일 저녁 중 시간 괜찮은 요일 있어?"

"보통 목요일 오후에는 컨펌 파일을 보내니까, 그날이 괜찮을 것 같아요!"

"그래. 그럼 목요일 중에 시간 맞춰보자. 내가 DM 보낼게. 들어가."

원재가 크게 손을 휘저으며 건물에서 멀어져 갔다. 은혜 씨도 그런 원재에게 조심스럽게 손을 흔들어주었다. 미혜의 결혼 사기 사건이 현재 진행 중인데 이런 약속을 잡아도 되는 건지, 은혜 씨는 괜스레 마음이 싱숭생숭했다.

〈그것이 알고 싶다〉 PD로부터의 후속 연락은 없었다. 다만 방송 말미에 송출된 제보 요청 덕분에 약간의 기대는 가질 수 있었다.

신분을 속이고 결혼을 전제로 접근해 금품을 받은 다음 잠적하는 수법으로 피해를 입으신 분들의 연락을 기다립니다.

그 내용을 본 은혜 씨네 세 모녀는 손을 꼭 붙잡고 이제 시작이라며 서로를 다독였다.

그사이 원재로부터 호텔 뷔페 예약과 관련된 연락이 왔다. 다음 주 목요일 오후 8시, 신라호텔 더 파크뷰. 그 메시지를 본 은혜 씨는 갑자기 뒤통수에 있는 땜통이 마음에 걸렸다. 뷔페에서 음식을 가지러 신나게 돌아다니다가 실수로라도 그 부분을 원재가 보게 되면 너무 창피할 것 같았다.

은혜 씨는 거울 앞에 앉아 땜통을 완벽하게 커버할 수 있는 헤어스타일을 연구했다. 그렇게 오랫동안 거울 앞에 앉아 있었던 것은 은혜 씨 생애 처음 있는 일이었다. 그래서였을까? 얼굴에 있는 수많은 모공이 눈에 들어왔다. 20대 때는 이렇지 않았던 것 같은데 언제 이렇게 커졌지? 마침 얼마 전 방문했던 피부과 생각이 난 은혜 씨는 곧바로 피부과 홈페이지에 들어가 상담 예약부터 잡았다.

"은혜 너, 왠지 그새 분위기가 더 좋아진 것 같아."

레스토랑 입구에서 은혜 씨를 만난 원재가 작은 꽃다발을 내밀며 말했다. 남자에게 처음 받아보는 꽃다발도 기뻤지만, 원재 특유의 간접적인 칭찬에 더욱 마음이 설렜다.

식사권 확인을 마치고 자리로 안내받은 두 사람은 먹을 음식부터 가져오기로 했다. 다양한 음식 냄새가 솔솔 풍겨 군침이 돌았다. 은혜 씨는 머리가 조금 복잡했다. 접시를 들기는 했는데 음식들이 전부 맛있어 보여서 무엇부터 담아야 할지 고르기가 어려웠다. 초반부터 음식을 전부 쓸어 담았다가는 나중에 정말 맛있는 음식을 먹지 못하는 불상사가 생길 수도 있었다. 은혜 씨는 그런 억울한 사태를 절대 초래하고 싶지 않았다.

뷔페 코너를 종류별로 돌아보며 음식들을 꼼꼼히 스캔하던 은혜 씨는 음식 진열대 건너편 테이블에서 아빠와 닮은 얼굴을 얼핏 보았다. 해외 출장에 가 있는 아빠가 여기 있을 리가 없는데? 은혜 씨는 긴가민가하며 그 남자를 유심히 살펴보았다. 그는 아빠와 닮아도 너무 심하게 닮아 있었다. 은혜 씨는 핸드폰을 꺼내 아빠에게 전화를 걸었다. 놀랍게도 호텔 뷔페의 남자도 같은 타이밍에 전화를 받았다.

"어, 은혜야."

"아빠, 지금 어디세요?"

"어디긴. 미국이지."

그때 한 젊은 여자가 아빠를 닮은 남자와 같은 테이블에 접시를 내려놓더니 그의 뺨에 입을 맞추었다. 여자의 입 모양을 보니 뭐라 말을 하는 듯했는데, 그와 동시에 은혜 씨의 핸드폰 스피커 너머에서도 한국어를 쓰는 여성의 목소리가 들려왔다. 남자는 그 여성의 등을 부드럽게 쓰다듬고는 엉덩이를 톡톡 치며 앞쪽에 앉으라는 듯 손짓을 했다.

"아빠, 한국어가 들리는데요?"

"어, 지금 한인 식당에서 밥 먹는 중이야. 우리 부서 김 과장이랑 같이 저녁 먹으면서 업무 얘기도 할 겸 나왔는데, 사람이 많아서 좀 시끌시끌하네, 여기가……."

아빠는 평소답지 않게 말이 많았다. 그러다 보니 실수가 나온 듯했다.

"음…… 신기하네요. 미국이랑 여기랑 시차가 있을 텐데 똑같이 저녁 시간이라니. 혹시 김 과장이라는 분, 꽃무늬 원피스에 진주 목걸이 하고 계시나요?"

은혜 씨가 눈앞에 보이는 여성의 차림새를 그대로 묘사하자 남자가 당황하며 주변을 둘러보는 모습이 보였다. 순간 심장에서 피가 싸악 빠져나가는 기분이 들었다. 무심해 보이긴 해도 가정을 위해 묵묵히 일하는 좋은 아빠라고 믿어왔는데, 엄마가 아닌 외간 여자 앞에서 저런 다정다감한 표정을 지을 수 있는 사람인 줄은 꿈에도 몰랐다. 갑자기 등에서 식은땀이 흐르고 손이 차갑게 식었다.

"은혜야, 너 지금 어디니?"

"……."

은혜 씨는 대답하려다가 말고 전화를 끊었다. 그러곤 핸드폰

카메라를 확대해 아빠와 낯선 여자의 사진을 찍고 자리에서 돌아섰다. 곧 아빠에게서 전화가 왔다. 은혜 씨는 핸드폰 전원을 끄고 뒷주머니에 밀어 넣었다. 이미 입맛은 떨어질 대로 떨어진 상태였다. 은혜 씨는 눈앞에 보이는 음식을 대충 아무거나 집어 접시에 담았다.

"은혜야, 너 그렇게 풀로만 배 채워도 되겠어?"

샐러드만 잔뜩 담겨 있는 은혜 씨의 접시를 본 원재가 눈을 동그랗게 뜨고 물었다. 일부러 샐러드만 담으려고 의도한 건 아니었는데. 은혜 씨는 멋쩍게 웃으며 대답했다.

"마침 이게 눈에 딱 보여서요."

"하긴 채소류부터 먹는 게 건강에 좋다고 하더라. 은혜는 자기관리를 열심히 하는구나."

원재가 이 상황을 약간 오해하고 있는 것 같았지만 은혜 씨에게는 그것을 정정해 줄 만한 정신적 에너지가 남아 있지 않았다. 첫 접시를 어떻게든 비우고 두 번째 접시를 가져오기는 했는데, 종이를 먹는 건지 지점토를 먹는 건지 음식 맛이 하나도 느껴지지 않았다.

그때 꽃무늬 원피스를 입은 여자가 아빠와 팔짱을 끼고 근처를 지나갔다. 은혜 씨는 급히 이마를 짚는 척하며 고개를 숙였다. 아빠는 레스토랑에서 나가면서도 계속 주변을 두리번거렸다. 아마도 은혜 씨를 찾고 있는 모양이었다. 은혜 씨는 곁눈으로 두 사람을 몰래 지켜보며 입술을 지그시 깨물었다.

"은혜야, 너 어디 아프니?"

원재의 물음에 은혜 씨는 어색하게 웃으며 대꾸했다.

"죄송해요, 선배. 오늘 컨디션이 안 좋네요. 저 잠깐 화장실 좀……."

은혜 씨는 그렇게 말하고는 방금 레스토랑에서 나간 아빠의 뒤를 몰래 밟았다. 들키지 않으려고 지형지물을 이용해 몸을 숨겨가며 뒤를 쫓다 보니 왠지 모를 자괴감도 들었다. 아빠와 젊은 여자는 바깥으로 나가지 않고 로비의 엘리베이터를 탔다. 은혜 씨는 재빨리 다가가 두 사람이 탄 엘리베이터 디스플레이를 확인해 보았다. 엘리베이터는 부대시설이 있는 층을 모두 지나쳐 객실층으로 향하고 있었다.

"와 씨! 이게 뭐야!"

은혜 씨는 머리를 붙잡고 자리에 주저앉았다. 밥을 먹는 둥 마는 둥 해서 그런지 눈앞이 더 깜깜하고 머리가 핑 돌았다. 컨시어지가 다가와 은혜 씨에게 괜찮은지 물었다. 은혜 씨는 컨시어지의 도움으로 몸을 추스르고 일어나 엄마에게 전화를 걸었다.

"엄마! 나 지금 아빠 봤는데! 어디서 봤냐 하면!"

흥분한 은혜 씨의 목소리가 덜덜 떨렸다. 하지만 채 끝맺지도 못한 말에 되돌아온 엄마의 대답은 은혜 씨의 예상을 아득히 벗어난 것이었다.

원재가 잡아준 택시를 타고 집에 돌아온 은혜 씨는 거실에서 기다리던 엄마와 대면했다. 잔뜩 화가 난 은혜 씨가 뭐라 말을 꺼내려 하자 엄마는 은혜 씨의 손을 끌고 조용히 안방으로 들어왔다. 은혜 씨는 대체 엄마가 왜 이렇게까지 태연한지 이해할 수가 없었다.

"왜 이래? 엄마답지 않게! 왜 모른 척하라는 거야? 당장 쫓아가서 등짝이라도 두들겨 패야 하는 거 아니야?"

"쉿, 목소리 좀 낮춰. 미혜한테 들리겠어."

"들리면 어때서? 서미혜는 우리 가족 아니야? 걔만큼은 이 상황을 몰라야 돼?"

"은혜야, 제발. 진정 좀 해."

엄마는 은혜 씨의 손을 잡고 거의 애걸하다시피 말했다. 평소에 알던 엄마와 다른, 낯선 모습이었다. 은혜 씨는 엄마가 대체 무슨 말을 하려고 그러는지 들어나 보자는 마음으로 침대 위에 털썩 걸터앉았다. 엄마도 은혜 씨의 옆에 가만히 자리를 잡았다.

"네 아빠 외도한 거 처음 아니야. 다 알면서 계속 같이 산 거야."

"왜? 그런 걸 다 감수할 만큼 그렇게 아빠가 좋아?"

"아니. 사랑 없이 산 지 오래야. 처음부터 없었던 것 같기도 하고."

은혜 씨의 입에서 긴 탄식이 흘러나왔다.

"그러면 더 이해가 안 되거든? 나는 엄마가 할머니한테 그렇게 구박받으면서도 별말 없이 살길래 최소한 아빠가 우리 몰래 뒤에서 엄마를 다독여 주고 있는 줄 알았어. 근데 그게 전혀 아니었다는 거잖아. 엄마는 왜 이런 수모를 다 참고 살았어?"

"나도 계속 이렇게 살 생각은 없어. 딱 너희들 결혼할 때까지만이야."

결혼. 최근 귀에 딱지가 앉도록 들었던 단어에 은혜 씨는 말문이 턱 막혔다. 도대체 그 결혼이란 게 뭐길래 온 가족이 이런 삽질들을 하고 있는 걸까. 그런 은혜 씨의 표정을 읽었는지 엄마가 설명하듯 덧붙였다.

"은혜야, 네 증조할아버지 돌아가시고 서인철네 식구들이 나한테 뭐라고 했는지 아니? 결혼할 때 며느리 아버지 자리가 비어 있던 탓에 집안의 기운이 그리로 흘러 나갔다고, 사람을 잘못 들여도 한참 잘못 들였다고, 어느 집 무당이 그랬단다. 반 푼짜리 사람을 들여서 액운이 끼고 대가 끊긴 거래. 은혜야, 나는 말이야. 내 딸들은 절대 이런 소리 듣게 하고 싶지 않아. 그러니까 결혼까지 너희들을 완벽하게 서포트하는 거, 이게 니들 엄마로서 반드시 지키고 싶은 나의 책임감 같은 거야. 알겠어?"

"아니, 그건 엄마한테 괜히 트집 잡고 싶어서 친척들이 억지 이유를 갖다 붙인 거잖아. 오히려 난 엄마한테 물어보고 싶어. 왜 그렇게 상대편 가족 눈치를 봐? 딸들이 그런 소리를 들을까 봐 무섭다고? 그럼 엄마는 나나 미혜를 함부로 대할 가능성이 있는 집에, 굳이, 화목한 가정 흉내까지 내가며 시집을 보내고 싶어?"

그 물음에 엄마는 선뜻 대답하지 못하고 머뭇거렸다. 은혜 씨는 그런 엄마를 향해 쐐기를 박듯이 말했다.

"애초에 그런 결혼은 내가 싫어! 눈치 보고 부자연스러운 연기까지 해가면서 어렵고 불편한 사람들과 굳이 가족이라는 이름으로 엮이는 거잖아. 오직 결혼만을 위해서 그렇게까지 소모적으로 인생을 갈아 넣어야 해? 거기에 그럴 만한 가치가 있어?"

"은혜야, 너랑 나는 달라. 나 때는 그렇지 않았다고 쳐도 너는 사랑하는 사람이랑 결혼할 수가 있잖니. 생각해 봐. 상대 부모 봐 가면서 애인을 만들진 않잖아? 만약 은혜 너한테 사랑하는 사람이 생겼는데 그 남자 집안에서 한부모가정 며느리를 별로 안 좋게 생각하면 어떻게 할 거야? 결혼 안 할 거야?"

"당연하지! 결혼을 왜 해?"

"정말정말 너무너무 죽도록 사랑하는데도?"

"엄마, 애초에 사랑이란 감정과 결혼이라는 제도는 별개의 문제야. 엄마 아빠도 지금 정말정말 너무너무 죽도록 사랑해서 이 결혼 생활을 유지하는 건 아니잖아? 엄마, 정말 미안한데…… 난 솔직히 엄마처럼 사느니 혼자 살 거야. 엄마도 엄마 인생 살아."

모녀 사이에 잠깐의 침묵이 머물렀다. 잠시 후, 엄마가 조심스레 물었다.

"너 지금 한 말, 아예 결혼을 안 하겠다는 건 아니지? 하긴 할 거지?"

"엄마! 지금 미혜 일도 수습이 안 됐는데 그런 소리가 나와?"

"아니, 암만 그래도……. 에휴, 나도 모르겠다."

긴 한숨을 내쉬며 엄마가 이마를 짚었다. 은혜 씨는 엄마를 슬쩍 흘겨보았다.

"이제 알았어. 엄마가 나더러 살 빼고 남자 좀 만나라고 한 게 다 이유가 있었네. 어쩐지 미혜 결혼한다는 소리 나올 때부터 유독 나를 닦달한다 싶더라니! 앞으로 이 집에서 결혼이라는 말은 절대 금지야!"

"얘, 구더기 무섭다고 장 못 담그면 되겠니? 그래도 결혼은 해야……."

"한 번만 더 그 소리 해봐? 동네 사람들 다 불러놓고 나 비혼 잔치 연다?"

은혜 씨의 선전포고에 엄마는 한발 물러섰다. 아마 완전한 항복은 아니고 이후 더 큰 추진력을 얻기 위한 한 보 후퇴겠지만, 어쨌든 지금으로서는 그렇게라도 결혼 이야기를 접어두어야 했다. 이보다 더 큰 문제가 남아 있었기 때문이다. 엄마는 끝끝내 아빠의 외도를 문제 삼지 않을 모양이었다. 도대체 가족들이 하나같이 왜 이 모양 이 꼴인지, 은혜 씨는 답답해서 속이 터지기 직전이었다.

"과장님, F&T 배너 시안 바리 친 거 공유드렸습니다!"

"오케이. 확인해 보고 피드백 줄게요."

은혜 씨는 온 집안이 혼란에 빠진 상황 속에서도 힘든 티를 내지 않고 책임감 있게 회사의 프로젝트를 이끌어갔다. 이런 때일수록 더욱 정신을 똑바로 차리고 자기 일에 충실하다 보면 곧 이 터널의 끝을 볼 수 있으리라 생각한 것이다. 하지만 집안의 문제를 일상에서 온전히 지우고 생활하는 건 불가능했다. 당장 책상 구석에 처박혀 있는 저 가방만 해도 그랬다.

그 가방은 은혜 씨가 내일기획을 그만두었을 때 아빠에게 선물 받은 것이었다. 그 당시 은혜 씨는 놀라다 못해 의아했다. 대학 졸업 때도, 대기업 입사 때도, 매번 무심하기만 했던 아빠가 세간에서 소위 말하는 좋은 회사를 그만두는 상황에 선물을 사 주다니. 은혜 씨는 아빠가 티는 내지 않았지만 남몰래 딸의 일을 신경 쓰고 있었다는 사실에 감동했다. 가방은 곧 은혜 씨의 애착 가방이 되었다. 데일리 템으로 아주 무난한 디자인인 데다가 사이즈도 적당하고 재질도 훌륭했다. 은혜 씨는 회사에 출근할 때도, 여행을 갈 때도, 친구를 만날 때는 물론 디어 그레이스 호텔에 방문할 때도 그 가방을 들었다.

하지만 은혜 씨는 이제 그 가방을 보는 것만으로도 찜찜한 기분이 들었다. 혹시 이 선물이 외도 상대와 관계있는 것은 아닐까 하는 의심마저 들었다. 은혜 씨는 고개를 절레절레 저어 생각을 떨쳐냈다. 집중하자, 집중! 은혜 씨는 시안 파일을 최종 확인하기 위해 모니터를 들여다보았다.

퇴근 카드를 찍고 나오던 은혜 씨는 생각지도 못한 사람을 마주해 깜짝 놀랐다. 아빠였다. 정장을 차려입은 아빠는 건물 출입구에서 한참을 서성거리다가 은혜 씨가 걸어 나오는 모습을 발견하고는 황급히 손을 들어 보였다.

"어, 은혜야. 전화가 계속 안 되길래."

"회사는 어떻게 알고 오셨어요?"

"네 엄마한테 명함 좀 찍어서 보내달라고 했다."

아빠가 엄마한테 연락을 했다는 건 두 사람 사이에 이 모든 상황이 공유되었다는 거다. 아빠는 조용한 곳에서 이야기를 좀 하고 싶다고 했다. 은혜 씨는 알았다고 대답한 뒤 아빠와 함께 근처의 프랜차이즈 카페로 이동했다.

따뜻한 라테 두 잔을 앞에 두고 아빠가 먼저 입을 열었다.

"이제 너도 다 알고 있겠지만서도……. 그래, 아빠가 만나는 여자가 있어. 불장난도 아니고 정말 아빠의 마지막 사랑이라고 생각하는 그런 여자 말이야."

은혜 씨는 어이가 없었다. 무슨 소리를 듣게 될지 대충 예상은 하고 있었지만, 아무리 염치가 없기로서니 자기 딸에게 이게 할 소린가 싶었다. 스스로 아름다운 로맨스 영화의 주인공이라는 착각에 빠져 있는 것이 아니고서야 도저히 할 수 없는 말이었다.

"네 엄마하고는 진작부터 얘기된 거지만, 미혜 결혼식은 차질 없이 진행될 거야. 너도 그렇게 알고 입단속 좀 하고 있어라. 괜히 사돈댁에 이상한 소문이라도 나면 안 되니까."

아빠는 미혜의 결혼식이 파투 났다는 사실을 아직 모르고 있는 것 같았다. 엄마는 왜 그런 중요한 얘기를 안 한 거람? 은혜 씨가 퉁명스럽게 대꾸했다.

"미혜 결혼 안 해요. 그거 끝났어요."

"뭐? 아니, 갑자기 왜?"

"엄마한테 미혜 결혼 진행 상황에 대해서는 안 물어봤어요?"

"그야 뭐, 알아서 잘하겠거니 하고……."

아빠가 말끝을 얼버무렸다. 그래, 이게 진짜 우리 아빠지. 상견례 때부터 지금까지 자식의 중대사에도 꾸준하게 관심이 없는 그런 아빠. 은혜 씨는 끌어안고 있던 가방을 테이블 위에 턱 얹어놓으며 물었다.

"혹시 이 가방이요, 혹시 지금 사귀는 여자 때문에 샀던 거예요?"

"그래. 현주가 네 얘기 듣더니 선물하라며 골라준 거야. 현주가 그런 여자야."

은혜 씨는 속이 부글부글 끓어올랐다. 그런 여자고 저런 여자고를 떠나 불륜 상대가 골라준 가방을 딸한테 선물해서 뭐 어쩌겠다는 건지 싶었다. 친엄마가 버젓이 살아 있는데 새엄마 취급이라도 해달라는 건가? 은혜 씨는 평정을 유지하려 애쓰며 입술을 꽉 깨문 채로 말했다.

"아빠, 이럴 거면서 왜 엄마랑 계속 같이 살아요? 그래도 좋아서 결혼한 거 아니었어요?"

그 물음에 아빠는 답이 없었다. 잔에 든 라테를 크게 한 모금 들이켠 후에도 침묵은 계속되었다. 그렇게 말없이 카페 벽 쪽을 한참 동안 응시하던 아빠가 천천히 입을 열었다.

"그 결혼은 할아버지가 시켜서 한 거야. 네 엄마를 좋아한 적은 없었다."

"할아버지? 아빠의 할아버지? 내 증조할아버지 말하는 거예요?"

"그래. 할아버지가 꼭 그 여자를 손주며느리 삼아야 한다고 아주 완강하게 고집을 부리셔서 어쩔 수 없이 한 결혼이었다. 그것 때문에 그 당시 좋아하던 사람과는 이어지지 못했고."

아빠의 말에 은혜 씨는 헛웃음이 났다.

"아니, 무슨 조선시대도 아니고! 할아버지가 정해준 사람과 억지로 결혼을 했다고요? 아빠가 그렇게 효심이 지극한 사람이었어요? 그렇다기엔 지금 성묘도 안 가잖아요?"

"그래. 네 말마따나 효심이니 뭐니 하는 건 그냥 옛날이야기에나 나오는 거다. 왜 우리 집에서 할아버지 말씀을 거스를 수 있는 사람이 아무도 없었는 줄 아니? 바로 돈 때문이야. 우리 아버지가 그렇게 한량처럼 나돌면서도 평생 돈 걱정 없이 먹고살았던 건 다 할아버지가 물려주신 유산 덕분이었어. IMF 때도 온 나라가 다 뒤집혔는데 우리 집은 할아버지 유산 덕분에 아무 일 없이 살아남았다. 너 갖고 싶은 거, 먹고 싶은 거, 하고 싶은 거, 원 없이 다 한 데에 할아버지 영향이 없었을 것 같아? 봐라, 죽은 다음에도 이렇게 위세를 떨치는 게 돈인데 살아생전에는 오죽했겠니?"

"하지만…… 아무리 그래도 그렇지……."

"네 엄마도 마찬가지야. 네 엄마가 나랑 이혼 못 하는 이유? 돈, 그게 제일 커. 그게 아니었으면 진작에 갈라서서 딴 놈이랑 살았을 거다."

은혜 씨는 대꾸할 말을 찾을 수 없었다. 하지만 아빠가 자기의 외도를 정당화하는 이야기를 계속 듣고만 있기에는 뭔가 억울한 마음이 들었다. 그래서 은혜 씨도 꾹꾹 눌러 참아왔던 말을 던지듯 내뱉어 버렸다.

"그럼 그 현주라는 사람은 정말 아빠를 사랑해서 만나는 것 같아요? 돈 때문이 아니고?"

아빠는 잠시 말이 없었다. 하지만 이내 피식 웃으며 고개를 끄덕였다.

"그래, 돈 때문일 수도 있겠지. 하지만 상관없어. 그 정도 리스크도 없이 현주를 만나기 시작한 건 아니니까. 서로가 매력을 느끼는 부분은 얼마든지 다를 수 있다고 본다."

은혜 씨는 완전히 말문이 막혔다. 도저히 돌이킬 수 있는 상황이 아니었다. 애초에 돌이킬 수 있었던 적이 있긴 했는지도 의문이었다. 아빠는 남은 음료를 단번에 입속에 털어 넣고는 자리에서 일어났다.

"지금까지 너희들 크는 데 아버지로서 금전적인 부분은 모자람 없이 지원했다고 생각한다. 미혜 결혼이 그렇게 됐다니 안타깝지만, 그건 네 엄마랑 얘기를 좀 해보마. 어쨌든 부모로서의 도리는 다할 테니까."

선심 쓰듯 말하는 아빠의 모습에 은혜 씨는 속이 쓰렸다.

"그럼…… 우린 앞으로도 계속 이러고 사는 거예요?"

"글쎄. 그야 네 엄마한테 달린 일이지."

옷매무새를 정리한 아빠가 크흠 헛기침을 하며 카페 밖으로 나갔다. 은혜 씨는 그대로 무너지듯이 테이블 위에 엎드렸다. 한참을 그러고 있던 은혜 씨는 퀭한 얼굴로 고개를 들고 핸드폰 연락처에서 '디어 그레이스'를 찾았다.

은혜 씨는 집으로 가는 대신 디어 그레이스 호텔로 향했다. 이번 방문에 드레스 코드는 요구되지 않았고, 도어봇의 안내에 따라 도착한 호텔 내부 역시 맨 처음 방문 때 보았던 목조 로비의 모습을 하고 있었다. 트리오봇이 연주하는 드보르자크의 유머레스크 7번이 들려오고, 거대한 벽면 시계 장치 앞에 단정한 자세로 서 있는 메이의 모습도 보였다.

"아가씨, 고생 많으셨습니다."

잔잔한 미소를 머금은 채 인사를 건네는 메이와 마주하자 은혜 씨는 갑자기 울컥 눈물이 솟았다. 그저 시간을 내어 방문해준 것에 대한 평범한 감사 인사였을 텐데, 왠지 그동안 은혜 씨가 겪은 일들에 대해 위로를 건네는 것처럼 들렸다. 은혜 씨는 당장이라도 울음을 터트릴 것 같은 얼굴로 들고 온 가방을 내밀었다.

"이용료는 이 가방으로 할게요. 안에 들어 있는 물건들은 다시 챙겨주세요."

"알겠습니다."

메이가 눈짓하자 도어봇이 다가와 가방을 건네받았다. 도어봇은 가방에 들어 있던 은혜 씨의 짐을 조심조심 꺼내어 라탄으로 만들어진 피크닉 바구니에 옮겨 담는 작업을 시작했다. 도어봇이 주어진 일에 열중하는 사이 메이가 말했다.

"아가씨, 어딘가 불안해 보이시는군요. 따뜻한 차라도 한잔 드릴까요?"

"네, 좋아요. 매니저님이 추천해 주시는 거라면 뭐든 좋아요."

"알겠습니다. 그럼 이동하실까요?"

메이가 좌측을 가리키더니 앞서 걸었다. 전에도 이와 비슷하게 안내를 받은 적이 있었다. 이쪽으로 쭉 걸어가다가 자동으로 열리는 나무문을 지나 레스토랑으로 들어갔었지. 이번에도 메이는 똑같은 곳으로 은혜 씨를 안내했다. 하지만 나무문을 지나 도착한 곳은 레스토랑이 아닌 고즈넉한 찻집이었다.

"편하신 자리에 앉아서 잠시 기다려주세요, 아가씨."

안내를 마친 메이가 카운터 쪽으로 사라졌다. 카페에서는 로봇이 일하지 않는 건가? 그런 영양가 없는 생각을 하며 은혜 씨는 반투명한 꽃무늬 시폰 커튼이 드리워진 커다란 창문 근처에 자리를 잡았다. 우아한 곡선 형태의 나무 의자와 손수 뜬 듯한 테이블보에서 레트로한 감성이 물씬 배어났다. 갓스탠드의 오렌지빛 조명, 금붕어가 헤엄치는 작은 어항, 은혜 씨의 키보다 더 높이 자라 있는 극락조 화분이 어우러진 찻집에서 편백나무 향이 은은하게 풍겨왔다. 덕분에 은혜 씨는 조금이나마 마음을 진정시킬 수 있었다.

잠시 후, 티 포트와 잔, 간식 접시를 담은 카트를 끌고 메이가 나타났다. 은혜 씨의 잔에 붉은빛이 도는 차를 따라 준 메이는 우유크림 롤이 담긴 접시도 옆에 곁들였다. 은혜 씨는 차 향기를 먼저 맡아보았다. 비에 젖은 나무 내음 같은 쌉쌀한 향이 났다. 처음 맡았던 향기처럼 차의 첫맛은 쌉쌀하고 그윽했다. 뒤이어 새콤한 맛이 감도는가 싶을 무렵 크림처럼 달콤한 풍미가 녹아들며 끝맛이 마무리 지어졌다. 전혀 예상치 못한 향과 맛의 조화에 은혜 씨가 눈을 동그랗게 떴다.

"이거 너무 좋은데요. 무슨 차예요?"

"루이보스에 빌베리와 감초를 블렌딩한 차입니다. 입에 맞으시나요?"

"네, 정말 맛있어요! 차 한 잔으로 이렇게 풍성한 맛을 느낄 수 있다니, 차 덕후들의 마음을 조금은 이해할 수 있게 되었달까요……. 사실 차라는 게 다 거기서 거기인 줄 알았거든요. 커피도 그랬고요."

은혜 씨는 접시 위에 담긴 우유크림 롤도 맛보았다. 크리미하고 촉촉한 텍스처가 입안에서 사르르 부스러졌다. 은혜 씨는 차를 다시 한번 홀짝이고는 한층 행복해진 얼굴로 말했다.

"우유크림 롤도 제가 제일 좋아하는 브랜드랑 맛이 엄청 비슷해요! 이 차랑 잘 어울려요!"

"다행입니다. 막 체크인하러 들어오셨을 때보다 표정이 훨씬 좋아지셨군요."

메이의 말에 매우 공감한다는 듯 은혜 씨는 크게 고개를 끄덕였다. 사실 은혜 씨는 디어 그레이스 호텔에 발을 딛는 순간부터 마음속에서 휘몰아치던 폭풍우가 서서히 가라앉는 감각을 느꼈다. 이곳에서 하루 묵으면 기분이 좋아질 거라고 확신하는 만큼 몸이 먼저 반응한 것일지도 모른다. 적어도 은혜 씨는 호텔 밖 세상에 있을 때보다 훨씬 더 차분하게 생각을 정리할 수 있는 상태가 되어 있었다.

"매니저님, 저 그동안 너무 많은 일이 있었어요……."

은혜 씨는 메이에게 그간의 일들을 미주알고주알 늘어놓았다. 메이는 언제나처럼 담담한 얼굴로 은혜 씨의 이야기를 전부 들어주었다. 사기꾼에게 돈을 떼인 동생의 이야기, 당당하게 바람을 피우는 아빠의 이야기……. 은혜 씨는 그중에서 가장 이해할 수 없는 사람이 엄마라며, 끝끝내 아빠와 이혼하지 않겠다고 고집부리는 이유를 도저히 모르겠다고 열변을 토했다.

"좋은 어머니시군요. 어쩐지 부러운 마음이 듭니다."

묵묵히 이야기를 듣던 메이가 흘리듯이 한 말에 은혜 씨는 놀랄 수밖에 없었다. 지금까지 은혜 씨와 같은 시선에서 상황을 이해하고 감정을 보듬어주었던 메이가 처음으로 자신의 속내를 또렷하게 피력한 것이다. 은혜 씨는 조금 의아한 마음으로 물었다.

"하지만 엄마의 선택은 우리 가족 모두를 힘들게 만들 텐데요?"

"맞습니다. 지금 어머님께서 하신 선택이 옳다거나 현명하다고 말할 수는 없을 겁니다. 하지만 어머님께서 불행을 견디기로 결심하신 건 당신의 따님들을 위해서였죠. 한 가지 분명한 사실은 어머님께서 아가씨를 사랑하고 계신다는 겁니다."

"그건…… 저도 알아요. 엄마가 자식을 사랑하는 건 당연한 일이잖아요."

"그렇게 생각하실 수도 있겠습니다만, 세상에는 그렇지 못한 경우도 많이 존재한다는 사실을 간과하셔서는 안 됩니다. 물론 사랑을 전제로 한다고 해서 부모의 모든 행동이 용납될 수는 없겠지요. 혹시 아가씨께서는 현재의 가족관계에 변화를 원하시나요?"

메이의 물음에 은혜 씨는 잠시 생각에 잠겼다. 이상적인 가족상을 나름대로 떠올려 보았지만, 그것을 언어로 묘사하기란 쉽지 않았다. 서로 사랑하는 가족? 사랑한다고 해서 다툼이 없을까. 때로는 사랑을 빌미로 생판 남보다 더한 상처를 입히기도 한다. 다툼이 없는 가족? 가치관이 다른 사람들이 한 공간에 살면서 부딪치지 않을 수 있을까. 다툼이 없다는 것은 누군가 스스로를 갉아

먹고 있다는 의미일 수도 있다. 서로를 존중하는 가족? 부정적인 결과가 충분히 예측되더라도 그것이 가족의 선택이라면 존중해 주어야 할까. 그렇다면 그것은 존중일까 무관심일까.

"아, 뭐라 말하기가 너무 어려워요……. 전 그냥 평범한 집에서 살고 싶을 뿐인데……."

은혜 씨는 길게 한숨을 내쉬며 턱을 괴었다. 한동안 그 모습을 묵묵히 바라보던 메이가 천천히 입을 열었다.

"머릿속이 혼란스러우신 것 같군요. 이 호텔은 아가씨의 꿈과 저의 상상력이 조화되어 구현된 곳입니다. 꿈은 무의식에 담긴 소망의 발현과 깊은 관련이 있지요. 아무리 복잡다단한 무의식이라 하더라도 그 소망이 명확하다면 이 공간에서 얼마든지 발현시켜 드릴 수가 있습니다. 하지만 지금과 같은 상황에서는 제가 아가씨께 도움을 드리기가 어렵겠군요. 다만……."

"다만?"

말끝을 흐리는 메이를 보며 은혜 씨가 귀를 쫑긋 세웠다. 메이는 팔짱을 끼고 잠시 고민하더니 이내 결심한 듯 대답했다.

"약간의 꼼수를 써볼 수 있을 것 같습니다. 차후 업무감사에서 지적받을지도 모르겠습니다만, 적어도 접객 매뉴얼 금지조항에 올라와 있는 사안은 아니니까……."

메이가 손가락을 딱 튕기자 도어봇이 찻집 안으로 뚜벅뚜벅 걸어 들어왔다. 메이는 두 손을 배꼽 위에 공손히 얹고 은혜 씨를 향해 허리를 숙였다.

"특별한 손님을 초대할 예정이오니 아가씨께서는 객실에서 잠시 기다려주십시오. 객실까지 도어봇이 안내해 드릴 겁니다."

"손님이요? 여긴 저 말고 아무도 못 들어오는 곳 아니었어요?"

"외부인에 한해서는 그렇습니다. 문의 사항이 더 있으시다면 내선전화로 연락 주세요."

메이는 그대로 돌아서 찻집을 나섰다. 은혜 씨는 영문을 모르겠다는 얼굴로 도어봇을 쳐다보았다. 도어봇은 은혜 씨의 바로 옆에 서서 특유의 앳된 목소리로 객실까지 안내해 드리겠다고 말했다. 은혜 씨는 고개를 끄덕이며 자리에서 일어났다. 도대체 무슨 상황인지는 모르겠지만 메이가 시키는 대로 해서 손해 본 적은 없었으니까.

도어봇의 안내를 따라 객실로 이동하던 때만 해도 디어 그레이스 호텔 내부에 별반 큰 변화는 없어 보였다. 체크인하자마자 곧바로 체육관으로 끌려갔던 두 번째 방문 때의 쇼킹함과 비교해 보자면 더욱 그랬다. 은은한 황색 조명이 비추는 복도를 앞서 걷던 도어봇이 한 객실 문 앞에 멈춰 서서 은혜 씨를 돌아보았다.

"이곳입니다."

평소의 도어봇이라면 문을 열어놓고 은혜 씨가 안으로 들어갈 때까지 기다려주었을 것이다. 그런데 이상하게도 이번에는 도어봇이 아무런 액션도 취하지 않은 채 가만히 자리에 서 있기만 했다. 갑자기 에러라도 났나? 잠시 도어봇을 이리저리 살펴보던 은혜 씨는 결국 직접 객실 문을 열었다.

"어?"

객실 안에 한 발을 들여놓으려던 은혜 씨가 멈칫했다. 지난 두 번의 방문 때 묵었던 객실과는 전혀 다른 인테리어가 눈에 들어왔다. 심지어 그곳은 은혜 씨가 아주 잘 알고 있는 공간이었다. 은혜 씨는 재빨리 현관에 신발을 벗어놓고 거실로 들어와 내부를 휘휘 둘러보았다.

"나 어렸을 때 살던 집이잖아……. 우와, 가구 냄새까지 그때랑 완전히 똑같아!"

두툼한 브라운관 텔레비전, 끝부분이 살짝 벗겨진 가죽 소파, 유리 덮개가 놓인 탁자, 색 바랜 골드스타 냉장고, 크레파스로 그린 방문의 낙서까지. 객실 내부는 은혜 씨의 기억 속 옛날 집과 똑같았다. 욕실 옆 벽면에는 아빠가 다니는 금융사의 이름이 크게 박힌 달력이 마른 꽃가지와 함께 걸려 있었는데, 한 날짜에 동그라미가 크게 그려져 있고 '은혜 생일'이라는 메모도 적혀 있었다.

집 안 이곳저곳을 둘러보던 은혜 씨는 다용도실 근처에 놓여 있는 종이 상자를 발견했다. 분리수거 일에 내놓을 재활용 종이들을 보관하던 그 상자 안에는 간호 서적이 여러 권 들어 있었다. 책머리에 엄마 이름이 쓰여 있는 것이 눈에 들어왔다. 일을 그만

두고도 책들을 꽤 오랫동안 가지고 있었던 모양이다. 은혜 씨는 책 한 권을 집어 들고 책장을 휘리릭 넘겨보았다. 손때 묻은 페이지마다 밑줄과 별표의 흔적이 남아 있었고, 꼼꼼하게 작성한 메모지도 그대로 붙어 있었다. 은혜 씨는 괜히 가슴이 몽글거렸다.

은혜 씨는 엄마가 군데군데 낙서를 해놓은 페이지도 보았다. 정확히 표현하자면 그것은 낙서가 아니라 아주 세밀하고 아름다운 작품들이었다. 크지 않은 그림인데도 중간중간 연필의 굵기가 달라진 것으로 보아, 한 번에 그린 것이 아니라 짬이 날 때마다 조금씩 그려서 완성한 것으로 추정되었다. 은혜 씨는 그 꽃 그림들을 한참이나 들여다보았다.

그때, 초인종 소리에 이어 쿵쿵 문 두드리는 소리가 들려왔다.

"언니, 나야! 빨리 문 열어줘!"

미혜의 목소리였다. 그것도 어린 시절 미혜의 목소리. 은혜 씨는 뭔가에 홀린 듯한 기분을 느끼며 현관으로 다가가 잠금장치를 열었다. 문이 활짝 열리자 발레리나처럼 나풀거리는 치마를 입은 미혜와 새까만 머리카락에 굵직한 컬을 한껏 넣은 엄마가 들어왔다. 미혜는 초등학교 저학년, 엄마는 지금의 은혜 씨 나이 정도로 보였다. 설마, 메이가 초대한다던 특별한 손님들이 이 두 사람이라고?

"미안, 은혜야. 우리가 더 빨리 올 줄 알았는데 미혜 재가 하도 문방구 들러야 된다고 그래서 조금 늦어버렸네. 엄마가 케이크 사 오는 김에 너 먹고 싶다던 순대도 포장해 왔어. 케이크랑 순대가 어울리는지는 모르겠지만……. 떡볶이랑 튀김은 다 해놨고. 참, 은혜 너 친구들한테 전화는 했어?"

"친구들?"

은혜 씨의 얼떨떨한 물음에 미혜가 대신 대답했다.

"응! 오늘 언니 생일 파티에 제일 친한 친구 두 명 부른다며!"

"아…… 내가 그랬나?"

은혜 씨는 뒤통수를 긁적이며 거실에 놓여 있는 유선전화기로 향했다. 아무리 옛날 집 모습을 하고 있더라도 이곳은 디어 그레이스 호텔이다. 즉, 그것은 내선전화기가 분명했다. 은혜 씨는 수화기를 들고 0번을 눌렀다. 연결음이 두 번 반 정도 울리자 수화기 너머에서 도어봇의 목소리가 들려왔다.

"네, 아가씨. 필요한 게 있으신가요?"

"뜬금없는 소리처럼 들리겠지만, 여기 지금 친구가 필요한 상황인 것 같아. 두 명 정도. 아! 도어봇이랑 매니저님 둘이 와주면 되겠네!"

"아, 친구요? 알겠습니다, 아가씨. 지금 바로 객실로 방문 드릴게요!"

전화를 끊은 지 얼마 되지 않아 초인종이 울렸다. 현관으로 나가 문을 연 엄마는 은혜 씨의 두 친구—메이와 도어봇을 반갑게 맞이했다. 그렇게 모두가 모여 생일상에 둘러앉아 있으려니 은혜 씨는 자꾸만 웃음이 새어 나왔다. 엄마가 은혜 씨와 친구들을 열살 난 어린이들로 대하는 모습이 너무 재미있었던 것이다. 30대 인 은혜 씨와 나이를 가늠하기 어려운 장신의 메이, 그리고 내부 구조를 알 수 없는 목각 로봇이 친구로서 함께하는 10살 생일 파티라니!

"자, 그럼 같이 노래 부를까? 하나, 둘, 셋, 넷!"

"생일 축하합니다, 생일 축하합니다, 사랑하는 은혜의, 생일 축하합니다!"

신나는 생일 축하 노래가 끝나고 은혜 씨가 케이크의 촛불을 훅 불어 끄자 양옆에서 폭죽이 팡팡 터졌다. 파티에 참가한 모두가 은혜 씨를 향해 짝짝 손뼉을 쳐주었다.

"언니, 이거! 선물!"

엄마가 케이크를 자르는 사이 뿌듯한 얼굴을 한 미혜가 작은 선물 상자를 내밀었다. 표정을 보아하니 제법 신경을 쓴 선물인 것 같았다.

"이게 뭘까?"

은혜 씨는 일부러 소리 내어 중얼거리며 포장을 뜯어보았다. 상자 속에 들어 있던 것은 애니메이션 〈사랑의 천사 웨딩피치〉에 나오는 데이지의 변신 손목시계였다.

"우와, 미혜 네가 이걸 어떻게 샀어?"

진심으로 놀란 은혜 씨의 두 눈이 동그랗게 뜨였다. 옆에서 케이크를 옮겨 담던 엄마가 배시시 웃기만 하는 미혜를 대신해서 대답했다.

"미혜가 언니 그거 사 준다고 용돈이랑 세뱃돈 엄청 열심히 모았어. 엄마도 깜짝 놀랐다."

엄마의 설명에 쑥스러워진 듯 미혜가 몸을 배배 꼬며 말했다.

"언니이, 그거 빨리 손목에 해봐아."

"오, 그럴까?"

은혜 씨는 상자를 열고 손목시계를 꺼냈다. 플라스틱으로 만들어진 조악한 디자인의 시계였지만, 뚜껑을 열자 데이지의 변신 음악이 흘러나와 제법 그럴싸한 분위기가 연출되었다. 은혜 씨가 데이지의 변신 자세를 흉내 내며 미혜를 쳐다보자, 미혜는 꺅 소리치며 진심으로 기뻐했다.

어른이 되어 다시 본 미혜는 어렸을 때와 느낌이 달랐다. 잘 웃고, 좋아하는 사람에게 사랑을 거리낌 없이 표현할 줄 아는 아이였다. 게다가 요즘처럼 언니한테 틱틱거리거나 띠껍게 흘겨보지 않고 강아지처럼 초롱초롱한 눈망울로 바라보는 모습이 어찌나 귀여운지! 은혜 씨는 어린 미혜를 꽉 끌어안고 이마와 뺨에 사정없이 뽀뽀를 해주었다.

"아, 귀여워, 귀여워! 맞아, 우리 미혜가 이렇게 귀여웠는데!"

"히히힛! 근데 언니, 나 사실 부탁하고 싶은 거 있어."

"그래? 뭔데?"

"내 공책에 릴리 그려줄 수 있어?"

"그럼! 얼마든지 그려줄게!"

"앗싸! 언니, 잠깐만!"

미혜가 깡충거리며 방으로 달려가 연필과 공책을 들고 나왔다. 한 발 한 발 뗄 때마다 발레리나 치마가 나풀거리는 것이 마치 나비의 날갯짓처럼 보였다. 미혜는 공책을 과목별로 내어놓고 맨 앞장마다 릴리를 그려달라고 했다. 은혜 씨는 연필을 들고 슥삭슥삭 그림을 그리기 시작했다. 워낙 오랜만에 그려보는 캐릭터라 디테일이 명확히 기억나지 않았지만, 그 공백은 디자이너로서의 경력을 살려 예쁘게 채워 넣었다. 꽃받침 모습으로 턱을 괴고 은혜 씨의 모습을 유심히 지켜보던 미혜가 말했다.

"우리 언니는 만화 짱이야!"

"후후, 그래?"

"응! 언니는 나중에 커서 만화가 할 거야?"

"으음, 그런 꿈을 꿨던 적도 있긴 한데, 왠지 다른 걸 하게 될 것 같아."

"진짜? 만화가 아니면 뭐 할 거야?"

"디자이너."

"디자이너가 뭐야?"

"으음…… 쉽게 말하자면 물건의 모양을 상상해서 예쁘게 만드는 사람이야. 미혜가 입고 있는 그런 나풀거리는 치마를 만드는 사람은 의상디자이너, 우리 엄마 머리 뽀글뽀글 파마해 주는 사람은 헤어디자이너라고 불러."

"오오, 디자이너 멋있다! 그럼, 언니 친구들은 커서 뭐 할 거야?"

이번에는 미혜가 호기심 가득한 눈으로 메이와 도어봇을 쳐다보았다. 도어봇이 먼저 손을 번쩍 들고는 망설임 없이 대답했다.

"나는 아주 크고 멋진 호텔에 취직할 거야!"

도어봇다운 명쾌한 대답이었다. 미혜가 손뼉을 짝짝 치며 감탄했다.

"크고 멋진 호텔? 그것도 엄청 멋있다! 그럼 키 큰 언니는?"

미혜의 물음에 잠시 머뭇거리던 메이가 대답했다.

"나는…… 소설가가 되고 싶어."

전혀 예상치 못한 답변에 은혜 씨의 귀가 쫑긋했다. 엄마도 아이들의 대화가 재미있었는지 옆에 다가와 앉아서는 넌지시 말을 얹었다.

"어머, 너무 낭만적이다. 소설가라니! 어떤 소설을 쓰고 싶어? 『어린 왕자』 같은 거?"

"그것도 좋지만 전 SF를 쓰고 싶어요. 로봇에 대해 상상하는 일이 재밌거든요."

그렇게 말하는 메이의 시선이 은근슬쩍 도어봇에게로 향했다. 미혜는 메이의 대답을 이해하기 어려웠는지 고개를 갸웃거리며 은혜 씨에게 물었다.

"언니, 에쓰에퓨가 뭐야?"

"우리 옛날에 비디오 가게에서 〈쥬라기 공원〉 빌려 봤던 거 생각나?"

"응, 생각나! 공룡 나오는 거!"

"그렇게 과학기술과 관련된 재미난 이야기들을 SF라고 해."

"아아……? 공룡은 에쓰에퓨구나……?"

어딘가 2프로 부족한 미혜의 대답에 은혜 씨는 풉 하고 웃음을 터트렸다. 왜 웃냐며 돌아보는 미혜 입에 은혜 씨는 순대를 하나 물려주었다. 미혜는 언니가 준 순대를 오물오물 씹으면서 맛있다며 웃었다. 릴리 그림을 건네받은 뒤에는 신나는 댄스 세리머니도 선보였다.

미혜의 귀여운 재롱에 한껏 기분이 좋아진 은혜 씨는 본격적으로 잔칫상의 음식을 맛보기로 했다. 순대도 순대지만 엄마가 만든 떡볶이와 튀김도 상당한 별미니까. 은혜 씨는 떡볶이와 튀김과 순대를 한데 버무려놓은 다음 하나씩 입안으로 쏙쏙 집어넣었다. 그래, 이 맛이야! 바로 이 추억의 맛! 은혜 씨가 발뒤꿈치로 바닥을 통통 구르면서 메이를 향해 작은 목소리로 속삭였다.

"매니저님, 저 최근에 매니저님이 준 쪽지 보고 이거랑 엄청 비슷한 순대 사 먹은 적 있거든요? 거기는 어떻게 아신 거예요?"

"드림 컴퍼니의 특별 서비스라고나 할까요. 맛있게 드셨다니 다행입니다."

"아, 정말 맛있었어요! 그리고 오늘 이 호텔 이벤트 진짜 대박이에요! 어렸을 때 정말로 이런 파티를 했다면 얼마나 좋았을까요? 특히 이 데이지 손목시계! 이걸 선물로 받았으면 너무 기뻐서 뛰어다니다가 엄마한테 등짝 맞았을지도 모르겠어요, 후후……. 어쩌면 미혜랑 그렇게까지 멀어지지 않았을지도 모르고……."

은혜 씨의 말에 메이가 담담하게 답했다.

"아가씨, 지금 이곳은 저의 상상력이 만들어낸 공간이 아닙니다. 지난번에 호텔을 이용하실 때 이 손목시계와 함께 저희 호텔로 넘겨주셨던 아가씨 기억의 재구현이지요."

그렇게 말하는 메이의 손에 데이지 손목시계가 들려 있었다. 응? 저게 왜 저기에 있지? 은혜 씨는 얼떨떨한 얼굴로 자신의 손목을 매만져 보았다. 조금 전까지 멀쩡히 차고 있었던 데이지 손목시계가 사라지고 없었다. 엄마와 미혜의 모습도 전혀 보이지 않았다.

"이용료로 지불된 기억을 손님께 돌려드리거나 다시 보여드린 전례는 없는 걸로 알고 있습니다만……. 기억을 돌려드리는 것은 금지되어 있어도 다시 보여드리는 것에 대한 규정은 따로 없기 때문에 아가씨께서 기억을 재확인하실 수 있도록 약간 손을 써보았습니다. 물론 이 호텔 내에서만 가능한 일이므로 체크아웃하시는 순간 이곳에서 마주하셨던 기억은 다시 사라질 겁니다."

"어…… 그러니까……. 지금 이 상황이 전부 실제로 있었던 일이고, 제가 이걸 호텔 이용료로 내는 바람에 기억에서 사라진 거라는 말씀이시죠? 앞으로도 떠올리지 못할 거고요."

"네, 그렇습니다."

은혜 씨는 불현듯 지난번 방문 때 메이가 했던 의미심장한 말이 떠올랐다. 얼토당토않은 꿈을 서비스받기에는 호텔 이용료로 지불한 값이 너무 아깝다고. 은혜 씨는 이제야 그 말의 진짜 의미를 이해할 수 있게 되었다. 은혜 씨가 메이에게 건넸던 것은 그저 오래된 물건뿐만이 아니었다. 그 오래된 물건과 가장 깊게 엮인, 무의식 한구석에 남아 있던 그리운 추억까지 모조리 넘겨버린 것이었다.

"아, 이런 건 꼭 가지고 있어야 하는 기억인데…… 제가 왜 이걸 이용료로 냈을까요? 이 바보, 멍청이! 다른 안 좋은 기억들도 충분히 많은데 왜 하필이면 이걸!"

주먹으로 머리를 치는 은혜 씨의 손을 가만히 붙잡아 말리며 메이가 말했다.

"너무 자책하지 마세요, 아가씨. 이것은 저의 역량 부족에서 기인한 문제이기도 합니다. 아가씨께서 막연하게 꿈꾸시는 '평범한 가정'을 구현하기에는 저의 상상력이 너무나도 빈약했습니다. 이 기억이 아닌 새로운 비전을 보여드릴 수 있었다면 좋았을 텐데요."

은혜 씨가 황급히 고개를 저었다.

"아니요! 한 번이라도 다시 기억할 수 있게 해주셔서 감사해요. 결국 완전히 잊어버리게 될 거라는 사실은 슬프지만, 의미 있는 시간이었다고 생각해요……. 오늘은 차라리 잘됐네요. 이용료로 낸 가방과 관련된 안 좋은 기억이 사라질 테니까."

살짝 침울해진 은혜 씨를 바라보며 메이가 나지막한 목소리로 말했다.

"일전에 아가씨께서 드림 컴퍼니의 운영 방식에 대해 의문을 품으신 적이 있었죠. 이렇게 운영해서 이윤을 남길 수 있겠느냐고요. 네, 드림 컴퍼니의 수익률은 굉장히 높은 편입니다. 재화가 아닌 기억을 요금으로 책정하고 있으니까요. 좋은 기억은 물론이거니와 나쁜 기억을 통해 배웠던 경험의 가치 또한 결코 가볍게 보셔서는 안 됩니다."

"……무슨 말씀이신지 알겠어요. 여기 정말 말도 안 되게 비싼 호텔이었네요. 한번 체크인한 이상 모든 서비스를 허투루 써서는 안 되겠는데요?"

반쯤 농담을 섞어서 말하는 은혜 씨의 눈가가 촉촉이 젖어 있었다. 붙잡고 있던 은혜 씨의 손을 가만히 내려놓으며 메이가 말했다.

"하지만 너무 슬퍼하지는 마세요, 아가씨. 기억은 사라져도 감정은 남을 겁니다. 그럼, 기억 속의 가족분들과 조금 더 오붓한 시간을 보내시겠어요?"

은혜 씨는 크게 고개를 끄덕였다.

"하지만 이 기억과 별개로 마음에 걸리는 것을 확실히 확인하고 싶어요."

"네, 아가씨. 어떤 부분이 마음에 걸리셨을까요?"

"아까 분명 오늘만 제 기억 속의 이미지를 사용했다고 하셨잖아요. 그렇다면 그 외의 것들은 전부 매니저님의 상상력을 기반으로 만들어진 거죠? 이곳의 로봇을 포함해서요."

"그렇습니다."

"어렸을 때는 SF 소설가가 되는 게 꿈이셨고요?"

"그렇습니다."

"이곳에 오기 전에는 무슨 일을 하셨었나요? 혹시…… 제가 아는 사람인가요?"

지금까지 즉답해 왔던 메이가 이 질문에서는 잠시 입을 다물었다.

"혹시 호텔 밖 세상과 관련된 일이라 추가 비용을 지불해야 한다면 얼마든지……."

은혜 씨의 말에 메이가 천천히 고개를 저었다.

"아뇨. 제 이야기 정도는 저의 재량하에 얼마든지 해드릴 수 있습니다. 저는 실질적으로 호텔 밖 세상과는 관계없는 존재가 되었으니까요."

묘한 표현이었다. 호텔 밖 세상이라는 말 자체도 기이했지만, 관계없는 존재가 되었다는 쪽이 훨씬 더 신경이 쓰였다. 그렇다면 한때는 호텔 밖 세상과 관계있는 존재였다는 이야기인데……. 은혜 씨는 마른침을 꿀꺽 삼키고서 조심스럽게 말문을 떼었다.

"저, 매니저님의 이야기를 듣고 싶어요."

메이는 은혜 씨를 만난 이후 처음으로 작은 한숨을 내쉬었다. 그리고 차근차근 이야기를 시작했다.

"그럼 지금부터 아가씨가 듣고 싶어 하시는 이야기를 해드리겠습니다. 이곳에 오기 전의 저는 얼굴도 이름도 지금과는 전혀 달랐습니다. 호텔 밖 세상에 살던 평범한 인간 중 하나였죠. 저의 이름은…….”

그녀들의 이야기

메이 씨의 본명은 정보름이었다. 자신이 좋아하는 푸른색과 본명에 있는 달의 이미지를 따서 만든 '블루나'라는 필명으로 웹소설을 쓰기도 했다. 보름 씨는 본명보다는 필명을 더 좋아했다. 자신이 직접 선택할 수 있었던 얼마 안 되는 것 중 하나였기 때문이다.

보름 씨의 아버지는 착한 사람이었다. 하지만 술만 마시면 성격이 180도 변했다. 술에서 깬 아버지는 보름 씨와 보름 씨의 어머니에게 깊이 사과하고 다시 상냥한 사람으로 돌아왔다. 그러나 술에 취해 있는 시간이 점점 길어지면서 그는 기본적으로 난폭한 사람이 되었다. 인생에서 처음으로 소설책을 샀던 날, 보름 씨는 아버지에게 심하게 맞았다. 일상생활에 쓸모없는 물건을 사느라 돈을 낭비했다는 이유였다.

불행인지 다행인지 보름 씨 가족의 불편한 동거는 15년을 넘기지 못했다. 보름 씨가 중학교 2학년이 되던 해 겨울, 한잔 거하게 걸치고 집에 돌아오던 아버지가 도랑에 빠져 저체온증으로 사망한 것이다. 그런 아버지였는데도 어머니는 빈소에서 까무러치도록 울었다. 보름 씨는 눈물이 나지 않았다.

보름 씨는 아버지의 장례를 치른 이후 어머니가 밝아진 것을 느꼈다. 아버지의 폭력에 항상 기죽어 살던 어머니를 떠올려 보면 정말 잘된 일이었다. 어머니는 씀씀이가 점점 커지더니 남자친구들을 사귀기 시작했다. 이 모든 변화가 아버지의 사망보험금에서 기인했다는 것을 알게 된 건 그로부터 시간이 훨씬 더 흐른 후의 일이었다.

보름 씨는 어머니의 남자친구와 마주치는 것이 껄끄러워 학교 수업이 끝난 후 집으로 돌아오지 않았다. 대신 공립도서관에서 소설을 읽고 습작도 하며 시간을 보냈다. 그러던 어느 날이었다. 보름 씨는 우편함에서 이상한 봉투를 발견했다. 채무 독촉장이었다. 어머니는 아무것도 아니라며 독촉장을 가져갔다. 하지만 상황은 점점 이상해졌다. 덩치 큰 사람들이 찾아와 위협적으로 기웃거리는 날도 많아졌다. 어머니는 그깟 고등학교 따위 졸업 안 해도 소설 정도는 얼마든지 쓸 수 있다며 보름 씨에게 자퇴를 강요했다. 보름 씨의 자퇴서가 수리된 날, 어머니는 보름 씨를 데리고 야반도주했다.

보름 씨는 곧바로 생업 전선에 뛰어들었다. 한번 씀씀이가 커진 어머니의 소비 습관은 줄어들 줄 몰랐기 때문에 집안 살림은 항상 빠듯했다. 보름 씨는 낮에 식당에서 일하고 저녁에 배달 아르바이트를 했다. 처음 1년은 너무 힘들어서 쉬는 날 온종일 잠만 잤다. 2년 정도가 지나니 투잡 생활에 그나마 적응했지만 여전히 삶은 녹록지 않았다. 아무리 열심히 돈을 벌어도 통장은 금세 비었다.

그렇게 쳇바퀴 돌듯 몇 년을 보낸 보름 씨는 집 청소를 하다 학생 때 도서관에서 썼던 습작 노트를 발견했다. 거기에는 『무덤가에서 너를 닮은 푸른 장미를 만났다』라는 글이 남아 있었다. 다시 읽어보니 이야기가 나쁘지 않았다. 보름 씨는 내용을 조금씩 다듬어 웹소설 플랫폼에 올려보았다. 그러나 독자들의 반응은 냉담했다. 인기 있는 장르도 아니고 눈길을 사로잡을 만한 자극적인 제목도 아닌 데다가 연재 주기까지 길어서인지 그나마 더디게 올라가던 조회수도 점점 줄어들었다. 큰 기대를 안고 시작한 일이 아니었다곤 해도 기운이 빠지는 건 어쩔 수 없었다. 그래도 이 이야기 하나만큼은 끝내보자는 마음으로 연재를 지속했다.

어느 날, 웹소설 플랫폼에 댓글이 달렸다는 알림이 떴다. 보름 씨는 긴장된 마음으로 댓글을 확인해 보았다.

westgrace0328

헐…… ㅠㅠㅠㅠ 이런 명작이 왜 안 알려졌지!! ㅠㅠ 저 지금 완전 볼입해서 정주행했는데 스토리 너무 좋아여…… 천천히 올려주셔도 되니까 꼭 완결 내주세요!!

댓글을 읽는 보름 씨의 가슴이 마구 쿵쾅거렸다. 난생처음 받아본 응원이었다. 보름 씨는 감사하다는 답변을 쓸까 하다가 독자님이 부담스러워할까 싶어서 그냥 하트만 살짝 눌렀다. 그러곤 댓글을 스크린샷으로 찍어 갤러리에 저장해 두었다. 그것만으로도 으쓱하고 힘이 솟았다.

westgrace0328

플레나 아가씨만 생각하면 완죤 맴찢…… 안아주구 싶다 엉엉…… 그래도 도어봇이 옆에 남아줘서 다행이에요! 도어봇 진짜 세상 귀여워서 최애 됐다는ㅋㅋㅋㅠㅠㅠ 일주일 언제 기다리나 싶지만 꾹 참고 기다릴게요!! 저 지금 혼자 가상 캐스팅하고 완전 난리 났음ㅋㅋㅋㅋㅋㅋ

westgrace0328이라는 아이디를 쓰는 독자는 꾸준히 댓글을 달아주었다. 보름 씨는 스스로를 투영해 만든 주인공 캐릭터 플레나를 아가씨라고 부르며 응원해 주는 댓글을 읽으면서 위로받는 듯한 기분을 느꼈다. 보름 씨는 westgrace0328에 대한 감사를 담아 그의 최애인 도어봇의 설정을 강화하고 분량도 은근슬쩍 늘렸다. 보름 씨는 어디 사는 누구인지도 모르는 그 독자에게 항상 고마웠다.

여느 때처럼 배달 아르바이트를 나갔던 날이었다. 자전거를 타고 골목을 주행하던 보름 씨는 갑작스러운 충격에 그만 의식을 잃고 말았다. 깨어나 보니 병원이었다. 음주 운전 차량에 치였던 것이다. 보름 씨는 어깨가 빠졌고 갈비뼈에 골절이 생겼다. 몸이 나을 때까지 한동안 일을 쉴 수밖에 없었다. 보름 씨는 집에 누워 회복하는 동안 웹소설을 열심히 써서 올렸다. 그렇게 『무덤가에서 너를 닮은 푸른 장미를 만났다』 1부가 마무리되었다.

무사히 회복을 마친 보름 씨가 다시 일자리를 알아보려는데, 어머니가 느닷없이 그간 너무 고생이 많았다며 같이 남해 여행을 다녀오자고 했다. 어머니로부터 그렇게 다정한 말을 들은 적은 처음이었기 때문에 보름 씨는 조금 의아하면서도 기뻤다. 보름 씨는 무엇을 구경하고 무엇을 먹을지 계획하며 무척이나 설렜다.

여행을 하루 앞두고 평소보다 일찍 잠자리에 들었던 보름 씨는 핸드폰 알림 소리에 잠이 깨버렸다. 무음 모드로 바꿔놓는 것을 깜빡한 것이다. 보름 씨는 웹소설 플랫폼에 『무덤가에서 너를 닮은 푸른 장미를 만났다』 1부 마무리를 축하하는 장문의 댓글이 달린 걸 보았다. 아니나 다를까 작성자는 westgrace0328이었다. 보름 씨는 그 아이디를 보기만 해도 기분이 좋아졌다.

보름 씨는 이왕 잠에서 깬 김에 화장실에나 다녀와야겠다고 생각했다. 방에서 나와 화장실로 향하는데 안방에서 어머니의 목소리가 들려왔다. 그리 큰 소리가 아니었는데도 밤이라서 그랬는지 통화 내용이 아주 선명하게 들려왔다.

"……그쪽 국도 주변이 CCTV도 없고 딱 좋겠더라고. 그러니까 내가 돌을 최대한 세게 들이받으면 자기가 10분 후에 와서 신고하는 거지? 그래, 그거 옛날 차라서 조수석에 에어백이 없어. 보름이 사망보험금? 아이, 5억이라고 그랬잖아. 그걸로 꽁지한테 빌린 돈 다 갚고 남은 돈이랑 집 처분해서 우리 살림 합치면……."

보름 씨는 멍해졌다. 당장 문을 박차고 들어가 지금 날 죽이려는 속셈이냐고 난동을 피울 법도 했지만, 그런 분노조차 치솟지 않았다. 그냥 멍하기만 했다. 보름 씨는 조용히 집에서 나왔다. 터덜터덜 길을 걸으며 생각했다. 친구 한번 제대로 사귀어본 적 없어도, 통장에 들어온 월급이 그날로 다 사라져도, 그래도 어머니와 함께 있어서 다행이라고 생각하며 살아온 날들이었다. 그런데 어머니는 그렇지 않은 모양이었다. 보름 씨는 아버지 빈소에서 까무러치도록 울던 어머니의 모습을 떠올렸다. 어쩌면 보름 씨의 장례식장에서도 그럴지도 모르겠다는 생각이 들었다. 전혀 슬프지 않기 때문에 더더욱 애달픈 척 연기를 하면서.

몸도 마음도 돌아갈 곳이 없었다. 더 이상 살아갈 힘이 사라졌다. 어머니에 의해 5억과 목숨을 맞바꾸느니 차라리 스스로 죽어버리는 게 낫겠다는 생각이 불쑥 보름 씨의 마음속에서 고개를 쳐들었다.

발길 닿는 대로 막연히 걷다 보니 어느새 처음 보는 동네에 도착해 있었다. 낯선 길이라는 걸 깨닫자마자 갑자기 피로감이 느껴졌다. 마침 밤늦은 시간에 운영 중인 구멍가게가 있었다. 보름 씨는 그 가게 앞에 놓인 평상에 슬쩍 걸터앉았다. 장판 위에는 슈퍼 홍보용 명함이 놓여 있었다. 보름 씨는 무심코 그것을 집어 들었다.

없는 것 빼고 다 있는 다드림 슈퍼!

이 무슨 어둠의 다크 같은 소리인지. 보름 씨는 어이없는 얼굴로 명함을 뒤집어 보았다.

첫 방문 고객 무료 이용권!
오늘 특별히, 당신에게만.

다 쓰러져 가는 이런 낡은 구멍가게에서 뭐 얼마나 대단한 걸 살 수 있다고 이런 문구를 넣어놨을까? 보름 씨는 자기도 모르게 피식 웃음소리를 내었다. 그 순간, 바로 옆에서 냉랭한 여성의 목소리가 들려왔다.

"누구야? 누가 웃음소리를 내었어?"

보름 씨는 몸을 움찔했다. 인기척을 전혀 느끼지 못했는데 어느새 평상 옆자리에 낯선 여자가 앉아 있었다. 한눈에 봐도 큰 키에 검은 슈트 차림을 한 여자는 모래빛이 도는 짧은 머리카락을 옆 가르마로 넘기고 있었다. 옻칠한 듯 진한 광택이 감도는 도톰한 입술이 씨익 벌어지자 살짝 패인 볼과 광대가 도드라지며 강렬한 인상이 드러났다. 누구냐고 묻는 보름 씨의 물음에 여자는 턱을 살짝 들어 뒤쪽의 슈퍼를 가리켰다.

"나, 여기 사장. 준이라고 해. 설마 이런 구멍가게와 어울리지 않는 모습이라고 생각한 건 아니겠지? 젊은 아가씨가 편견을 가지면 쓰나."

보름 씨는 뜨끔했지만, 황급히 고개를 저으며 멋쩍게 웃어 보였다. 준이 자리에서 일어서서 슈퍼 쪽을 가리키며 말했다.

"이왕 여기까지 온 김에 들어가서 물건 좀 골라봐. 첫 방문은 공짜니까."

공짜라고 해도 딱히 원하는 건 없는데……라고 생각한 순간 보름 씨는 유리문 안쪽에서 모락모락 김을 뿜고 있는 호빵 기계를 보았다. 한겨울도 아닌데 갑자기 몸이 으슬으슬하고 배가 고파졌다. 보름 씨는 딱 호빵 한 개만 얻어먹어야겠다고 생각하고 슈퍼로 들어갔다.

생강차 냄새가 나는 슈퍼는 생각보다 아늑한 분위기였다. 준은 호빵 한 개가 먹고 싶다는 보름 씨에게 호빵 세 개를 꺼내 주고는 이제 진심으로 필요한 걸 말해보라고 했다. 보름 씨는 그 말뜻을 이해하지 못했다. 준이 답답한 듯 말했다.

"진심으로 필요한 게 없어? 암만 그래도 사람인데 이루고 싶은 꿈 정도는 있을 거 아냐."

꿈 없이 산 지 너무 오래되어서 그런가. 보름 씨는 꿈과 관련되어 필요한 것이 마땅히 떠오르지 않았다. 굳이 필요한 게 있다면 노끈과 장갑 정도이려나. 준은 혀를 끌끌 차더니 생각을 좀 거시적으로 하라며 보름 씨를 타박했다. 보름 씨는 이루고 싶은 것도 없고 필요한 것도 없는데 자꾸 뭔가를 말해보라는 준에게 짜증이 났다.

"다 모르겠고요! 그냥 엄마랑 같이 이 세상에서 사라져 버렸으면 좋겠어요!"

예상외로 준은 흔쾌하게 대꾸했다.

"오? 그거 쿨하네. 그럼 남기고 싶은 건? 고마웠던 사람에게 작별 인사라든가."

보름 씨는 westgrace0328을 가장 먼저 떠올렸다. 하지만 작가와 독자로서 서로 필명과 아이디밖에 모르는 사이에 어떻게 마지막 인사를 전할 수가 있단 말인가. 보름 씨는 어차피 안 될 거 그냥 말이나 해보자는 마음으로 입을 열었다.

"제가 정말 고마웠던 사람이 있는데요. 작별 인사를 전할 수가 없는 사람이에요. 그냥 그 사람이 원하는 일 전부 다 이루어지고 행복하게 살았으면 좋겠어요."

고개를 끄덕인 준은 보름 씨의 손에 드림캐처 모양의 차량용 방향제를 하나 쥐여주었다. 그리고 어머니와 여행을 떠나기 전 자동차 룸미러에 그것을 걸어놓으면 꿈이 이루어질 것이라고 일러주었다. 놀란 보름 씨가 어머니와 여행을 간다는 사실을 어떻게 알았느냐고 물었지만, 준은 웃으면서 찡긋 윙크만 할 뿐 아무런 대답도 해주지 않았다.

보름 씨는 얼떨떨한 기분으로 호빵과 방향제를 들고 가게에서 나왔다. 보름 씨가 다시 뒤를 돌아보았을 때, 다드림 슈퍼가 있던 곳에는 텅 빈 폐가 하나만이 덩그러니 남아 있었다.

보름 씨는 어머니가 보험사기를 계획했다는 내용의 글을 블로그에 예약 포스팅으로 남겨두고 준에게서 받은 방향제를 룸미러에 걸었다. 그 방향제가 어떤 놀라운 힘을 발휘할 거라고 믿지는 않았지만, 그래도 사고가 계획된 국도에 도착하기 전에 어머니를 설득해 볼 생각이었다. 그때 만약 어머니가 반성하거나 후회하는 모습을 보이면 블로그에 걸어놓은 예약 포스팅 또한 취소할 예정이었다.

하지만 웬일인지 그날 차에 타고 얼마 지나지 않아서 미칠 듯한 졸음이 밀려왔다. 보름 씨는 눈꺼풀의 무게를 이기지 못하고 스르르 눈을 감아버렸다. 보름 씨의 눈에 마지막으로 비친 것은 룸미러 아래에서 흔들리고 있던 드림캐처 방향제였다.

보름 씨는 번쩍 눈을 떴다. 가장 먼저 새하얀 천장이 보였다. 설마 병원? 결국 사고가 난 건가? 침대에서 벌떡 일어난 보름 씨는 앞에 준이 있는 것을 보고 깜짝 놀라 주춤했다. 그런데 뭔가 이상했다. 눈앞의 준이 자신과 똑같이 움직이고 있었다. 보름 씨는 곧 그건 준이 아니라 거울에 비친 자기 모습이라는 사실을 깨달았다.

보름 씨는 방 안을 둘러보았다. 가구라고는 침대와 컴퓨터 책상이 전부였다. 책상 위를 살펴보니 '드림 컴퍼니 신입사원 매뉴얼'이라고 쓰여 있는 책자와 '메이'라고 적힌 명찰이 하나 놓여 있었다. 도대체 여기가 어디야? 보름 씨는 다급히 방문을 열고 밖으로 나가보았다.

문이 벌컥 열리자 홀을 바삐 오가던 수많은 사람이 한꺼번에 보름 씨를 쳐다보았다. 그들은 모두 준과 똑같은 얼굴을 하고 있었다. 물론 당황한 보름 씨조차도. 곧 준이라고 써져 있는 명찰을 단 여성이 나타났다. 준은 특유의 시크한 웃음을 지으며 말했다.

"드디어 깨어났구나, 신입. 드림 컴퍼니에 입사한 31번째 메이가 된 걸 환영한다."

"메이라구요? 잠깐만요! 제가 대체 왜 이런 모습으로 여기 있는 거죠?"

"모친과 함께 '그 세상'에서 사라지고 싶다고 하지 않았었나? 고마웠던 사람이 원하는 일이 다 이루어졌으면 좋겠다고도 했고. 전자는 이미 이루어졌고 후자는 할 수 있을 만한 능력이 생긴 것 같은데? 빨리 매뉴얼 숙지하고 계열사 사업 기획안 작성해서 기안 올리도록. 필요한 자료는 업무용 컴퓨터에 있으니까 확인해 보고."

준은 뭐가 그리 바쁜지, 보름 씨가 뭔가 더 묻기도 전에 복도 끝으로 사라져 갔다. 홀에는 똑같은 얼굴을 한 수많은 여성이 모두 바쁘게 움직이고 있었다. 보름 씨는 어쩔 수 없이 방으로 돌아와 매뉴얼 책자를 펼쳐보았다.

책자에 따르면, 드림 컴퍼니라는 곳은 시공의 틈새에 위치하여 중첩된 세계의 가능성을 조정할 수 있는 권한을 가지고 있었다. 드림 컴퍼니는 사규에 의해 허가된 사람들의 꿈을 이루어주는 대가로 그들의 기억이나 생명력 일부를 받아오는 일을 하고 있었는데, 기억이나 생명력의 질에 따라 제공할 수 있는 꿈의 범위나 조정 수준이 달랐다. 보름 씨의 경우 의도치 않게 두 사람의 생명을 통째로 넘기게 되어 드림 컴퍼니 직원 중에서도 손꼽힐 정도로 유능한 위치에 올라 있었다.

보름 씨는 업무용 컴퓨터를 한번 살펴보았다. 거기에는 작가 블루나에게 댓글을 남겨주던 westgrace0328에 대한 정보가 들어 있었다. 본명 서은혜, 나이 만 35세, 생년월일 1989년 3월 28일, 주소……. 보름 씨는 아무리 상황이 이러해도 이렇게까지 사적인 내용을 자신이 함부로 알아서는 안 된다고 생각했다. 그때 최신 정보가 업데이트되었다는 알림이 떴다.

[트래킹 대상자 심박수 급변. 정신상태 매우 불안정. 분노 수치 급상승.]

아무래도 은혜에게 안 좋은 일이 일어난 모양이었다. 다른 건 몰라도 이 사람만큼은 항상 행복했으면 좋겠다고 생각했는데……. 보름 씨는 약간의 고민 끝에 메이의 신분으로 은혜에 대해 더 자세히 알아보기로 했다.

호텔 디어 그레이스

· Hotel Dear Grace ·

"아……."

은혜 씨는 잠시 말을 잃었다. 어떤 말을 꺼내야 할지 몰라 쉽사리 입이 떨어지지 않았다.

"미안해요. 그렇게 힘든 일을 겪으셨는지 전혀 몰랐어요."

은혜 씨의 사과에 메이는 이해할 수 없다는 듯 어깨를 들어 보였다.

"아가씨께서 죄송해하실 일은 전혀 없습니다. 이 이야기는 그저 제 과거의 기억일 뿐, 호텔 밖 세상과 단절된 제게 아무런 영향도 끼치지 못합니다. 지금은 어떻게 해야 최소 비용으로 최상의 서비스를 아가씨께 제공해 드릴 수 있는지, 그에 대한 고민뿐이죠."

"하지만 제가 너무 부끄러워요. 제 징징거림이 너무 한심하게 느껴지시진 않았나요? 매니저님이 겪으신 일들에 비하면 정말

별것 아닌 일들이었는데…….”

“아가씨, 사람은 저마다의 힘듦이 있고 그것에 우열을 가릴 수는 없습니다. 다른 이와 비교해 자신의 슬픔을 격하하지는 마세요. 그리고 아가씨를 모시면서 저도 무척이나 즐거웠습니다. 사실…… 먹고사는 일에만 평생을 치여 살았는데, 이 호텔에서만큼은 집에 놀러 온 친구를 대접하고 고민도 들어주며 함께 노는 것 같아서 정말 행복했습니다. 심지어 생전에 단 한 번도 가보지 못한 친구의 생일 파티에도 참석할 수 있었지요. 아가씨가 아니었다면 저는 이런 감정을 평생 느껴보지 못했을 겁니다.”

“하지만…….”

“좀 더 솔직히 말씀드리자면 제 욕심이었습니다. 아무리 사소한 기억과 작은 생명력이라도 그것을 넘겨주는 아가씨의 신상에는 좋지 않은 결과를 불러올 가능성이 있습니다. 저는 그걸 알면서도 아가씨와 함께하는 시간이 즐거워서 계속 이곳을 방문하시도록 유도한 것일지도 모릅니다. 이제 다시 이곳을 찾지 않으셔도 좋습니다. 아가씨께 진심으로 사과드립니다.”

그렇게 말하며 고개를 숙이는 메이의 얼굴은 홀가분해 보였다. 하지만 은혜 씨의 마음은 쉽사리 가벼워지지 않았다. 특히나 이 호텔이 오직 은혜 씨를 위해 만들어졌다고 생각하면 더욱 그랬다. 두 사람이 더 좋은 방식으로 만날 수는 없었던 걸까.

잠시 고민하던 은혜 씨가 말했다.

“만약에요, 매니저님이 호텔 밖 세상으로 돌아가는 것이 제 꿈이라고 한다면 어떻게 되나요? 드림 컴퍼니 운영 규율상 제 꿈을 이루어주셔야 하잖아요. 그렇죠?"

"네?"

메이는 적잖이 당황한 듯 보였다. 하지만 곧 평정을 되찾고 단정한 자세로 말했다.

"말씀하신 부분은 드림 컴퍼니 매뉴얼에는 없는 내용이라…… 상부에 한번 여쭤보아야 할 것 같습니다."

"그럼 여쭤봐 주세요. 꿈 서비스에 대한 비용은 제가 어떻게든 지불할 테니까요."

"……알겠습니다. 이 건에 관해서는 상부에서 회신받는 대로 아가씨께 연락드리도록 하겠습니다. 하지만 굳이 그렇게까지 하셔야 할까요? 아가씨께 누가 될까 걱정입니다."

"걱정 마세요. 이래 봬도 적당히란 걸 아는 사람이니까요. 그럼, 아까 하던 생일 파티나 계속해 볼까요?"

"아가씨께서 원하신다면야."

딱 하고 손가락을 튕기는 소리와 함께 다시 엄마의 경쾌한 웃음소리가 들려왔다. 미혜의 무아지경 댄스 타임도 계속되고 있었다. 은혜 씨는 조금 눈물이 날 것 같은 기분으로 어린 미혜와 젊은 엄마의 얼굴을 몇 번이고 번갈아 바라보았다.

"엄마. 나랑 같이해."

생일상을 치우고 이제 막 설거지를 시작하려는 엄마 옆에서 은혜 씨가 말했다. 엄마는 활짝 웃으며 휘휘 손을 내저어 보였다.

"아이구, 말만으로도 고마워, 우리 딸. 이건 엄마가 할게. 미혜랑 같이 놀고 있어."

"미혜 지금 내 친구들이랑 잘 놀아. 난 엄마 도울래."

은혜 씨가 팔을 걷어붙이고 엄마 옆에 섰다. 엄마는 별말 없이 픽 웃더니 수세미로 닦은 그릇을 옆 개수대 안 설거지통에 집어넣었다. 은혜 씨는 설거지통에 담긴 거품 묻은 그릇들을 물로 헹궈서 건조대에 올렸다. 엄마와는 제법 합이 잘 맞았다.

"엄마, 엄마는 꿈이 뭐였어? 혹시 화가?"

"어머, 은혜 너 그걸 어떻게 알았니?"

"다 아는 수가 있지. 엄마가 그린 그림 보고 싶다."

"그러고 보니 그림 남은 게 있나 모르겠네. 마지막으로 그려본 게 하도 옛날이라."

"옛날 그림이 없으면 어때? 새로 그리면 되지. 나중에 나랑 미혜랑 다 커서 엄마가 돌봐주지 않아도 되는 나이가 되면 아예 화가로 전직해 버려. 전시회도 하고, 그림도 팔아."

"아하하! 우리 딸이 재밌는 소리를 하네! 한번 그래볼까?"

엄마는 농담이라고 생각하는 듯 대수롭지 않게 대답했다. 그래도 그 밝은 표정에서만큼은 진심으로 행복이 배어 나오는 것 같아서 은혜 씨는 조금 기쁜 마음이 들었다.

길고 긴 생일 파티가 끝나고 친구들을 집으로 돌려보냈다는 설정 놀이까지 무사히 마친 은혜 씨는 가족들과 함께 거실에서 이

불을 깔고 자기로 했다. 토끼가 그려진 분홍색 잠옷을 입은 미혜가 도톰한 이불 위에서 날갯짓하듯이 팔다리를 버둥거리면서 말했다.

"아빠도 같이 있었으면 좋았을 텐데!"

"아빠는 지금 출장 가셨잖아. 열심히 돈 벌고 계시니까 어쩔 수 없지."

은혜 씨는 그렇게 말하는 엄마의 낯빛이 어두워지는 것을 보고야 말았다. 엄마가 말한 출장이 문자 그대로의 의미가 아님을 알 수 있었다. 엄마는 아빠의 외도를 이때부터 모른 척하며 살아온 걸까. 은혜 씨는 입이 썼다.

약간 가라앉은 분위기를 느낀 탓이었는지 갑자기 미혜가 은혜 씨에게 달라붙어 간질간질 장난을 쳐왔다. 은혜 씨는 작디작은 미혜의 손을 붙잡고 가볍게 흔들며 소리 내어 웃었다. 한참 장난을 치던 미혜가 말했다.

"언니, 사실은 말이야, 올해부터 언니랑 따로 자게 돼서 좀 슬펐어."

"그랬어? 언니랑 계속 같이 자고 싶었어?"

"응. 근데 어쩔 수 없다는 건 알아. 언니는 이제 고학년이니까. 침대도 큰 걸 써야 하고."

"그럼 미혜도 빨리 크면 되겠다. 그때는 커다란 이층 침대 같이 쓸까?"

이루어지지 않을 약속인 줄도 모르고 어린 미혜는 신나게 고개를 끄덕였다. 은혜 씨는 미혜를 옆에 눕혀놓고 가만히 몸을 토닥여주었다. 미혜는 금세 잠에 빠져들었다. 그 순진한 얼굴을 보고 있자니 갑자기 마음이 아주 복잡해졌다. 옛날 집에 방문한 일이 계기가 되었는지 몰라도 의식 저편에 숨겨져 있던, 아니, 어쩌면 일부러 숨겨놓았던 기억이 갑작스럽게 되살아난 것이다. 명절날 할머니네 집, 옆에서 약 올리던 사촌 오빠, 다가와서 애교를 부리던 미혜, 그리고…….

야, 서미혜. 너 공부 안 하고 그렇게 애교만 부리다가 저 TV에 나오는 멍청한 다방 아줌마처럼 티켓 팔면서 사는 거야, 알아?

당시 은혜 씨는 그 말뜻을 제대로 알지 못했다. 그래서 엄마에게 끌려가 그렇게 크게 혼나리라고는 상상도 하지 못했었다. 물론 잘 몰라서 실수했다면 제대로 사과해야 하는 것이 옳다. 그러나 은혜 씨는 사과를 하는 대신, 무의식 속에 그 기억을 몰래 숨겨놓고 덧칠했다. 동생에 대한 나의 분노는 정당했다고. 일부 실수가 있었을지언정 가장 큰 원인은 동생이 제공했었다고.

"미래의 너에게 꼭 사과할게, 미혜야. 그건 변명의 여지 없는 내 잘못이었어. 너무 늦긴 했지만……."

혹여 미혜가 사과를 받아주지 않는다고 해도 억울해할 자격은 없었다. 은혜 씨는 곤히 잠든 미혜의 머리를 한참 쓰다듬어 주다가 자기도 모르게 스르르 잠에 빠져들었다.

얼마나 지났을까.

거실을 울리는 유선전화 벨 소리에 은혜 씨는 잠에서 깨었다.

부스스 일어나 보니 다른 가족의 모습은 보이지 않았고, 넓게 펼쳐진 이불 속에는 은혜 씨 혼자만 남아 있었다. 은혜 씨는 조금 쓸쓸한 기분으로 수화기를 집어 들었다.

"아가씨, 체크아웃 시간이 되어 연락드렸어요."

은혜 씨는 전화를 끊고 자리에서 일어나 퇴실 준비를 했다. 그리고 기억 속의 옛날 집을 마지막으로 한 번 더 둘러보고 현관을 나섰다. 문밖에는 여느 때처럼 도어봇이 대기하고 있었다. 도어봇은 은혜 씨의 짐이 담긴 피크닉 바구니와 메이의 선물이라며 큼직한 서류봉투를 내밀었다. 선물은 호텔에서 나간 후에 열어야 한다는 설명이 붙었다. 은혜 씨는 서류봉투를 피크닉 바구니 안에 쏙 집어넣었다. 그리고 도어봇의 안내에 따라 호텔 출입구로 향했다.

은혜 씨가 호텔에서 나온 건 이른 아침이었다. 평소에 비해 체크아웃 시간이 빠른 것 같았다. 도어봇이 시간을 착각하는 초보적인 실수를 하지는 않았을 텐데. 은혜 씨는 조금 의아했지만 다 이유가 있겠거니 하며 버릇처럼 가방을 어깨에 둘러메려 했다. 순간 팔과 어깨에 낯선 감촉이 부딪혔다. 은혜 씨는 그제야 자신이 가방 대신 피크닉 바구니를 들고 있다는 사실을 깨달았다. 디어 그레이스 호텔에서 보내는 시간이 피크닉 같다고는 하지만 진짜로 피크닉 바구니를 들고 있는 자신의 모습에 웃음이 났다.

집에 도착해 문을 열고 들어온 은혜 씨는 주방 식탁에서 양푼에 담긴 비빔밥을 크게 한술 뜨고 있던 미혜와 딱 눈이 마주쳤다. 순간 정적이 흘렀다. 시간이 멈춘 듯 두 사람 모두 제자리에서 움직이지 않았다. 잠시 후, 은혜 씨가 먼저 입을 열었다.

"너 요새 아침도 먹냐?"

은혜 씨의 물음에 미혜는 불룩한 볼로 우물거리며 수저를 내려놓았다.

"안 그래도 요요 온 거 나도 알고 있거든? 엄마도 자꾸 살찌는 것 같다고 뭐라 하는데……."

그러고 보니 미혜의 얼굴과 몸이 전과 다르게 살짝 볼륨감 있어 보였다. 은혜 씨는 식탁 위에 피크닉 바구니를 턱 내려놓으며 말했다.

"아니, 그런 의미가 아니라 잘 먹는 걸 보니 좋다는 소리야. 잘 먹고 힘내야 그 사기꾼 놈 잡지. 혹시 소식 들어온 거 있어?"

"다음 주 중에 〈그것이 알고 싶다〉에서 인터뷰하러 올 거래."

"잘됐네. 아, 너 먹는 거 보니까 갑자기 배고프다. 나도 비빔밥 먹을래."

은혜 씨는 인덕션에 프라이팬을 올리고 냉장고에서 달걀을 하나 꺼냈다. 은근슬쩍 다시 수저를 들고 비빔밥을 먹기 시작한 미혜가 테이블 위의 피크닉 바구니를 들춰보며 말했다.

"근데 이런 바구니는 언제 샀어?"

"산 거 아냐. 선물 받은 거야."

"암만 선물이래도 회사에 이런 바구니를 들고 다녀도 돼? 안에 서류봉투 같은 것도 있는데, 이거 중요한 거 아냐?"

"그거 회사 물건 아니야. 근데 나도 거기에 뭐가 들었는지는 몰라."

"뭔지도 모르는 걸 가지고 다닌다고? 이렇게 묵직한데?"

"궁금하면 한번 꺼내보든가. 나 지금 프라이 뒤집어야 하니까 말 걸지 마라."

반숙은 좋아하지만 서니 사이드 업은 선호하지 않는 은혜 씨가 신중한 얼굴로 뒤집개를 들고 인덕션 앞에 섰다. 그사이 미혜는 은혜 씨가 가지고 온 바구니 안에서 서류봉투를 꺼냈다. 봉투 안에는 간호 서적과 초등학생용 공책 몇 권이 들어 있었다.

"어? 이건 내가 초딩 때 쓰던 노트네? 엄마가 버린 줄 알았는데 아니었나 봐? 그리고 이건 노인 간호학…… 박명자……. 이 책 엄마 거야?"

"그런 것 같네. 근데 그게 왜 거기 들어 있지?"

찬장에서 꺼낸 대접에 밥을 담고 그 위에 방금 조리한 달걀프라이를 얹은 은혜 씨가 식탁에 와 앉았다. 은혜 씨는 식탁 위에 열을 맞춰 늘어서 있는 엄마표 반찬들을 적당히 집어 밥그릇에 담으면서 고개를 쭉 빼고 미혜가 살펴보고 있는 책과 공책들을 들여다보았다. 별생각 없이 팔랑팔랑 책장을 넘기다가 그림이 그려진 페이지를 발견한 미혜의 손이 일순 멈칫했다.

"헐, 이거 설마 엄마가 그린 건가?"

"그렇겠지. 엄마 간호사 되기 전에 원래 꿈이 화가였잖아."

"진짜? 언니는 그걸 어떻게 알았어?"

"음? 글쎄다……. 그냥 알았는데……."

"그래? 난 왜 전혀 몰랐지. 엄마 기도 끝나고 오면 이거 보여주면서 물어봐야겠다. 아!"

순간 뭔가 생각난 듯 책을 내려놓은 미혜가 공책을 집어 들었다. 첫 장을 펼치자 옛날 초등학생들 사이에서 선풍적인 인기를 끌었던 애니메이션 〈사랑의 천사 웨딩피치〉의 릴리 그림이 나왔다. 미혜는 은혜 씨에게 공책을 쫙 펼쳐 보여주며 흥분한 목소리로 말했다.

"맞아, 이거! 내가 언니한테 그려달라고 했던 거! 언젠지도 생각나! 언니 생일날이었어!"

"이게 내 생일날 그린 거라고? 내가 너한테 그림을 꽤 그려주긴 했어도 그렇게까지 자세하게 기억나진 않는데……. 넌 어떻게 그런 디테일한 것까지 다 기억을 하냐?"

거기까지 말한 은혜 씨는 순간 앗, 하고 입을 다물었다. 과거 얘기를 하다 보니 떠오른 사건이 있었기 때문이었다. 은혜 씨는 대접에 고추장을 넣고 밥을 뒤섞으면서 머뭇머뭇 입을 열었다.

"야, 근데…… 나 너한테 사과할 거 있어."

"사과할 거? 갑자기?"

"어. 옛날 일인데…… 내가 엄청 심한 말실수했던 거."

은혜 씨의 말에 잠깐 눈알을 굴리며 생각에 잠겼던 미혜가 아 하고 고개를 끄덕였다.

"뭔지 알겠다."

"알겠다고?"

"응. 그 티켓 다방 어쩌고 했던 때 말하는 거 아냐?"

"엇……. 맞아, 역시 바로 아는구나……."

미혜는 아무렇지 않게 계속 비빔밥을 먹었다. 은혜 씨는 왠지 창피해서 허리까지 굽히지는 못했지만, 그래도 나름 성의를 보이기 위해 고개를 살짝 숙인 채로 사과의 말을 꺼냈다.

"그때 미안했어. 계속 사과 안 했던 것도 미안해."

"어, 그래. 용서해 줄게."

너무 쿨하게 답하는 미혜의 반응에 오히려 은혜 씨가 당황했다. 미혜는 아무렇지도 않은 듯 물 한 잔을 시원하게 들이켜고는 말을 이었다.

"그때 언니가 엄청 황당한 표정으로 엄마한테 끌려가던 걸 보고 알았어. 무슨 말인지 잘 모르고 한 소리란 걸. 나도 잘 모르기도 했고. 물론 그 일 때문에 언니가 좀 미워지긴 했는데, 그 후로 내가 언니한테 오지게 개겼던 거 생각하면 뭐……. 오십보백보?"

미혜는 그렇게 말하며 쿡쿡 웃었다. 긴장해 얼어붙어 있던 은혜 씨의 마음도 조금 녹아내리는 듯한 기분이 들었다. 서로 바라보며 낄낄대던 것도 잠시, 거실 벽면 시계를 힐끗 쳐다본 미혜가 기겁을 하고 자리에서 일어났다.

"헐, 나 늦겠다! 언니, 미안한데 나 먹은 것 좀 치워주라!"

"맞다, 너 원래 주말 출근이지? 야, 너 빨리 양치해! 내가 먹고 알아서 치울 테니까!"

"응, 언니! 고마워!"

마음이 급해 얼떨결에 나온 말 같았지만 은혜 씨는 미혜의 고맙다는 말에 괜스레 기분이 좋아졌다. 너무 오랜 시간이 걸리긴 했지만, 미혜와 화해하고 평화롭게 지낼 수 있는 길이 조금 트인 듯해 기쁘기도 했다. 얼마 지나지 않아 가방을 손에 든 미혜가 현관으로 튀어 나가는 모습이 보였다. 은혜 씨는 자기도 모르게 조심하라고 외치고는 새삼 놀랐다.

그날 저녁, 자신이 그린 그림이 남아 있는 간호 서적을 본 엄마는 깜짝 놀라 거의 비명을 질렀다. 책장을 몇 번이고 넘겨보던 엄마의 눈가가 촉촉하게 젖어드는 것을 보며 은혜 씨도 미혜와 함께 찡한 감정을 추스르고 있을 때였다. 은혜 씨의 핸드폰이 울렸다. 은혜 씨는 혹시 메이로부터 연락이 온 건가 싶어서 급히 핸드폰을 집어 들었다.

[은혜야. 뭐 해? 저녁 먹었어?]

원재의 DM이 와 있었다. 은혜 씨는 제멋대로 콩닥거리는 마음을 부여잡고 빠르게 답장을 보냈다.

[지금 저녁 먹고 가족들이랑 이야기 좀 나누고 있었어요.]

[오, 가족들이 화목하구나? 부러운데 ㅎㅎ 사실 이 이야기를 하려던 건 아니고…… 몸 안 좋았던 건 좀 나아졌니? 목요일 이후로 계속 연락이 없는 게 좀 마음에 걸려서.]

[헉! 맞다! 죄송해요! 미리 연락드릴걸! 저 이제 완전 괜찮아요! 맛난 거 사주셨는데 신경 쓰이게 해서 넘넘 죄송해요……(ꈨ•ꈨ)]

[아냐 아냐! 요즘 세상이 영 흉흉하다 보니까 확인차 연락한 거야. 너 괜찮다니 됐어.]

은혜 씨의 마음이 순두부처럼 몽글몽글 풀어졌다. 대학 시절 원재의 인기가 단순히 멀끔한 외모 때문만은 아니었을 거라는 확신이 뒤늦게 들었다. 은혜 씨는 가족들에게 슬쩍 올라가는 입꼬리를 보이지 않기 위해 조심스레 몸을 돌린 채로 두다닥 키패드를 두드렸다.

[선배, 다음에 제가 식사 쏠게요! 혹시 주말에 뭐 하세요?]

[주말에는 보통 카페 일로 바쁘긴 하지…… 주말은 왜?]

[아, 제가 지난번에 요시다 유니 전시회 얼리버드 티켓을 샀었거든요. 혹시 몰라서 2장 샀는데, 이거 같이 보면 좋겠다는 생각이 순간 들었어요.

근데 선배가 주말에 바쁘시다니 어쩔 수 없죠……]

[요시다 유니? 아트디렉터 말하는 거지? 요새 완전 핫한 사람.]

[네, 맞아요!]

[그 이름 들으니까 나도 갑자기 전시회 좀 가보고 싶네. 카페 인테리어에 그 사람 스타일을 좀 적용해 볼 수 있을까 싶기도 하고.]

은혜 씨는 발가락을 꼼지락거리며 빠르게 이야기를 진행시켰다.

[그럼 같이 가실래요? 제가 평일에 연차 하나 쓸게요!]

[아냐. 알바 친구한테 미리 얘기해 두면 주말 중 하루 정도는 빠져도 괜찮아. 생각해 보니 나도 문화생활 못 한 지가 좀 오래돼서…… 전시라는 단어 자체를 정말 오랜만에 들어본 것 같네 ㅎㅎ 그럼 일요일에 보는 건 어때?]

[좋아요! 제가 토요일에 다시 연락드릴게요! 아, 그 전에 커피도 사러 갈게요! (✿˘◡˘✿)]

[카페 와주면 나야 좋지. 매번 매상 올려줘서 정말 고마워.]

약간의 텀을 두고 하트 이모티콘이 날아왔다. 이거 지금 그린 라이트? 은혜 씨는 한 손으로 급히 입을 가렸다. 과 내 최고 인기남이었던 원재와 이런 메시지를 주고받는 날이 오다니! 은혜 씨가 중학교 다닐 무렵 유행했던 '내 남친은 전교 얼짱'류의 인터넷 소설 줄거리들이 휘리릭 머릿속을 스치고 지나갔다. 은혜 씨는 자기도 모르게 푭 하고 웃었다.

"갑자기 왜 웃어?"

미혜의 물음에 은혜 씨는 고개를 저으며 핸드폰을 감싸 쥐었다. 엄마와 미혜의 대화는 은혜 씨의 귀에 잘 들어오지 않았다. 오직 전시회 생각뿐이었다. 지금은 원재가 전혀 다른 일을 하고 있지만 원래는 디자인을 전공했으니 서로에게 좋은 영향을 주는 데이트가 될 것 같았다.

은혜 씨는 기분이 좋았다. 앞으로도 모든 일이 이렇게 순조롭게 풀려가기만을 바랐다.

한 주가 흐르는 사이 가족들에게는 약간의 변화가 생겼다. 미혜는 결혼 사기 피해자 모임 사람들과 함께 단체 고소를 시작했다. 〈그것이 알고 싶다〉 팀과의 인터뷰도 있었다. 미혜와 엄마가 주로 피해에 직접적으로 관련된 이야기를 했고, 은혜 씨는 상견례 때 본 사람들이 진짜 김대석과 그의 가족들인 줄 알고 깜빡 속았다는 이야기 정도를 했다. PD의 손을 잡고 방송 잘 보고 있다며, 사기꾼 놈 잡는 데에 힘을 보태주셔서 감사하다고 연신 고개를 숙이던 엄마는 그날 저녁 무슨 바람이 불었는지 화방에 가서 스케치북과 색연필과 수채화 물감을 사 왔다. 항상 깨끗하게 비어 있던 거실 한구석이 엄마를 위한 작은 화방으로 다시 태어났다.

평화로운 시간이었다. 그 평화가 진짜 평화인지 태풍의 눈 속에 있어 느끼는 착각인지 명확히 알 길은 없었지만, 다사다난했던 지난 몇 주간에 비하면 은혜 씨는 정말로 평온한 한 주를 보냈다. 물론 메이에게서 연락이 오지 않는 것이 조금 마음 쓰이긴 했다. 그렇지만 드림 컴퍼니라는 곳도 회사의 일종일 테니 나름의 절차를 밟고 결재 라인을 타느라 시간이 소요되는 거라고 애써 생각하기로 했다.

드디어 일요일이 되었다.

거울 앞에 선 은혜 씨는 치료 후 조금씩 머리카락이 나고 있는 땜통 부분을 완벽하게 가리면서도, 무심하게 묶은 듯 자연스럽게 잔머리가 흘러내리는 일명 꾸안꾸 묶음 머리를 완벽하게 구현해 냈다. 하루 전날 영은과 함께 쇼핑몰에서 산 시폰 재질의 리본 블라우스와 찰떡같이 어울리는 청초한 스타일이었다. 은혜 씨는 최근에 장만한 화장품이 잔뜩 담긴 메이크업 박스를 열고 본격적으로 화장을 시작했다. 그렇게 1시간을 소요했다.

한껏 꾸미고 나와 버스에 올라타니 이전까지는 별로 신경 쓰지 않았던 수많은 여성의 다양한 스타일이 눈에 들어왔다. 저 사람은 섀도랑 립 색깔이 따로 노네. 저 사람은 헤어스타일이 너무 답답해 보여. 저 사람은 다리도 굵은데 왜 저렇게 짧은 바지를 입었담. 그렇게 새로운 엔터테인먼트를 즐기다 보니 금세 내려야 할 정류장에 도착했다.

버스에서 내린 은혜 씨는 미술관 앞 가로수 근처에 서서 핸드폰을 보고 있는 원재를 발견했다. 물 빠진 슬림핏 데님바지에 캐주얼한 셔츠 소매를 팔꿈치까지 깔끔하게 접어 올린 모습이 마치 모델 같았다. 대학 시절 미대에서 싸이월드 미니홈피 일일 방문자 수 최고 기록을 세웠던 그의 경력은 여전했다. 은혜 씨는 어깨에 힘이 들어가고 콧대가 하늘로 솟았다.

"원재 선배?"

원재는 심각한 얼굴로 핸드폰을 들여다보느라 직접 이름이 불리기 전까지 은혜 씨가 가까이 다가왔다는 사실을 인지하지 못했다. 원재는 뒤늦게 은혜 씨를 발견하고 빙긋 웃어 보였다. 그런데 어쩐지 그 얼굴이 영 즐거워 보이지가 않았다.

"선배, 무슨 일 있으세요?"

걱정스럽게 묻는 은혜 씨의 말에 원재는 다급히 고개를 저었다.

"아니, 아무 일도 없어. 너무 예쁜 사람이 말을 걸어서 잠깐 당황하긴 했지. 은혜 너 오늘따라 유독 예쁜데, 도대체 무슨 마법을 부린 거야?"

"네에? 아이, 마법은요, 무슨."

도대체 이 남자는 어디까지 설레는 말을 하려고 이러는 거람. 은혜 씨는 손등으로 입술을 가리고 요조숙녀처럼 웃었다. 손을 너무 가까이에 대어 손등에 입술 도장을 찍는 초보적인 실수는 하지 않으려고 남몰래 조심하면서.

"은혜야, 나 여기 미술관 배경으로 사진 좀 찍어줄 수 있어? 남친짤 같은 분위기로 다정한 듯 시크해 보이면 좋겠어. 엇, 나 지금 너무 광고주처럼 말했나?"

"아하하! 이 정도 광고주면 아주 상냥한 편이죠! 제가 찍어드릴게요! 광고회사 다닐 때 촬영 현장 서포트 나갔다가 어깨너머로 슬쩍 배운 스킬들이 있거든요? 저 한번 믿어보세요!"

원재의 핸드폰을 건네받은 은혜 씨는 산과 하늘이 시원스럽게 보이되 미술관에 왔다는 사실도 부각할 수 있을 만한 위치에 원재를 세웠다. 원재는 자주 해봤는지 자연스럽게 포즈를 취했다. 카메라에 다각도로 원재를 담기 시작한 은혜 씨의 열정은 그 어느 때보다도 활활 타오르고 있었다. 여전히 귓가에는 '남친짤'이라는 단어가 맴돌았다.

"은혜야, 너 정말 사진 잘 찍는다. 완전 프로인 줄. 딱 요즘 감성이야."

"헤헷, 감사합니다! 그 사진들 인스타그램에 올리시게요?"

"응. 지금까지 카페 계정에 내 개인 사진은 잘 안 올렸었는데, 이젠 얼굴을 좀 팔더라도 그런 쪽으로 바이럴을 태워볼까 하고."

"바이럴이요? 아…… 그런 용도……."

"왜? 이거 남친짤로 쓰기에는 좀 별로일 것 같아?"

"아, 아니요! 사진은 엄청 잘 나왔어요! 근데 선배 카페는 커피 맛이 워낙 좋아서 이미 단골이 많은 것 같던데……. 그런데도 바이럴이 필요하세요?"

"응. 임대료가 워낙 올라서 어지간한 회전율로는 감당이 안 되겠더라고."

"맞다……. 자영업 하시는 분들 월세 때문에 힘드시지……."

급격하게 침울해지는 은혜 씨의 등을 가볍게 두드리며 원재가 웃었다.

"아이, 즐거운 시간 보내자고 만난 건데 이런 얘기는 하지 말자. 은혜 너도 사진 찍어줄게. 오늘 너무 예뻐서 꼭 사진 찍어야 하는 무드야."

은혜 씨는 복숭아빛 뺨을 살짝 더 발갛게 물들이며 원재에게 핸드폰을 내밀었다. 경치 좋은 곳에 위치한 미술관을 배경으로 이렇게 서로의 사진을 찍어주고 있자니 정말로 썸의 연못 한가운데에 퐁당 빠진 기분이었다.

미술관 입장 후 은혜 씨는 더욱 기분이 들떴다. CG 같은 환상적인 사진을 수작업으로 만들어내는 천재 아트디렉터 요시다 유니의 신작을 만나볼 수 있기 때문이었다. 은혜 씨는 작품 사진을 잔뜩 찍고, 사진에 사용된 실제 소품들도 하나하나 자세히 살펴보았다. 분야는 약간 다르지만, 디자이너로서 사물을 다각도로 보는 방식에 대해 생각해 볼 거리가 한둘이 아니었다. 은혜 씨는 전시에 완전히 녹아들었다.

큼지막한 패널 앞에 서서 작업 비하인드 영상을 보고 있던 때였다.

"아, 진짜 피곤하게 작업한다."

누군가 뒤에서 까칠하게 중얼거리는 소리가 들렸다. 분명 혼잣말이었을 텐데, 어쩐지 은혜 씨의 귀에는 확성기라도 쓴 듯 선명하게 들려왔다. 돌아보자 뒤에서 작은 소리로 말다툼 중인 한 커플의 모습이 보였다.

"멋있는 작품 보면서 왜 굳이 그런 소릴 해?"

"아니, 결과물이 나쁘다는 게 아니야. 근데 저렇게 하나하나 수작업으로 하면 시간도 오래 걸리고 같이 일하는 모델이나 스태프들도 다 피곤하잖아. CG로 하면 훨씬 쉬울 텐데."

"저 정도 퀄리티 내는 CG가 쉽게 만들어질까? 그리고 비용도 한두 푼이겠어?"

"AI 쓰면 누구나 다 만들어."

"누구나 다 만든다고? 이건 오빠가 집에서 장난처럼 버튼 몇 번 딸깍딸깍 누르면 나오는 그런 그림 같은 게 아니야. 가뜩이나 AI 무단 학습으로 요새 말도 많은데……."

"아아, 그래그래, 네 말도 맞아. 맞는데, 오빠가 말하고 싶은 건 경영자로서 보는 비용의 의미에 관해서야. 네가 직접 사업체를 운영해 본 게 아니라서 잘 모를 수 있는데 경영자한테는 시간도 다 돈이다? 요즘 그놈의 최저 시급 때문에 시간당 인건비가 엄청 높거든. 그러니까 비슷한 이미지를 만들어내는 데 사람 쓰는 시간을 최대한 줄일 수 있다면 그렇게 하는 것이 훨씬 경제적이란 말이야. 무슨 뜻인지 알겠지?"

"하아…… 그래……."

"물론 오빠 생각이 그렇다는 거고. 너는 이성보다는 감성 뭐 이런 걸 중시하니까 예술 행위를 최우선으로 생각할 수도 있지. 사람마다 관점이 다를 수밖에 없잖아, 그치? 그러니까 너도 오빠 의견을 좀 존중해 줘. 그래야 나도 널 존중하지."

여자가 피곤한 얼굴로 먼저 앞서 걸어가고 남자가 재빠르게 뒤를 따랐다. 은혜 씨는 그 커플을 힐끗 보며 남몰래 코웃음을 쳤다. 수많은 관람객이 이 디렉터의 작품에 매료되는 이유는 아날로그 방식의 제작 스타일을 고수하는 데에서 기인한다. 게다가 클라이언트는 이 디렉터의 작업 방식을 선호했을 것이며, 스태프들 또한 작업 스타일을 모르지 않았을 것이다. 은혜 씨는 하나만 알고 둘은 모르는 남자와 피곤한 입씨름을 해가며 굳이 연인 관계를 유지하고 있는 여자가 어리석어 보였다. 그런 한편 자부심도 느껴졌다. 원재는 저렇게 말이 안 통하는 사람이 아니니까.

"선배, 저 사람 하는 말 들으셨어요? 여자친구 가르치겠다고 저렇게 숨도 안 쉬고 말하는 사람 현실에서 처음 봤어요. 선배?"

심각한 표정으로 핸드폰을 들여다보고 있던 원재가 뒤늦게 고개를 들었다.

"아, 미안해. 못 들었어. 뭐라고 했어?"

"아니에요. 별로 중요한 얘기는 아니었어요."

아무래도 원재는 전시에 쭉 집중하지 못했던 것 같았다. 자꾸 심각한 얼굴로 핸드폰만 들여다보는 모습을 보면 분명 뭔가 문제가 있는 듯했지만, 원재는 반복해서 아무 일도 아니라고 하며 억지로 웃어 보였다.

"그런데 슬슬 배고프지 않아? 나는 오늘 얼큰한 게 좀 먹고 싶은데……. 은혜야, 너 혹시 감자탕 같은 것도 먹니?"

"감자탕이요? 없어서 못 먹죠! 완전 좋아해요!"

"정말? 의외네."

"네?"

여기서 의외일 만한 사실이 뭐가 있지? 은혜 씨는 자기도 모르게 차가운 말투로 되물었다. 은혜 씨의 반응에 잠시 당황한 표정을 지은 원재가 급히 손을 내저었다.

"아, 아니……. 대학교 때 들은 얘기가 생각나서. 미안, 내가 편견이 좀 있었나 봐."

"편견이요? 무슨 얘기를 들으셨는데요?"

"그게……."

잠시 머뭇거리던 원재가 대답했다.

"너희 집 엄청난 부자라고, 한남동 사는데 아파트가 몇 채나 있다고 들었거든. 그때 서은혜는 외식도 고급 식당에서만 한다고 소문이 자자했어. 심지어 교양수업 같이 듣던 후배들한테 한우를 쐈다는 얘기까지 있었는데, 정말이야?"

일부는 맞지만 대부분 틀린 얘기였다. 어린 시절, 할머니가 "한남동에 땅이 몇 마지기가 있었는데"로 시작해서 "망할 영감탱이가 그걸 도박으로 전부 날려먹고"로 이어지는 장광설을 늘어놓는 모습을 본 적은 있지만, 정작 은혜 씨는 한남동 근처에서도 실아본 적이 없었다. 그리고 맹장 수술을 하게 되면서 중요한 조별 과제에서 홀로 빠졌을 때, 군말 없이 도와준 후배들이 고마워서 종강 무렵 최애 정육 식당에 데려간 적은 있었다. 이왕 같이 먹는 거 제일 맛있는 고기를 먹는 게 좋을 듯해 한우를 시켰던 기억도 난다. 하지만 은혜 씨는 고급 식당에서만 외식을 하진 않았다. 먹는 일에 언제나 진심이었던 은혜 씨에게 중요한 건 음식의 가격이 아닌 맛이었다. 은혜 씨는 사방이 낙서로 가득한 낡은 경양식 집의 왕돈가스도 좋아했고, 학교 후문 분식집에서 팔던 버터맛 나는 김치볶음밥도 좋아했고, 시장통 노상에서 흥건한 기름에 자글자글 지져주는 해물파전도 좋아했다. 결과적으로는 한우에 관한 내용만 일파만파 소문난 듯했지만.

"선배, 그 소문들 사실과 달라요. 많이 과장됐어요."

"그럼 어느 정도까지는 진짜라는 거네?"

가늘게 실눈을 뜨고 은혜 씨를 쳐다보던 원재가 만개한 꽃처럼 활짝 웃었다.

"아하하, 농담이야! 혹시 네가 감자탕 싫어하면 어쩌나 걱정했었어. 사실 우리 집은 살림이 조금 빠듯했거든. 드물게 가족이 외식을 하면 꼭 감자탕을 먹으러 갔는데, 어렸을 땐 그게 정말 싫었다? 그땐 피자가 먹고 싶었어. 그런데 지금 와서 생각해보니 부모님이 왜 그렇게 감자탕을 드셨는지 알겠더라고. 이제 나도 추억을 그리워하는 나이가 됐구나 싶고."

"아, 그러셨구나……."

원재의 이야기를 듣던 은혜 씨는 괜히 코끝이 찡해졌다. 얼마 전 아빠에게도 비슷한 이야기를 들었지만, 은혜 씨는 태어나서 단 한 번도 먹고 싶은 걸 못 먹어서 안달 나본 적이 없었다. 그래서였을까. 피자를 먹는 대신 부모님 손에 이끌려 온 감자탕집 테이블에 풀이 죽어서 앉아 있는 어린 원재의 모습이 떠올랐다. 상상만으로도 애잔하고 가여웠다.

"선배, 우리 빨리 감자탕 먹으러 가요. 제가 쏠게요! 다음에 피자도 같이 먹어요!"

"어? 은혜 덕분에 좋은 전시회 구경했으니 밥은 내가 사야지."

전시를 그다지 즐긴 것처럼 보이지는 않았는데……. 은혜 씨는 그 말을 굳이 입 밖으로 내지 않은 채 원재와 함께 미술관 근처 감자탕집으로 들어갔다. 실내에 들어서자마자 구수한 감자탕 냄새가 솔솔 풍겨왔다. 그 냄새를 맡자 전시관을 돌며 누적된 피로가 풀리는 듯했다.

잠시 후, 커다란 돼지 등뼈와 시래기 위에 깻잎과 들깻가루가 잔뜩 뿌려져 있는 큼직한 전골냄비가 나왔다. 화구에 올려진 탕이 끓고 푸릇푸릇하던 깻잎이 익어 흐물흐물해지자 은혜 씨는 바닥 쪽에서 제대로 푹 익은 큼직한 등뼈를 건져 원재의 앞접시에 놓아주었다.

"선배, 많이 드세요!"

"고마워, 은혜야."

은혜 씨는 자기가 먹을 고기도 꺼내 앞접시에 담았다. 잘 익어

쏙쏙 떨어지는 고기를 시래기에 싼 다음 와사비 간장 소스에 찍어 먹으니 입안에서 살살 녹았다. 완전 꿀맛이었다. 은혜 씨는 깍두기도 하나 집어 먹었다. 적당히 잘 익어 아삭아삭 새콤한 것이 감자탕과 아주 잘 어우러졌다. 그런 은혜 씨의 모습을 가만히 바라보던 원재가 말했다.

"오늘 은혜한테 좀 미안하네."

"네? 왜요?"

원재가 어깨를 으쓱했다.

"내가 은혜 너를 부잣집 딸이라고 단정 짓고 나도 모르게 편견을 가지고 있었나 봐. 막연하게 남들이 해주는 걸 받기만 하면서 살아온 그런 아가씨이지 않을까 하는 엄청난 오해를 했던 거지. 가난하게 자란 자격지심 같은 거랄까. 그런데 이렇게 먼저 나서서 고기도 꺼내 주고, 내숭 없이 시원하게 잘 먹는 모습을 보니까 내가 진짜 단단히 잘못 생각했었구나 싶어. 내 멋대로 생각해서 미안해."

"에이, 그럴 수도 있죠. 겪어보기 전까지 사람은 모르는 거잖아요."

"은혜 너 정말 속이 깊구나. 내가 너 만나고 정말 많이 배운다. 심지어 이렇게 먹을 거 다 먹으면서 자기관리 잘하는 것도 대단하고."

은혜 씨는 원재가 칭찬의 의미로 덧붙인 마지막 말은 일부러 못 들은 척, 한 귀로 흘려보내기로 했다. 그래, 기분 나빠지라고 한 말이 아니니까. 타이밍 좋게 손님 한 명이 식당 TV의 볼륨을 높였다. TV에서는 최근 기승하는 폰지사기를 다룬 프로그램이 방영 중이었다. 전 재산을 잃다시피 한 피해자들은 정말 오랫동안 믿어왔던 친한 지인에게 그런 사기를 당할 줄은 몰랐다며 인터뷰 중 눈물을 쏟았다. 그중에는 이미 돌아가신 분도 있었다. 은혜 씨는 그 사람들의 일이 남의 일처럼 느껴지지 않았다.

"어휴, 저 사람들 어떡해."

무심코 내뱉은 은혜 씨의 혼잣말에 원재가 TV를 보며 중얼거렸다.

"사연이 정말 안타깝긴 한데, 왜 저런 개인한테 전 재산을 함부로 투자했을까? 차라리 직접 주식이나 코인을 하지. 돈 귀한 걸 알면 저렇게 쉽게 내주진 못했을 것 같은데."

은혜 씨는 묘하게 그 말이 귀에 거슬렸다. 미혜가 떠올랐기 때문이었다. 은혜 씨는 미혜와 사이는 나빴을지언정 미혜가 첫 직장에서 임금 체불을 겪은 뒤 얼마나 돈을 귀하게 여기고 아꼈는지 누구보다도 잘 알고 있었다. 그렇게 열심히 모았던 결혼자금을 전부 날린 것은 미혜가 조심성이 없는 아이라서가 아니었다. 철석같이 믿었던 사람이 작정하고 속였기 때문이었다. TV에 나온 피해자들도 마찬가지였다. 이 사건의 포인트는 사기꾼이 신뢰를 무기로 사람을 속였다는 데에 있었다.

"진짜 친구라고 믿었으니까 그랬겠죠. 피해자분들 대부분이 10년 이상 친구였다잖아요."

은혜 씨의 말에 원재는 바로 고개를 끄덕였다.

"하긴 그 정도로 오래 알고 지낸 사람이었다면 나도 믿을 수밖에 없었을 거야. 생각해 보니 가해자야말로 진짜 바보 같다. 친구를 잃으면 모든 걸 잃는 거나 마찬가진데."

"맞아요! 주변 사람이 얼마나 중요한데요! 사기꾼들은 왜 그걸 모르는 걸까요!"

마치 자기 일이라도 되는 양 울분을 토하는 은혜 씨를 바라보던 원재가 은은하게 웃으며 냄비 속에서 감자를 하나 건져 주었다. 은혜 씨는 수줍게 감사를 표하며 숟가락을 들었다. 감자는 숟가락을 갖다 대기만 해도 스윽 잘릴 만큼 부드럽게 잘 익었다. 김이 풀풀 솟는 감자를 진한 국물에 섞은 후 호로록 떠먹자 짭짤함과 고소함이 뒤섞이며 엄청난 감칠맛이 입안 전체를 헤집었다. 맛난 음식과 멋진 썸남이 함께하고 있는 이 식사 자리를 한 숟가락으로 구현해 낸 듯한 맛이었다. 은혜 씨는 행복했다. 서은혜의 삶, 이보다 더 행복해질 수 있을까?

집으로 돌아온 은혜 씨의 화장한 얼굴을 본 엄마가 혹시 남자 만나고 왔느냐며 기쁜 얼굴로 물었다. 은혜 씨는 대충 얼버무리고는 급히 방으로 들어왔다. 이 정도면 첫 데이트로 나쁘지 않았지? 원재에게 뭐라고 메시지를 보낼까 두근두근 고민하며 인스타그램 앱을 켠 은혜 씨는 갑자기 힘이 쭉 빠지고 말았다.

cafe_inco 미술관 데이트 끝나고 커피 한잔 어때요?

#감성카페 #커피맛집 #로스팅카페 #스페셜티커피 #블렌딩커피

ssdoosi 혹시 커피 한잔하면 데이트도 서비스해주시나요?

jjanggoo_ 앗 너무 내 취향…… 이분 모델이에요?

nuri304 @jjanggoo_ 아뇨. 여기 카페 사장님이요. 대학 때 미대 남신이었다는 소문이……

jjanggoo_ @nuri304 헐? 그림도 그려요? 완전 만찢남이네 ㄷㄷ

bestb0g 커피 팔 생각은 있음? 얼굴밖에 안 보이는데;

o_sori 보정한 걸로 바이럴 좀 작작해라ㅋㅋ 현실에서 이렇게 생긴 남자 본 적이 없다ㅋㅋ

11.mvh @o_sori 나 여기 카페 가봤는데 구라 안 치고 사진이랑 똑같이 생겼음요

원재의 카페 계정에는 오늘 은혜 씨가 찍어준 사진이 올라와 있었다. 미술관 남친짤에 이어 원재가 원두를 로스팅하는 사진과 커피를 추출하는 사진, 갓 내린 커피를 들고 있는 사진이 마치 스토리텔링을 하듯 연속으로 나타났다. 실제로 바이럴을 탔는지 어쨌는지는 모르겠지만 게시물에는 이미 수많은 '좋아요'와 댓글이 달려 있었고, 원재가 간간이 하트를 눌러놓은 흔적도 남아 있

었다.

은혜 씨 역시 아무렇지 않은 척 '좋아요'를 누르려다가 그만두었다. 이런 용도로 사용할 거라고 듣기는 했지만 솔직한 마음으로 기분이 좋지 않았다. 두 사람의 첫 데이트라고 해도 좋을 만한 소중한 추억이 한낱 광고성 이미지가 되어버렸다는 사실에 속이 상했다. 그렇다고 이런 걸로 기분 나빠하기에 두 사람은 아주 애매한 사이였다. 은혜 씨는 오늘 데이트 시작 전에 '우리는 썸을 타기로 했습니다' '이것은 둘만의 데이트입니다'라고 못 박지 않은 게 아쉬웠다.

"지금 호텔 예약 되나? 매니저님이랑 상담하고 싶은데……."

은혜 씨는 디어 그레이스 호텔로 전화를 걸었다. 여느 때와 다름없이 신호음이 두 번 반 정도 울리자 도어봇이 칼같이 전화를 받았다.

"반가워요, 아가씨. 하지만 지금은 예약을 하실 수가 없어요. 아가씨께서 지난번에 문의해 주셨던 내용을 검토하느라 매니저님이 본사에 계속 머물고 계시거든요."

역시 안 되는구나. 은혜 씨의 어깨가 살짝 처졌다.

"매니저님께 전하고 싶은 말씀이 있으신가요? 제가 메시지는 전해드릴 수 있어요."

"뭐, 특별한 건 없는데……. 아참, 그렇지! 본사에서 어떤 결론을 내리든 매니저님께 좋은 쪽으로 결정이 나길 바란다고 전해줘. 나는 매니저님을 계속 응원할 테니까."

“네, 알겠습니다. 매니저님께 메시지 전해드릴게요. 그럼 좋은 밤 보내세요, 아가씨.”

은혜 씨는 영은에게 전화를 걸어볼까 하다가 그대로 책상 위에 핸드폰을 내려놓았다. 친구에게 털어놓는다고 해서 이 헛헛함이 시원해질 것 같지도 않았고, 바보처럼 자꾸만 쪼잔해져 가는 마음을 누군가에게 내보이고 싶지도 않았다.

“그래! 이렇게 고민해 봐야 뭐해!”

은혜 씨는 벌떡 자리에서 일어나 잠옷으로 갈아입고 세안 밴드를 착용했다. 그리고 씩씩하게 욕실로 들어가 양치를 싹싹 하고 얼굴도 뽀드득 닦았다. 이렇게 혼자 속앓이하는 건 너답지 않아, 서은혜. 이 상황이 견디기 어렵다면 직접 부딪쳐서 승부를 보는 거야. 은혜 씨는 거울 속의 자신을 들여다보며 물기에 젖은 두 뺨을 착착 때렸다.

며칠 후.

은혜 씨는 원재에게 미리 연락을 하지 않고 원재의 카페에 깜짝 방문하기로 했다. 퇴근 후 카페 영업 종료 시각까지 기다리느라 근처의 프랜차이즈 카페에서 시간을 죽이는데, 어찌나 몸이 꼬이고 속이 간지럽던지. 애초에 썸 같은 것은 은혜 씨 성격에 맞지 않았다. 이대로 사귈지, 아니면 그냥 학교 선후배로 남을지 최대한 빨리 결판 짓는 게 은혜 씨 스타일이었다. 창가 자리에 앉아 핸드폰을 몇 번이나 반복해 확인하던 은혜 씨는 화면의 숫자가 21:00이 되는 순간 바로 자리에서 일어났다.

카페에서 나와 몇 발짝 떼지 않았는데 발목 뒤쪽이 쓰라렸다. 다리를 들어 살펴보니 익숙지 않은 구두에 쓸린 피부가 살짝 까져 있는 것이 보였다. 잠깐 참고 걸을까 생각도 해봤지만, 이보다 더 심하게 벗겨지면 밴드를 붙여도 통증이 느껴질 게 분명했다.

그때였다.

"냐―앙."

치즈 태비 고양이 한 마리가 은혜 씨의 앞에 와 철퍼덕 드러누웠다. 샌드 블론드 빛깔의 요염한 털 뭉치는 메이플 시럽을 톡 떨군 것처럼 윤기 나는 갈색 눈동자로 은혜 씨를 바라보며 다시 한번 예쁜 목소리로 울었다. 은혜 씨는 가만히 자리에 쪼그려 앉아 조심스레 고양이를 만졌다. 고양이는 은혜 씨 발에 몸을 찰싹 기댄 채 그르릉 그르릉 소리를 냈다.

"너 길냥이 맞니? 털이 너무 깨끗해 보이는데, 혹시 가출한 거 아니야?"

은혜 씨는 혹시 고양이 실종 전단 같은 게 붙어 있는지 주변을 둘러보았다. 전단지는 전혀 보이지 않았다. 영업 중인 편의점만 눈에 들어왔다. 발목 뒤쪽은 까졌고, 고양이는 애교를 부리는 상황. 갑작스럽게 주어진 이 두 가지 퀘스트를 동시에 클리어 하기 위해서는 은혜 씨가 반드시 들러야만 하는 곳이었다.

"냥냥아, 어디 가지 말고 잠깐만 기다려. 얼른 들어갔다가 나올게."

은혜 씨는 피부가 까진 쪽의 신발을 살짝 벗어 앞꿈치에 걸친 채 절뚝거리며 편의점 안으로 들어갔다. 그리고 상처에 붙이는 밴드와 츄르를 재빠르게 집어 들었다. 계산하는 사이 고양이가 어디로 사라져 버린 건 아닌지 몇 번이나 문밖을 확인했는데, 고양이는 마치 주인을 기다리는 듯 자리에 다소곳이 앉아서 편의점 안의 은혜 씨를 정확히 응시하고 있었다.

"냥냥아, 많이 기다렸지?"

고양이는 예쁜 목소리로 대답하고는 은혜 씨가 내민 츄르를 핥아 먹기 시작했다. 은혜 씨는 츄르를 들지 않은 반대편 손과 입으로 밴드의 포장을 뜯었다. 한 손으로 밴드를 붙이는 일이 쉽지는 않았지만 아예 못 할 일도 아니었다. 접착면 한쪽을 붙이고, 그다음엔 반대편을 붙이고, 틈이 생겨 떨어지지 않도록 쭉쭉 밀어붙인 뒤 다시 구두를 신으니 통증이 거의 느껴지지 않았다.

"어휴, 훨씬 낫네……. 어? 냥냥아, 어디 가? 아직 츄르 많이 남았는데?"

고양이가 츄르를 먹다 말고 은혜 씨에게서 등을 돌려 걷기 시작했다. 고양이는 약 2미터쯤 떨어진 곳에 멈춰서 은혜 씨를 돌아보았다. 은혜 씨가 고개를 갸우뚱하며 고양이에게 다가가자 고양이는 또 2미터쯤 떨어진 곳으로 가서 뒤를 돌아보았다. 아무래도 자신을 따라오라는 것 같았다. 마침 고양이는 원재의 카페가 있는 방향으로 이동하고 있었다. 은혜 씨는 고양이를 따라 걸었다.

원재의 카페를 앞에 두고 고양이는 휙 방향을 틀어 골목으로 들어섰다. 어둡고 좁은 골목이라 들어가기가 약간 꺼려졌지만, 고양이는 꼭 따라와야 한다는 듯 은혜 씨에게 오묘한 눈빛을 보내고 있었다. 골목 구석 어딘가에 새끼들을 낳기라도 한 걸까? 은혜 씨는 여차하면 맨발로라도 도망 나올 마음의 준비를 하고는 고양이를 따라 골목 안으로 들어섰다. 담배로 추정되는 알싸한 냄새가 풍겨왔다. 그 순간, 얌전하던 고양이가 갑자기 골목 안으로 달려 들어가며 하악질을 했다. 곧이어 한 남자의 짜증스러운 목소리가 골목을 울렸다.

"아, 씨발 깜짝아! 이 미친 고양이 새끼가!"

은혜 씨는 익숙한 목소리에 멈칫했다. 목소리의 주인공은 카페 로고가 그려진 앞치마를 두르고 있는 원재였다. 골목에서 담배를 피우던 원재는 꼬리와 털을 바짝 세우고 있는 고양이를 노려보느라 은혜 씨가 뒤쪽에 있다는 사실을 눈치채지 못한 것 같았다. 원재가 서 있는 곳 주변에는 오랫동안 쌓인 수많은 담배꽁초와 가래침의 흔적이 지저분하게 엉겨 붙어 있었다.

"아, 미안해. 갑자기 고양이가 튀어나와서. 몰라, 이 주변에 캣맘충들이 좀 있나 봐."

원재는 누군가와 통화 중이었다. 담배를 한 번 깊게 빨아들였다가 후 내뱉은 원재가 고양이를 향해 위협적으로 발을 쾅 구르자 고양이가 놀라 몸을 움찔했다. 그 모습을 본 원재는 재미있다는 듯 깔깔 웃음을 터트렸다.

"하핫, 씨발, 진짜 좆도 아닌 게. 저런 것들 싹 다 태워 죽여야 거리가 깨끗해진다니까. 카페 인스타그램에는 동물보호 감성 호소문 하나 올리면 계집애들이 알아서 존나게 빨아줄 거고……. 뭐? 서은혜?"

은혜 씨는 지금 눈앞의 광경이 믿기지 않았다. 처음에는 담배를 피우는 남자가 원재가 아닌 카페 알바생일 거라고 믿고 싶었다. 하지만 자신의 이름이 대놓고 불려진 지금은? 은혜 씨가 아무리 부정하고 싶어도 지금 골목에서 담배를 피우고 있는 남자는 분명히 원재였다.

"인스타그램 봤냐? 존나 예뻐져서 나도 놀라긴 했다. 집도 잘사는 게 맞는 것 같애. 떠봤을 때 반응을 보면 그 느낌이 있잖아. 그래, 애초에 가난한 년이었으면 대기업 때려치우고 이름도 모를 좆소에 들어갈 수가 없어. 그리고 돈을 개같이 처부었으니 오크가 엘프로 변했겠지, 킄킄킄……. 근데 얘 모쏠이라 그런가, MSG 좀만 쳐도 그냥 다 속더라? 어, 지금 작업 치고 있는데 잘 구슬리면 코인용 ATM으로 쓸 수 있을 것 같아. 계속 사귈 건 아니고. 빨리 빨아먹고 버려야지. 걔는 통뼈라 백퍼 돼줌마 돼. 그러면 역겨워서 못 먹지, 우웩."

은혜 씨는 머리가 띵하고 울렸다. 이런 심한 모욕을 듣고도 가만히 있는 건 은혜 씨 성미에 안 맞는 일인데, 어쩐 일인지 입을 뗄 수도, 발을 움직일 수도 없었다. 은혜 씨는 최근 원재와의 데이트를 위해 새로 구매했던 하늘하늘한 블라우스와 수많은 화장품과 윤기가 흐르는 구두를 떠올렸다. 겨우 이런 소리나 듣자고 이 물건들을 샀던 건 아닌데.

"안 그래도 코인 불장이라고 상투 잡고 들어가서 좆될 뻔했는데……. 뭐? 코인 다시 시작한 거 아버지한테 걸리면? 당연히 건물이고 차고 다 압수지! 야, 우리 이 얘기 무덤까지 가지고 가야 된다? 음?"

인기척을 느꼈는지 원재가 갑자기 뒤를 돌아보았다. 그리고 그대로 은혜 씨와 눈이 마주쳤다. 원재는 어안이 벙벙한 얼굴로 그 자리에서 굳었다. 혹시 무슨 변명이라도 하려나 싶었지만, 아무 말도 하지 않았다.

그래, 들어봤자 더 비참해지기만 하겠지.

은혜 씨는 온 힘을 다해 그 자리에서 벗어나 골목 밖으로 뛰쳐나왔다. 길들지 않은 신발이 반쯤 신겼다 벗겨졌다 하면서 굽이 딱딱 부딪혔다. 그렇게 대로 쪽으로 뛰어가던 은혜 씨는 푹 팬 바닥을 미처 발견하지 못하고 발이 빠져 대자로 엎어졌다. 철퍼덕. 엄청난 소리와 함께 발에 애매하게 걸쳐 있던 구두가 벗겨져 날아갔다. 게다가 헐겁게 조여 놨던 스트링백에서 빠져나온 섀도 팔레트의 뚜껑이 열리며 영롱한 펄까지 쏟아졌다. 이쯤 되면 통증보다도 더 크게 밀려드는 창피 때문에 그 자리를 급히 뜨는 것이 보통이지만, 은혜 씨는 차마 그러지도 못했다. 마음속에서 휘몰아치는 정의할 수 없는 복잡한 감정의 폭풍이, 은혜 씨의 창피함을 압도적으로 상회해 버린 것이다.

"저기, 괜찮으세요?"

한 여자가 은혜 씨의 소지품을 주워 주며 물었다.

"네…… 감사합니다."

은혜 씨는 여자에게 꾸벅 고개를 숙이며 소지품을 건네받다가 무의식적으로 방금 뛰쳐나온 골목 쪽을 쳐다보았다. 원재가 따라 나올지도 모르겠다고 생각했지만, 골목 입구는 아무 일도 없었다는 듯 조용하기만 했다. 살짝 뒤늦은 타이밍에 화가 치밀어 오른 은혜 씨의 호흡이 거칠어졌다. 마침 은혜 씨의 신발을 주워 온 다른 여자가 물었다.

"왜 그래요? 혹시 저쪽에서 누가 쫓아와요?"

"네? 아, 아니요! 그런 건 아니에요……."

"일어나실 수 있겠어요? 아이고, 무릎 심하게 까지셨다."

"네, 괜찮아요……. 감사합니다, 감사합니다……."

"잠시만요, 제가 약 사다 드릴게요."

은혜 씨는 연신 괜찮다고 했지만 은혜 씨를 도우러 온 사람들은 그렇지 않은 모양이었다. 물론 입장을 바꿔 생각해 보면 충분히 이해가 갔다. 밤 9시경 누군가에게 쫓기듯 골목에서 뛰쳐나온 젊은 여자가 크게 넘어져 바닥에서 일어나지도 못하고 부들부들 떨고 있는 걸 봤다면 은혜 씨도 당장 달려가 도와주려 했을 것이다.

은혜 씨는 자신을 돕는 사람들을 바라보았다. 펑퍼짐한 바지를 입고 부스스한 머리를 한 여자, 십수 개의 피어싱과 문신이 도드라지는 여자, 큼직한 아웃도어 가방에 두꺼운 안경을 낀 여자, 며칠 전 버스에서 보았다면 은혜 씨가 신랄한 품평을 날렸을 그런 여자들이었다.

"여기 약 사 왔어요. 바닥이 너무 더러우니까 상처 소독부터 하시죠."

"진짜 누가 따라오는 거 아니에요? 어느 쪽으로 가세요? 큰길까지 데려다 드릴까요?"

은혜 씨는 난생처음 보는 여자들의 도움을 받아 상처를 소독하고 드레싱 밴드를 얹었다. 부축을 받아 자리에서 일어난 은혜 씨는 구두의 뒤축을 일부러 꾹 눌러 밟았다. 구매한 지 얼마 안 된 에나멜가죽 구두는 그렇게 사망 선고를 받았지만, 은혜 씨는 발의 편안함뿐만 아니라 마음의 평안도 일부 얻을 수 있었다.

대로로 나온 은혜 씨는 배웅해 준 여자들에게 연신 감사하다고 인사하고는 앱으로 부른 택시에 올라탔다. 여자들은 은혜 씨가 택시에 올라탄 후로도 바로 흩어지지 않고 의식적으로 주변을 두리번거렸다. 택시 번호판을 찍는 사람도 있었다.

택시가 움직이기 시작하자 은혜 씨는 쿠션 팩트를 열고 금이 간 거울을 들여다보았다. 공들여 화장한 얼굴이 전혀 예뻐 보이지 않았다. 골목에서 통화 중이던 원재의 목소리가 다시 들려오는 듯한 착각이 들었다.

어, 지금 작업 치고 있는데 잘 구슬리면 코인용 ATM으로 쓸 수 있을 것 같아. 계속 사귈 건 아니고. 빨리 빨아먹고 버려야지. 개는 통빼라 백퍼 돼줌마 돼.

은혜 씨는 자조하며 팩트를 눌러 닫았다.

“ATM이라……. 지금까지 이런 삶을 살아왔던 거냐, 서미혜?”

미혜와 팔자가 바뀌었으면 좋겠다고 말했던 은혜 씨는 뒤늦게나마 마음속으로 미혜에게 심심한 위로를 표했다. 그때 핸드폰 알림이 울렸다. 혹시 원재의 연락일까 봐 조심스럽게 핸드폰을 집어 든 은혜 씨는 미리보기 창에 뜬 메시지를 보고 깜짝 놀라 전문을 확인했다.

안녕하세요? 드림 컴퍼니입니다.

서은혜 고객님께서 문의하신 사안에 관한 조정안이 확정되었사오니, 호텔 디어 그레이스로 방문하시어 최종 내용을 확인해 주시기를 바랍니다. 본사의 요청에 의한 방문은 이용 요금이 부과되지 않습니다.

감사합니다.

담당자 디셈버 드림

택시에서 내린 은혜 씨는 황급히 디어 그레이스 호텔로 향했다. 도어봇의 안내를 따라 부랴부랴 호텔 로비로 들어가니 쌍둥

이처럼 똑같이 생긴 두 명의 메이가 서 있었다. 한 명은 은혜 씨에게 익숙한 검은 옷, 다른 한 명은 하얀 옷이었다. 당황하는 은혜 씨를 보고는 검은 옷을 입은 쪽이 먼저 반응을 보였다.

"아가씨, 다치셨나요?"

은혜 씨는 아무것도 아니라는 듯 웃으며 손을 내저었다.

"길에서 혼자 엎어졌어요. 별일 아니에요."

그러자 이번에는 하얀 옷을 입은 쪽이 가볍게 고개를 숙이며 말했다.

"말씀 나누시는 중 죄송합니다만 처음 뵙겠습니다, 고객님. 저는 126-37 지역 총괄 담당자 디셈버입니다."

그녀는 얼굴은 물론 목소리까지도 메이와 똑같았다. 하지만 새하얀 슈트 위 명찰에는 '디셈버'라는 글자가 적혀 있었고, 표정이나 말투에도 메이와는 확실히 다른 분위기가 배어 나왔다. 디셈버는 홀에 있는 소파로 은혜 씨를 안내한 다음 천천히 이야기를 시작했다.

"고객님께서는 드림 컴퍼니의 직원인 메이 사원을 호텔 밖 세상으로 내보내 달라는 꿈 서비스를 요청하셨습니다. 맞으십니까?"

"네, 맞아요."

은혜 씨의 대답에 디셈버는 고개를 끄덕였다.

"서비스 요청에 답변을 드리기까지 일부 기간이 소요된 점 양해 부탁드립니다. 전례가 없던 일인지라 저희 쪽에서도 이사회의

의결이 필요했습니다. 이사회는 긴 회의 끝에 드림 컴퍼니 사규에 의거하여 꿈 서비스 제공이 무엇보다도 우선시되어야 한다는 결론에 다다랐고, 고객님께서 꿈 서비스 비용을 지불하시는 대로 드림 컴퍼니와 메이 사원의 계약을 무효화하는 것이 옳다고 판단했습니다."

"와, 잘됐네요!"

"그런데 문제가 있습니다."

디셈버가 묵직한 서류를 뒤적였다. 은혜 씨는 그렇게 무리한 꿈을 냅다 질러놓고 비용을 지불할 수 없어 서비스를 취소해야 하면 어쩌나, 살짝 조바심이 났다. 곁에 서 있는 메이의 표정에도 은근한 긴장이 묻어나고 있었다.

디셈버의 말이 이어졌다.

"우선 메이 사원이 드림 컴퍼니에 입사했을 때, 한 사람이 아닌 두 사람과 동시에 계약이 진행되었습니다. 따라서 메이 사원과의 계약이 무효화될 경우, 해당 계약에 포함된 모두가 원래 있던 곳으로 돌아가야만 합니다만…… 현재 계약 당사자 중 하나인 에이프릴이 계약 무효를 결사적으로 반대하고 있습니다."

"에이프릴? 그건 또 누구죠?"

은혜 씨의 물음에 디셈버가 아닌 메이가 대답했다.

"제 어머니셨던 분입니다. 저와 함께 드림 컴퍼니 소속이 되셨죠."

"아…… 그렇군요. 현실에서 두 사람이 사라졌으니까……."

디셈버가 고개를 끄덕였다.

"에이프릴은 드림 컴퍼니 업무가 무척 만족스러운 모양입니다. 고객님께는 죄송하지만, 저희 드림 컴퍼니는 회사에 남고 싶어 하는 직원에게 강제로 퇴사를 종용할 수 없습니다. 따라서 메이 사원과의 계약 무효는 실질적으로 불가능합니다."

"그럼…… 제 꿈을 이루어주지 않겠다는 건가요?"

은혜 씨가 볼멘소리로 물었다. 디셈버는 여유롭게 웃으며 대답했다.

"너무 성급하게 결론짓지는 마십시오. 계약 무효가 불가능하다는 것이지 다른 방법이 없다는 뜻은 아니니까요. 워낙 희귀한 케이스라서 그런지 몰라도 저희 드림 컴퍼니의 오너께서 아주 특별히 관심을 보이시며 한 가지 방안을 제시하셨습니다."

"그게 뭔데요? 말씀해 주세요."

"디어 그레이스 호텔과 관련된 두 사람의 기억을 모두 드림 컴퍼니로 이전할 경우 요청하신 꿈 서비스가 제공되는 방식은 어떠신지요? 아무래도 저희 오너께서 순도 높은 관계성으로 얽힌 두 사람의 기억에 굉장히 높은 가치를 매기신 듯합니다. 그렇게 하면 그간 리소스 사용 대비 현저히 적은 수입으로 적자 운영 경고를 받은 메이 사원의 징계까지 커버할 수 있을 것 같군요."

"네? 매니저님이 지금처럼 호텔을 운영했다가는 징계를 받을 수도 있다는 건가요?"

"그렇습니다."

"어떤 징계를 받게 되는 거죠?"

"호텔 밖 세상 분이 듣기에 적합한 내용이 아닐 것 같습니다만……."

디셈버가 힐끗 메이를 쳐다보았다. 메이는 작게 헛기침하며 눈을 아래로 내리깔았다. 그런 두 사람의 모습을 번갈아 바라보던 은혜 씨가 조심스레 말을 이었다.

"알겠어요. 징계에 대해서는 더 이상 묻지 않을게요. 그런데 아까 이 호텔과 관련된 모든 기억이라고 하셨죠? 그렇다면 여기서 경험했던 일들뿐만 아니라, 저와 매니저님이 서로 만났던 기억까지 전부 다 드림 컴퍼니로 넘어가게 된다는 건가요?"

"네. 정확하게 이해하셨습니다."

그때, 옷매무새를 단정히 가다듬은 메이가 바른 자세로 서서 은혜 씨에게 말했다.

"아가씨, 아가씨의 행복했던 모든 기억을 포기하실 만큼 전 그리 대단한 존재가 아닙니다. 저 또한 아가씨와 만나고 함께했던 이 모든 기억을 잃고 싶지 않습니다. 이곳을 영원히 찾지 않으셔도 좋으니, 아가씨께서도 저와 도어봇의 기억을 계속 간직해 주시지 않겠습니까?"

"저도 기억하고 싶어요. 하지만 이대로는 매니저님이 무서운 일을 당하실지도 모르는데……."

손을 꼼지락거리며 잠시 고민하던 은혜 씨가 결심한 듯 주먹을 움켜쥐었다.

"매니저님, 제가 원하는 일이 전부 다 이루어지고 행복하게 살았으면 좋겠다고 하셨죠?"

"네, 그랬습니다."

"그래요. 그렇다면 더욱 현실로 돌아와 주세요. 저를 위해서라도 소설 2부를 이어서 써주세요. 그리고 대박 나서 행복해지세요. 그게 제가 원하는 일이에요. 그게 이루어졌으면 좋겠어요. 매니저님과 함께했던 기억이 없더라도 작가 블루나는 제가 정말 좋아하는 사람이거든요. 저희는 처음부터 마음이 통하는 사이였던 거예요. 앞으로도 계속 그럴 거고요."

"아가씨……."

"저 서명할게요. 디셈버 님? 서류 주세요."

디셈버는 서류와 펜을 내밀며 친절한 미소를 지었다.

"현명한 선택입니다. 이 계약에 대한 감사의 의미로 오늘 특별 서비스를 제공해 드리죠. 계약서에 적힌 내용은 호텔 체크아웃 시부터 효력이 발휘되고, 이후 디어 그레이스 호텔과 관련된 두 사람의 모든 기억은 저희 드림 컴퍼니의 소유로 편입됩니다. 더 궁금하신 점이 있으신가요?"

"아뇨, 없어요."

"좋습니다. 모든 설명을 들으셨으니 이곳에 사인만 해주시면 됩니다."

은혜 씨는 망설임 없이 슥슥 서명을 마쳤다. 서류를 받아 든 디셈버가 말했다.

"지금까지 드림 컴퍼니를 이용해 주신 고객님께 감사드립니다. 혹여 또 연이 닿는다면 다시 최고의 서비스로 모시겠습니다."

정중히 허리를 굽혔던 디셈버가 가벼운 발걸음으로 디어 그레이스 호텔의 정문을 나섰다. 자동으로 열렸던 커다란 문이 닫힌 후에도 호텔 로비에는 어색한 침묵이 이어졌다.

그때 로비 반대편에서 트리오봇의 연주 소리가 들려오기 시작했다. 드보르자크의 유머레스크 7번이었다. 은혜 씨는 픕 웃음을 터트렸다. 이 상황에 어울린다면 가장 어울리는 곡이었다. 은혜 씨가 메이와 도어봇을 번갈아 쳐다보며 물었다.

"그럼, 우리 이제 뭐 할까요?"

"아가씨, 지금부터 뭘 한다고 해도 아무것도 기억하지 못하실 겁니다."

"그러니까 뭔가를 더 해야죠! 우리한테 엄청 소중한 순간이잖아요!"

"하지만……."

"매니저님이 말씀하셨죠? 기억은 사라져도 감정은 남을 거라고요. 그러니까 우리 즐거운 걸 해봐요! 오늘 쌓아놓은 감정이 미래의 우리를 지탱해 줄지도 모르잖아요!"

그 말을 들은 메이의 굳었던 표정이 사르르 녹아내렸다. 미소. 고객을 응대하기 위한 사무적인 미소가 아닌, 이른 아침 커튼 틈 사이로 쏟아지는 햇살이 어린 듯 빛나는 미소였다.

"알겠습니다. 그럼 이 소중한 시간에 무엇을 하는 게 좋을까요,

아가씨?"

"음……. 매니저님은 친구랑 해보고 싶었던 거 있어요?"

"글쎄요, 바로 떠오르는 것은 없는데……. 아가씨께서 추천해 주실 만한 게 있을까요?"

"그러면 마지막이니만큼 좀 무리다 싶을 정도로 과감하게 가 볼까요? 놀이공원 어때요? 이런 것까지도 가능해요?"

"네, 물론 가능합니다. 적자가 너무 커서 시말서 정도로는 수습이 안 되겠지만."

"하지만 오늘은 상관없잖아요? 디셈버님이 특별 서비스랬으니까!"

"후후, 그렇네요. 오늘은 아무래도 상관없겠지요."

웃으면서 로비를 뚜벅뚜벅 걸어간 메이가 디어 그레이스 호텔의 정문을 활짝 열었다.

은혜 씨는 호텔 정문에서부터 이어지는 아름다운 전경을 보고 입이 떡 벌어졌다. 드높은 층고 아래 각양각색의 열기구가 떠 있고, 나무로 만들어진 귀여운 건물 옥상에서는 목각 로봇들이 짝을 이루어 춤을 추고 있었다. 꽈배기 모양으로 뒤틀린 롤러코스터 트랙 사이로 하늘 자전거가 지나가고, 회전목마와 바이킹 너머로 커다란 관람차가 유유자적 돌고 있는 모습도 보였다. 작가 블루나가 만든 세계관 속 로봇 거주지에 있는 놀이공원의 모습이었다.

로비에서 연주 중이던 트리오봇이 모자를 바꾸고 놀이공원으로 쪼르르 들어가자, 얼마 지나지 않아 흥겨운 카니발 음악이 들려왔다. 트리오봇을 필두로 한 악단 일행이 큰길을 따라 퍼레이드를 시작한 것이었다. 은혜 씨는 도어봇의 손을 잡고 호텔 정문 밖으로 나갔다. 퍼레이드의 무용수 로봇들이 연신 손 키스를 날리며 멋진 턴을 선보이고 있었다. 도어봇은 그중 한 무용수 로봇에게 푹 빠졌는지 쉽사리 눈－렌즈를 떼지 못했다.

"매니저님! 여기 너무 환상적이에요! 빨리 와서 같이 놀아요!"

메이가 은혜 씨와 도어봇의 뒤를 따라 놀이공원으로 발을 들였다. 거리에서는 손님 로봇들이 도어봇 얼굴 모양의 풍선을 들고 돌아다니고 있었다. 은혜 씨는 안테나 모양 머리띠 두 개를 얻어다가 메이와 나눠 썼다. 도어봇에게는 하트 모양 선글라스를 끼워주었다. 은혜 씨와 메이는 도어봇을 가운데 두고서 나들이 나온 가족처럼 손을 잡고 놀이공원을 거닐었다.

"우리 저 롤러코스터 타요!"

"좋습니다, 아가씨."

신나게 달려가는 두 사람 사이에 낀 도어봇이 우는 소리를 했다.

"저는, 저는, 싫어요! 엔진이 과열된단 말이에요!"

메이가 도어봇을 바라보며 싱긋 웃었다.

"도어봇, 당신은 생각보다 훨씬 내구도가 뛰어나답니다. 저 롤러코스터에서 받는 중력가속도 정도로 엔진이 과열될 일은 절대 없어요."

"아, 아니에요……. 엔진은 무사하더라도 분명 냉각수가 역류할 거예요……. 어차피 좌석도 두 칸짜리잖아요? 두 분이서 신나게 즐기고 오세요. 전 여기 아래서 짐 지키고 있을게요!"

롤러코스터 탑승장으로 이어지는 계단 앞에서 도어봇은 슬금슬금 뒷걸음질을 쳤다. 오호, 도어봇한테 이런 설정이 있었단 말이지? 은혜 씨는 메이와 도어봇의 실랑이를 흥미진진하게 바라보았다. 결국 도어봇은 혼자 아래에 남았고 은혜 씨와 메이만 탑승장으로 올라갔다.

딱, 딱, 딱, 딱ㅡ

열차 몸체에 체인이 걸리는 소리는 언제 들어도 가슴이 떨렸다. 이제 곧 가장 꼭대기에 올라가서 아래로 뚝 떨어지겠지, 떨어지겠지, 떨어지겠지, 하고 세 번 생각한 순간 은혜 씨의 몸이 아래로 뚝 떨어져 내렸다. 열차는 가속도만으로 원형 구간을 서너 바퀴 통과한 후 꽈배기 같은 나선 구간을 고속으로 지났다. 은혜 씨는 차마 손까지는 놓지 못했지만, 목이 터져라 신나게 소리를 질렀다. 롤러코스터는 무려 3분 동안이나 놀이공원의 허공을 가르며 달렸다. 다시 플랫폼으로 돌아왔을 때는 번개라도 맞은 것처럼 머리카락이 산발이 되었다. 은혜 씨와 메이는 서로를 바라보며 깔깔 웃었다.

두 사람은 아이스크림도 사 먹고 몇 종류의 놀이기구를 더 탔다. 겁이 많은 도어봇을 위해서 회전목마도 탔다. 도어봇은 놀이기구 밖에 서 있는 메이와 로봇들에게 연신 손을 흔들며 즐거워했다. 은혜 씨는 도어봇의 귀여운 모습을 사진으로 남길 수 없다는 사실이 아쉽기만 했다. 사진이 웬 말이야, 체크아웃 후에는 기억 자체를 잃어버릴 텐데. 은혜 씨는 회전목마의 봉을 꼭 붙잡고 기도하는 마음으로 중얼거렸다. 블루나 작가의 소설에서 놀이동산 신이 나오면 지금 이 모습을 꼭 상상할 수 있게 해주세요, 라고.

신나게 놀다 보니 어느새 폐장 시간이 다가왔다. 은혜 씨 일행은 마지막으로 대관람차에 올랐다. 수많은 손님 로봇으로 북적북적한 놀이공원의 모습은 무척 귀여웠지만, 지켜보고 있자니 아쉬워서 눈물이 날 것만 같았다.

"우리 셋이 네 컷 사진 찍어요."

은혜 씨가 말했다.

"그거 좋네요."

의미 없는 일이라는 것을 알면서도 메이는 답했다.

포토 부스에서 왁자지껄 신나게 사진을 찍고 나온 은혜 씨 일행은 놀이공원에 마련된 캠핑장으로 이동했다. 이제 여기서 하룻밤 자고 나면 이 모든 기억과 이별하게 된다. 은혜 씨는 바비큐 재료를 들고 식사를 챙겨주러 온 셰프봇들을 모두 돌려보냈다. 이번만큼은 자신이 직접 요리해서 메이를 대접하기로 마음먹은 것이다.

물론 처음 해보는 캠핑 요리가 녹록지는 않았다. 화로에 불을 피우는 일부터가 난관이었다. 연기와 사투하며 여차저차 불을 피우고 고기를 올렸더니 불길이 하늘로 치솟아 앞머리를 전부 태워먹을 뻔하기도 했다. 메이가 셰프봇을 다시 부르겠다고 했지만, 오기가 생긴 은혜 씨는 끝끝내 혼자의 힘으로 바비큐를 완성했다.

"자, 심하게 탄 곳은 가위로 잘라 먹으면 되겠어요."

열심히 구운 바비큐를 플래터에 담아 온 은혜 씨가 멋쩍은 목소리로 말했다.

"아주 과감한 마이야르군요. 잘 먹겠습니다."

별다른 불만 없이 소고기와 아스파라거스를 한 점 집어 먹은 메이가 맛있다는 듯 은혜 씨를 향해 고개를 끄덕여 보였다. 은혜 씨도 바비큐를 몇 점 먹어보았다. 분명히 맛있었다. 하지만 은혜 씨가 잘 구웠다기보다는 재료 자체가 좋은 덕에 풍미가 살아 있었다. 아무렴 어때. 맛있으면 그만이지.

은혜 씨는 메이와 맥주를 나눠 마시며 이런저런 이야기를 나누었다. 특히 최근 원재와의 사이에서 일어났던 일에 대해서 크게 분통을 터트렸다. "드림 컴퍼니 퇴사 전에 그 사람을 크게 혼내줄까요?"라고 묻는 메이의 말에 은혜 씨는 다급하게 고개를 가로저었다. 겨우 그런 사람 때문에 맴통을 하나 더 늘릴 수는 없다면서, 뒤통수에 주사를 맞는 고통을 다시는 감수하고 싶지 않다고 울상을 지었다. 메이가 그 일에 대해 미안하다고 사과하자 은혜 씨는 농담이라며 웃었다.

식사가 끝날 무렵, 도어봇이 특별히 프로그래밍 했다는 드론 쇼를 선보였다. 은혜 씨가 디어 그레이스 호텔 안팎에서 겪은 사건들을 엮어 애니메이션처럼 만든, 멋들어진 쇼였다. 감탄을 연발하며 박수를 치던 은혜 씨가 메이를 바라보며 말했다.

"매니저님, 이렇게 보니까 제 이야기가 한 편의 소설이 된 것 같아요!"

메이가 다정하게 웃으며 답했다.

"그 이야기에 함께할 수 있어서 영광이었습니다."

"저도 매니저님의 이야기에 함께하고 있는 거겠죠?"

"물론입니다. 이 기억은 사라지겠지만, 또 다른 이야기가 다시 이어질 테니까요."

메이의 말에 은혜 씨가 눈을 반짝이며 물었다.

"2부! 진짜 써주실 거죠? 너무 기대된다! 이왕 이렇게 된 거 스포일러 약간만 해주시면 안 돼요? 어차피 오늘 지나면 다 잊어버릴 텐데!"

"그 말씀도 일리가 있군요. 그럼, 조금 들려드릴까요?"

"네! 좋아…… 아니, 아니에요!"

은혜 씨가 다급하게 양손을 저었다.

"지금 안 들을게요. 안 듣고 나중에 직접 읽을게요. 혹시 모르잖아요. 여기서 중요한 뒷이야기를 들었는데, 운이 나빠서 오늘 일이 기억나기라도 하면 어떡해요? 아니지, 오늘 일이 기억나는 건 운이 좋은 거지……. 하여튼 그렇게 운 좋은 날에 스포일러를 당하는 슬픔도 같이 겪고 싶진 않아요."

"네, 무슨 말씀이신지 알겠습니다."

배도 부르고 취기도 적당히 오르니 슬슬 잠이 오기 시작했다. 은혜 씨는 최대한 오래 잠에서 깬 상태로 버텨보려 애썼지만, 어느 순간부터인가 눈꺼풀의 무게가 인내의 임계치를 넘어서고 있었다.

"매니저님…… 저 지금 잠들면 이제 매니저님이랑 영원히 헤어지는 거죠?"

"바로 그런 것은 아닙니다. 드림 컴퍼니 사택으로 돌아갈 이유가 사라졌으니 아가씨가 체크아웃하실 때까지는 함께 있을 겁니다."

"진짜요? 그럼 오늘 매니저님도 저 텐트에서 자는 거예요? 도어봇도 같이?"

"원하신다면 그렇게 하지요."

"당연히 원해요! 셋이서 같이 자요!"

"알겠습니다, 아가씨. 제가 자리를 깔아두지요."

은혜 씨는 이별이 약간 유예된 것뿐인데도 들뜬 기분에 사로잡혔다. 간이 욕실에서 가볍게 씻고 텐트로 들어와 보니 은혜 씨, 메이, 도어봇 모두가 사용할 이불을 깔고도 자리가 충분히 남아 있었다. 널찍하게 펼쳐진 캠핑용 구스다운 이불은 아주 아늑하고

포근했다. 각자의 자리에 누워 서로 잘 자라는 인사를 마치자 자동으로 불이 꺼졌다. 실낱같은 불빛 하나 새어 들지 않는 깜깜한 어둠 속에서 은혜 씨는 깊이 잠들었다.

숙면 끝에 눈을 뜬 은혜 씨가 텐트를 헤집으며 바깥으로 나왔다. 캠핑 의자에 기대어 차를 마시던 메이와 가볍게 눈인사를 나누자, 도어봇이 머그잔이 담긴 쟁반을 들고 와 은혜 씨에게도 차를 한잔 권했다. 은혜 씨는 도어봇에게 감사를 전하며 머그잔을 집어 들었다. 알싸한 향이 나는 차는 마시기에 딱 좋은 온도였다. 차의 청량한 향취가 무척 시원했다. 속이 뻥 뚫리는 기분이었다.

"개운하네요. 차도 기분도."

은혜 씨의 말에 메이가 호응했다.

"저도 그렇습니다."

두 사람은 말이 없었다. 잠시 후, 캠핑 테이블 위에 머그잔을 내려놓은 메이가 은혜 씨에게 작은 봉투를 하나 내밀었다. 이전에 방문할 때마다 도어봇에게서 전달받았던 것과 비슷한 재질의 봉투였다. 은혜 씨는 그것이 무엇인지 한눈에 알아볼 수 있었다.

"매니저님의 마지막 선물이군요."

"그렇습니다."

"기억하지는 못하겠지만 소중히 간직할게요."

도어봇이 은혜 씨의 스트링백을 챙겨 들고 왔다. 은혜 씨는 가방 안에 봉투를 집어넣고 자리에서 일어났다. 이제 더 이상 미룰 수 없는 이별의 순간이 찾아온 것이다. 은혜 씨는 메이를 향해 오른손을 뻗으며 말했다.

"우리 다시 만나요."

메이도 은혜 씨의 손을 마주 잡았다.

"네. 저 또한 그날을 손꼽아 기다리겠습니다."

은혜 씨는 메이와 도어봇의 배웅을 받으며 놀이공원의 출구로 향했다. 길에서 만난 모든 로봇이 은혜 씨를 향해 손을 흔들어주었다. 회전 개찰구 앞에서 은혜 씨는 마지막으로 뒤를 돌아보았다. 메이와 도어봇 그리고 수많은 목각 로봇이 허리를 숙여 깍듯한 인사를 전하고 있었다. 은혜 씨도 그들에게 꾸벅 허리를 숙여 인사하고는 회전문을 힘차게 밀고 바깥으로 나갔다.

⚙

끼기기긱—

기분 나쁜 쇳소리가 고막을 긁었다. 잠시 얼굴을 찌푸린 은혜 씨는 오래된 건물의 낡은 알루미늄 문을 열고 있던 자신을 발견하고는 깜짝 놀라 멈칫했다.

"뭐지? 내가 왜 이런 데 와 있는 거지?"

은혜 씨는 아침 시간인데도 을씨년스러운 분위기를 물씬 풍기는 낯선 골목의 모습에 어깨가 살짝 움츠러들었다. 그때 가방 안에 든 핸드폰이 큰 소리를 내며 울었다. 너무 놀란 은혜 씨는 하마터면 비명을 지를 뻔했다. 겨우 가슴을 진정하고 핸드폰을 꺼내 발신인을 확인해 보니 엄마였다. 은혜 씨는 괜스레 안도하며 전화를 받았다.

"야, 서은혜! 너 요새 연락도 잘 안 받고 어딜 그렇게 싸돌아다니는 거야? 지금 당장 여기로 좀 와!"

엄마는 굉장히 흥분한 상태였다. 은혜 씨가 조금 시큰둥한 어투로 물었다.

"왜? 거기가 어딘데?"

"아유, 여기 △△경찰서! 미혜 돈 가져간 그 사기꾼 놈 잡았대!"

"뭐, 진짜야? 알았어! 나 금방 갈게!"

전화를 끊은 은혜 씨는 그 기분 나쁜 골목에서 후다닥 튀어 나왔다. 바로 번화가와 연결되어 있는데 왜 유독 그 주변만 그렇게 오싹했는지 이해할 수 없었다. 대로변으로 나온 은혜 씨는 택시를 잡아타고 엄마가 말한 경찰서로 이동했다.

경찰서에는 은혜 씨 가족 외에 다른 피해자의 가족들도 여럿 모여 있었다. 이전 상황이 어땠는지는 알 수 없었지만, 적어도 은혜 씨가 도착한 이후에는 드라마에 나오듯 가해자의 머리를 쥐어뜯거나 몸싸움을 벌이는 일 등은 일어나지 않았다. 은혜 씨는 차라리 미혜가 대석—으로 알고 있었던 사기꾼—을 몇 대 쥐어패기라도 했으면 좋겠다고 생각했다. 미혜는 생각보다 훨씬 더 침착했다. 성실하게 대질조사도 마쳤고, 단체 고소가 어떻게 진행되고 있는지 다른 피해자들에게 설명해 주기도 했다. 은혜 씨는 가족이면서도 지금까지 잘 몰랐던 미혜의 면모에 놀랐고 또 감탄했다.

엄마가 은혜 씨를 쿡쿡 찌르면서 말했다.

"미혜가 인터넷으로 피해자들 모으고 방송국에서 취재까지 시작하니까 수사가 급물살을 탔다나 봐. 저놈이 또 딴 데서 작업 걸고 있었는데 제보가 바로 들어와서 꼬리가 밟혔대."

"그나마 다행이다. 돈은 돌려받을 수 있을 것 같대?"

"아휴, 피해자가 워낙 여럿이라 잘 모르겠어."

모든 조사를 마친 사기꾼은 다시 유치장으로 들어갔다. 미혜는 다른 피해자들과 거듭 격려를 나눈 후에 가족들에게로 돌아왔다. 피곤한 듯하면서도 약간은 시원한 듯 모호한 얼굴이었다. 은혜 씨와 엄마는 그런 미혜를 다독이며 근처 설렁탕집으로 이동했다. 혹여 입맛이 떨어져 밥을 잘 못 넘기기라도 하면 어쩌나 걱정했던 일이 무색할 정도로 미혜는 설렁탕에 밥 한 그릇을 풍덩 말아 팍팍 퍼먹기 시작했다. 깍두기도 오독오독 맛깔나게 씹는 모습을 보니 크게 의기소침해지지도 않은 것 같았다.

"서미혜."

은혜 씨의 부름에 미혜가 힐끗 고개를 들었다. 은혜 씨는 선뜻 다정한 이야기를 꺼내기가 조금 쑥스러워 삐죽거리며 입을 열었다.

“생활비 부족하면 말해라. 그 정도는 줄 수 있으니까.”

“말은 고마운데 안 그래도 돼. 나 쓸 생활비 정도는 있어.”

“야, 사이 안 좋은 언니라고 너무 뻗대지 말고, 도움 필요하면 필요하다고 말해.”

“진짜 괜찮다니까? 아직 이천 정도는 있어.”

미혜의 대답에 은혜 씨의 두 눈이 동그래졌다.

“뭐야, 너 전 재산 다 털린 거 아니었어?”

“다 털렸다고 보긴 해야지. 이천은 비상금 명목으로 빼뒀던 거니까.”

“헐…… 너 알뜰한 건 알았지만 진짜 지독하게 모았었구나?”

“그럼 뭐 해. 사기꾼한테 다 털렸는데……. 우이씨, 밥 먹는데 돈 얘기 좀 그만하면 안 돼?”

“아, 미안. 얼른 밥 먹어.”

압도적인 속도로 밥 한 그릇을 뚝딱 해치우더니 미혜는 모둠순대도 추가하면 안 되냐고 물었다. 아무리 그래도 폭식은 좀 자제하라는 은혜 씨의 말을 가로막은 것은 놀랍게도 엄마였다.

“요새 미혜 헬스 시작하더니 입맛이 많이 도나 봐. 먹게 둬.”

“진짜야? 서미혜가 헬스를 한다고?”

“그래. 헬스장도 끊었고, 아침저녁으로는 공원 나가서 뛰고 그런다, 얘.”

은혜 씨가 놀란 얼굴로 미혜를 바라보았다. 미혜는 어깨를 으쓱해 보였다.

"생각보다 훨씬 재밌더라, 무게 치는 거. 이렇게 재밌는 줄 알았으면 진작부터 다이어트를 하지 말고 바벨을 들었을 텐데. 그동안 잃어버린 근육이 좀 아까워."

"와…… 너 혹시 바디 프로필 바람 든 건 아니지?"

"언니, 바디 프로필 찍으려는 사람이 설렁탕에 밥 말아 먹고 모둠 순대까지 시켜 먹겠어? 이 탄수화물 덩어리들을?"

"하긴, 그건 그렇다."

얼마 지나지 않아 미혜가 추가 주문한 모둠 순대가 나왔다. 은혜 씨는 몇 점 정도 얻어 먹어볼까 하다가 장판파 전투를 앞둔 조자룡처럼 비장한 얼굴로 순대를 씹고 있는 미혜를 보고 그만두었다.

미혜가 순대를 먹는 동안 은혜 씨는 엄마와 함께 가게에서 틀어놓은 TV를 보았다. 정오 뉴스의 시작을 알리며 속보가 나왔다.

"속보입니다. 얼마 전 탐사 프로그램에 보도되며 세간의 관심을 모았던 모녀 증발 사건의 실종자 중 딸인 정 모 씨가 교통사고가 났던 지역 인근의 무인도에서 발견되었습니다. 정 씨는 사고 이후의 기억을 전혀 떠올리지 못하고 있으나 생명에는 지장이 없는 것으로 알려졌습니다. 현장에 나가 있는 취재 기자 연결해 자세한 소식 알아보겠습니다."

엄마가 먼저 반응했다.

"어머어머, 은혜야! 저거 〈그것이 알고 싶다〉에 나왔던 사건 맞지? 20대 웹소설 작가랑 엄마가 같이 사라진 그 사건!"

"어어, 맞아! 작가님 무사하셨구나!"

"그러게나! 사람들이 다 죽었을 거라고 그랬는데 살았네, 살았어! 어휴, 세상에 도대체 무슨 일을 겪었길래. 무인도가 웬 말이야……. 근데 실종된 엄마는 아직 못 찾았나 봐?"

은혜 씨는 핸드폰을 집어 들고 한동안 들어가지 않았던 웹소설 플랫폼 앱을 열어보았다. 관심 작품인 『무덤가에서 너를 닮은 푸른 장미를 만났다』를 눌러보니 댓글이 잔뜩 늘어나 있는 것이 보였다. 대부분 작가의 무사 귀환을 축하하는 내용이었다. 와, 오늘 무슨 날인가? 불행 중 다행도 행운이라고 말할 수 있다면 오늘은 행운이 서린 소식을 연달아 듣게 된, 참 특이한 날이었다.

"……지난달 방한했던 교황도 특별히 관심을 보였던 사건인 만큼, 정 씨는 병원 치료와 경찰 조사를 마친 후 지역 가톨릭사회복지회의 도움을 받아 거처를 마련하게 될 것으로 보입니다. 자세한 소식은 들어오는 대로 다시 전해드리겠습니다. 다음 소식입니다."

점심을 거하게 먹은 미혜는 긴장이 풀리니 식곤증이 심하게 몰려왔는지 집으로 돌아오는 차 안에서 쿨쿨 잠들어 버렸다. 빨간불이 켜진 교차로에서 미혜의 잠든 모습을 룸미러로 힐끗 살펴본 엄마가 나직한 목소리로 말했다.

"은혜야, 전에 네가 했던 말 곰곰이 생각해 봤는데……. 은혜 네 말이 맞는 것 같아."

엄마의 뜬금없는 이야기에 은혜 씨는 고개를 갸우뚱했다.

"무슨 얘기? 내가 뭐라고 했었는데?"

"아니 왜, 전에 나더러 내 인생 살라고 했었잖아."

"아, 그런 얘기 했었지. 엄마, 혹시 마음 바뀌었어?"

엄마가 작게 한숨을 내쉬었다.

"그래. 오늘 미혜 보니까 마음이 너무 안 좋더라고. 저렇게 똘똘한 애인데 괜히 나 때문에 더 급하게 결혼하려다 안 당해도 됐을 사기까지 당한 것 같아서. 가만히 생각해 보니까 너희들 결혼은 다 핑계였던 것 같아. 사실은 내가 홀로서기 하는 게 무서웠던 거지."

"와, 이거 고무적인데……. 그래서 이제 어떻게 할 거야?"

"어떻게 하긴. 네 아빠랑 담판을 지어야지."

"엄마 혼자 잘할 수 있겠어? 내가 좀 도와줄까?"

마침 신호등에 초록불이 들어왔다. 은혜 씨의 가족들이 탄 자동차가 서서히 속력을 높이며 앞으로 나아가기 시작했다.

"얘, 내가 네 아빠랑 산 세월만 30년이 넘어. 그간 모른 척해 왔을 뿐이지 외도 증거 하나 안 모아뒀을 것 같니? 그리고 내가 이 집안에 헌신한 게 얼마인데. 네 증조할아버지 수발들었던 때부터 쓴 일기들만 모아도 책이 두세 권은 나올 거다! 혹시나 필요할까 싶어서 다 남겨뒀기에 망정이지!"

의외로 엄마는 아빠와의 싸움에 무기가 될 만한 것들을 꽤 오랜 기간 준비해 둔 모양이었다. 앞으로의 일이 어떤 식으로 전개

될지는 예측하기 어려웠지만, 은혜 씨는 억눌려 있던 마음 한구석이 가벼워진 기분이 들었다.

집으로 돌아온 은혜 씨는 곧바로 컴퓨터 앞에 와서 앉았다. 다음 주에 있을 F&T솔루션즈와의 협력 미팅 자료를 한 번 더 확인해 보기 위해서였다. 약속이 잡힌 특별한 날을 제외하고는 집과 회사만 오가는 평범한 일상이었는데, 마치 어딘가로 긴 여행이라도 떠났다가 돌아온 듯한 기분이었다. 어린 시절, 친구들과 하루 종일 놀이공원에서 놀고 어둑어둑해질 즈음 집에 돌아오면 딱 이런 기분이 들었던 것 같은데.

지시 사항을 확인하기 위해 회사 메일함에 들어간 은혜 씨는 새로운 메일 표시가 떠 있는 것을 보고 고개를 갸우뚱했다. ksh101이라는 외부 아이디에서 보내온 메일이었다. 그런데 제목이 조금 특이했다.

[DEAR. GRACE]

그레이스라면 첫 번째 회사에서 썼던 이름인데?
은혜 씨는 의아해하며 메일을 열어보았다.

안녕하십니까. F&T솔루션즈 CTO 금성학입니다.
혹시 이 이름을 기억하지 못하실까 싶어서 '코너'라는 이름도 추가로 남겨봅니다.

그간 잘 지내셨나요?

이번 협력 미팅 참석자 명단에서 서은혜라는 이름을 보고 혹시나 싶어 이력을 살펴봤는데 내일기획 크리에이티브팀 근무 경력이 있더군요. 시기도 들어맞고요. 그래서 그레이스라고 확신했습니다. 포트폴리오의 방향성이 우리 회사와 너무 꼭 맞아서 신기할 정도였는데 메인 아이디어를 낸 사람이 그레이스였다는 이야기를 들었습니다. 정말 반갑기도 하고 신기하기도 합니다. 누가 일부러 만나라고 해도 이렇게 만나기란 쉽지 않을 텐데요.

반가운 마음에 메일을 먼저 보냈는데 실례가 되지 않았으면 좋겠습니다.

그럼 편안한 주말 보내시고 월요일 미팅 때 뵙겠습니다.

금성학 드림

F&T솔루션즈 CTO 금성학

"어머, 웬일이야."

은혜 씨는 생각지도 못했던 반가운 이름을 보고 깜짝 놀랐다. 성학이라면 첫 회사에서 제법 가깝게 지냈던 사우인데 급작스럽게 연락이 끊겨 항상 마음에 걸렸었다. 성학이라면 어디서 무슨 일이든 잘하고 있으리라고 막연히 생각하긴 했지만, 이런 식으로 다시 만나게 되다니 참으로 기쁘고 신기했다.

역시 실례가 되지 않을 선에서 성학에게 짧은 답신을 보낸 은혜 씨는 핸드폰을 꺼내기 위해 들고 나갔던 가방을 뒤졌다. 그리고 새도 가루로 범벅이 된 가방 속에서 낯선 봉투를 하나 발견했다. 봉투 안에는 네 컷짜리 즉석 사진 하나가 들어 있었다.

"으악, 이게 뭐야!"

네 컷 사진에는 은혜 씨 홀로 야단스럽게 오두방정을 떠는 모습이 찍혀 있었다. 이런 걸 찍은 기억은 전혀 없었다. 지난번 회식 때 거하게 취해서 돌아오다가 혼자 포토 부스에 들어갔던가? 혹시 회사 사람 중에 누가 본 건 아니겠지? 은혜 씨는 뺨이 화끈해지는 감각을 느끼며 네 컷 사진을 다시 들여다보았다. 사진 속 자신의 얼굴이 너무나도 행복해 보여 피식 웃음이 새어 나왔다.

"서은혜, 아주 그냥 가지가지 하는구나. 혼자서 뭐가 이렇게 신났어? 그래도 뭐, 즐거워 보이니 좋네. 여기 올려놓을까……. 음? 이건 또 뭐야?"

책상 옆 선반에 네 컷 사진을 올려놓으려던 은혜 씨는 도어봇 모양의 편백나무 조각상을 발견하고 눈이 휘둥그레졌다. 이런 건 또 언제 샀대? 이런 대박 아이템을 사 놓고 완전히 까먹고 있었다고? 은혜 씨는 도어봇 조각상을 한참이나 이리저리 살펴보며 중얼거렸다.

"아니, 나 요새 기억력이 왜 이러지……. 병원 한번 가봐야 하나?"

은혜 씨는 네 컷 사진을 벽에 기대어 세워놓은 다음 사진이 미끄러지지 않도록 도어봇 조각상으로 앞을 받쳐두었다. 언제 샀는지 전혀 기억은 나지 않았지만, 도어봇 조각상은 존재 자체만으로도 충분히 은혜 씨의 기분을 좋아지게 만들었다. 은혜 씨는 선반을 바라보며 흐뭇하게 웃고는 침대로 향했다.

은혜 씨는 핸드폰을 들고 침대 위에 벌렁 드러누워 웹소설 『무덤가에서 너를 닮은 푸른 장미를 만났다』를 열어보았다. 이런저런 이유로 한동안 기억 저편에 묻어두었던 작품인데, 오랜만에 정주행하고 싶다는 마음이 샘솟았다. 은혜 씨는 1화를 열었다. 은혜 씨의 최애인 도어봇이 한 손님을 회상하는 장면으로부터 이야기는 시작되었다. 밤이 깊어가고, 은혜 씨는 블루나 작가가 만든 이야기 속 세계로 조용히 빠져들었다.

2023년, 밀리로드에 이 글을 연재할 당시만 해도 2024년 한국에 미식 열풍이 불 거라고는 상상도 하지 못했다. 음식에 대한 묘사가 많은 이야기가 〈흑백요리사〉 방영 후에 출간되어 조금 두려운 마음도 있다. 작품이 '이븐하게' 쓰였는지는 모르겠으나 이런 평을 들을 수 있다면 좋겠다.

(백종원 선생님 톤으로) "이야, 이거 재밌네~"

이 글은 두 차례의 수술을 받고 난 직후에 썼다. 염증 관리를 위해 식단을 철저히 지키고 보호자의 도움을 받아 머리를 감던 나날 중 은혜 씨가 탄생했다. 은혜 씨를 잘 먹이고 잘 움직이게 하는 것만으로도 당시의 내게는 힐링이 되었다. 사실 디어 그레이스 호텔은 클라인 병과 초입방체 개념을 기반으로 한 SF공간이었는데, 서사를 위해 판타지적인 묘사를 택했다. 은혜 씨의 좌절, 극복, 만족의 서사를 알더퍼의 ERG이론에 대입해 봐도 재미있는 독서가 되지 않을까 싶다.

은혜 씨 호칭에 왜 '씨'를 붙이는지 궁금하신 독자님이 계실지도 모르겠다. 그냥 〈인간극장〉 톤으로 읽어주시면 된다. 각 장과 '그녀들의 이야기' 마지막 문장 뒤에 땅당당당— 하고 인간극장 BGM을 깔아주셔도 좋다.

작품이 세상에 나올 수 있도록 길을 터주신 한나래 편집자님, 흔쾌히 인터뷰에 응해주셨던 백혜민 디자이너님과 이희창 개발자님 (작품 속 직장인 에피소드는 두 분의 경험담이 아님을 밝힌다), 윤슬처럼 반짝이는 일러스트를 완성해주신 NOMA 작가님과 표지를 만들어주신 이현진 디자이너님, '송구한' 일정 속 작품에 생기를 불어넣어 주신 이한민 편집자님과 백설희 편집자님, 와병 중 든든한 버팀목이 되어준 Fairytale에게 큰 감사를 전한다.

이 세상의 모든 은혜, 미혜, 명자, 보름, 성학, 그리고 당신에게 이 책을 바친다. 평범하게 엉망인 삶 속에서도 서로를 붙잡아 줄 용기와 연대의 마음을 잊지 않길 바라며.

귀한 가을날에, 민이안

호텔 디어 그레이스

초판 1쇄 인쇄 2024년 12월 17일
초판 1쇄 발행 2024년 12월 24일

지은이 민이안
펴낸이 김선식

부사장 김은영
콘텐츠사업2본부장 박현미
책임편집 이한민 **디자인** 이현진 **책임마케터** 오서영
콘텐츠사업6팀장 임경섭 **콘텐츠사업6팀** 정지혜, 곽수빈, 조용우, 이한민, 이현진
마케팅본부장 권장규 **마케팅1팀** 박태준, 오서영, 문서희 **채널팀** 권오권, 지석배
미디어홍보본부장 정명찬 **브랜드관리팀** 오수미, 김은지, 이소영, 박장미, 박주현, 서가을
뉴미디어팀 김민정, 고나연, 변승주, 홍수경
지식교양팀 이수인, 염아라, 석찬미, 김혜원, 이지연
편집관리팀 조세현, 김호주, 백설희 **저작권팀** 성민경, 이슬, 윤제희
재무관리팀 하미선, 임혜정, 이슬기, 김주영, 오지수
인사총무팀 강미숙, 이정환, 김혜진, 황종원
제작관리팀 이소현, 김소영, 김진경, 최완규, 이지우, 박예찬
물류관리팀 김형기, 김선민, 주정훈, 김선진, 한유현, 전태연, 양문현, 이민운

펴낸곳 다산북스 **출판등록** 2005년 12월 23일 제313-2005-00277호
주소 경기도 파주시 회동길 490
전화 02-704-1724 **팩스** 02-703-2219
이메일 dasanbooks@dasanbooks.com
홈페이지 www.dasan.group **블로그** blog.naver.com/dasan_books
용지 스마일몬스터 **인쇄 및 제본** 정민문화사 **코팅 및 후가공** 제이오엘엔피

ISBN 979-11-306-6067-7 (03810)

- 책값은 뒤표지에 있습니다.
- 파본은 구입하신 서점에서 교환해드립니다.